飘来飘去11月

邹蓉 ◎ 著

黄河出版传媒集团
宁夏人民出版社

图书在版编目（CIP）数据

飘来飘去11月/邹蓉著. -- 银川：宁夏人民出版社，
2011.11

ISBN 978-7-227-04848-0

Ⅰ.①飘…　Ⅱ.①邹…　Ⅲ.①长篇小说—中国—当代
Ⅳ.①I247.5

中国版本图书馆CIP数据核字（2011）第232255号

飘来飘去11月　　　　　　　　　　　　　　邹　蓉　著

责任编辑　唐　晴　王　艳
封面设计　赵　倩
责任印制　李宗妮

黄河出版传媒集团
宁夏人民出版社　出版发行

地　　址　银川市北京东路139号出版大厦（750001）
网　　址　www.yrpubm.com
网上书店　www.hh--book.com
电子信箱　renminshe@yrpubm.cn
邮购电话　0951-5044614
经　　销　全国新华书店
印刷装订　宁夏捷诚彩色印务有限公司

开本　720mm×980mm　1/16　　印张　14.25　　字数　210千
印刷委托书号（宁）0009202　　印数　3200册
版次　2011年11月第1版　　印次　2011年11月第1次印刷
书号　ISBN 978-7-227-04848-0/I·1262

定　　价　28.00元

目 录

立冬 ………………………… 001

小雪 ………………………… 006

大雪 ………………………… 014

冬至 ………………………… 019

小寒 ………………………… 032

大寒 ………………………… 039

立春 ………………………… 057

雨水 ………………………… 062

惊蛰 ………………………… 072

春分 ………………………… 081

清明 ………………………… 086

谷雨 ………………………… 095

立夏 ………………………… 102

目 录

小满 ………………………… 112

芒种 ………………………… 118

夏至 ………………………… 126

小暑 ………………………… 142

大暑 ………………………… 149

立秋 ………………………… 162

处暑 ………………………… 173

白露 ………………………… 185

秋分 ………………………… 194

寒露 ………………………… 203

霜降 ………………………… 210

11 月 ………………………… 219

立冬

冬季从这一天开始。冬天的到来，表明一年的辛苦结束，收获之后要收藏起来。

我在成都的这个时候正是秋天和冬天的接口处，秋天的叶子黄了又还没有红，挂在树上一直不落下来，冬天又姗姗不肯来到，秋天和冬天在成都出现了裂口，我不小心就踩进季节的缝隙里，伸出双手拼命挣扎，可是我喊不出来。

回来了。

回来还是成都的双流机场。如此想来，之前我纯粹是坐飞机在成都以及成都以外的其他城市转了一个圈。回到成都的时间已经是晚上，准确说是二〇一〇年十一月七日的凌晨。

从机场的出港口出来，外面的路灯萎缩在自己的温暖里，那些没能被照亮的地方依然阴冷。冷空气从看不到的地方跑出来包围我，肆意穿透我薄薄的丝袜，又试图钻进我身体的隐秘处掠夺我的温度，我不禁打了一个冷颤：十一月的成都冷啊。

往机场大巴那里去，手伸进风衣的大口袋里，摸出一张回来的登机牌，停下来让旁边的人走过，借着路灯的远光再仔细看清楚，我忘记去过哪里，又从哪里回来。手里仅有的一张登机牌只能告诉我从哪里回来，不能说明我去了哪里，又路过了哪里。那我去了哪里？我像一个患失忆症的女人，想不起来了，那些可以证明我去过哪里又路过哪里的东西已经被我走一路撕一路丢一路。那些被撕毁和丢弃的纸票我都有仔细看清楚，可是我最终没能记住，我想记住，甚至以为已经记住，可是大脑是违心的，它不能和我完美地结合为一体，它像现在这样不时与我分离和脱节绝非偶然，它还时时刻刻对我进行无声的抗拒，而我还毫不知情。种种迹象表明，我现在的举动也是徒劳，还不如由它是什么样就什么样，主意打定就撕了最后的一张票扔进路边的垃圾桶，我瞬间忘记今晚又从哪里回来。

机场大巴安静地停在那里，大大的车窗透出柔和的光，几个稀稀拉拉的剪影贴在玻璃窗上，远远就看到有掩饰不住的疲惫。我刚踏上车，车门在身后"哗"地关上，就在我坐下来变成其中一个剪影的时候，司机扭动钥匙发动汽车，貌似这车就在等我，我一来它就走。

大巴缓缓地驶出机场，过了机场高速收费处就加速向前。机场高速在高楼与高楼的中间，因为时间太晚看不清楚，感觉道路两旁高大的楼房黑压压地就要往中间压下来，而我们就在它们的夹缝中穿梭，更像是逃跑，极像电影《2012》。逃跑的人一头撞进城市的灯火辉煌，好像登上诺亚方舟，情绪瞬间就得到安定。

夜深了，大多数人都睡了。城市还有灯红酒绿，那些喝醉了和快要喝醉的人从房子里出来，有人倚在路边的树干上打电话，有人偏偏倒倒地走在大街上，对话要么是细如蚊蝇，要么声嘶力竭，但又都是忸怩作态、拉拉扯扯。

我在回家的路上，家里的男人应该在等我，下午的时候还打过电话问我要不要回家吃饭，我说不用等，他没问我什么时候到家，我也就没有说。或许这个男人已经睡下了，确实太晚了，他也应该睡了。是我自己没想到回来会这么晚，买机票的时候我确实是订的最晚回成都的航班，我就是想已经出来了就多待一会儿。其中我只计算了上飞机的时间，然后把飞机上的时间算作睡觉，至于有没有睡着我之前和现在都不清楚，归根结蒂我忽略了到家的时间，还没有预计飞机晚点的时间，只是各种情况都满满地算完，我回来已经很晚了。

我终于到家了。

钥匙插进防盗门的锁孔，轻轻地旋转，门锁开了，我轻手轻脚地推开门进来，然后又轻轻地关上门。尽管动作如此小心，在铁门合上的时候还是发出"哐当"的声音，弄出很大的动静来。动静既然已经整出来了，睡着的人大概已被我吵醒，我索性放弃偷偷摸摸的模样，大张旗鼓地宣布我回来这一事实。我恢复平日的样子，进门后边走边顺势把脚上的高跟鞋踢出去，"吧嗒吧嗒"更为清脆的声音接踵而来，接着我就光着脚走在木地板上。

"吃饭没有?"房间的门从里打开伸出一个脑袋。

说话的是我老公，我叫他松哥，别人叫他什么我不管。

"吃过了。"门缝被我大打开，进了卧室把包放进衣帽间，然后又走出卧室，脱下外套放到洗衣机里，折回来在斗柜里找睡衣准备洗澡。

松哥又缩回床上，偎在被窝里看我进进出出几个来回，他看我的样子很安静，像是在看某个哑剧，而我做事又很专注，并没有把目光在他身上多停留一会儿。

"我给你放洗澡水?"说话的时候他掀开被子准备下床。

"我自己来。"

我不知道松哥在说的话后面打的是问号还是句号，我是当问号来回他的话。我的手摸着睡衣的时候停下来想，想他说给我放洗澡水后面是句号还是问号，转过来看他，他听说我自己来就没有坚持，刚支起来的身体又躺下了，在他把被角又盖回去之前，我看到有一个大大的问号压在他的胸口上，他用手拉被子企图掩饰。我突然有些不安，但是很快就消失得无影无踪，有东西在困扰我，我长在后脑勺的第三只眼睛看着他把被角盖回去，然后把手提电脑放上去。

我已经找到睡衣但并没有急于拿出来，手摸着睡衣，粗略地想了想我不在家的这几日。我不知道是否应放慢动作、放慢速度让他把话说出来，在我想的时候松哥并没有说话，也不知道是他没想好还是我没想好，我终究还是把睡衣找出来还洗完了澡。

我们两个人躺在一张大床上，各自盖一床被子。我把自己的被子卷成筒状钻进去，身体被被子紧紧地包裹起来，情绪瞬间就得到安定，身体也跟着舒服了。

"你没带驾照出去。"松哥半躺在床上弄他的手提电脑，他喜欢在网上看新闻，喜欢用电脑处理文字和图片，还喜欢在网上打麻将，和我说话时眼睛也没有离开电脑屏幕。

我没有往下接话，这一次我听明白了，从他的语言符号来看，他在结尾处没有打问号，他没有说"你没带驾照出去?"

"是的，我没带驾照出门，可是你是怎么知道的?"我还是把他说的话当问号回了，不过我没有说出来，我嘴都没有张开过，我只是在心里这样回了他的话，然后又反问了他。

我想起确实没有带驾照出去，走的时候我从包里掏出来放在保险柜旁边的夹缝里了。我之所以拿出来是不想带太多的东西出门，不想消耗过多的体力和精力，哪怕只是一个小本子。我之所以把驾驶证放在那个夹缝中也不过是随手的事，我想到的只是方便自己回来再找。我一方面是一个很精细的人，一方面又是一个粗枝大叶的人，他应该知道我经常找不到自己随手放的东西。感觉他是话中有话，好像这次的事情是我有意而为之，觉得我是故意把东西藏在那里的。一个能把我藏匿的东西都可以看到的男人，他应该具有超强的穿透力，我完全有理由把他想成怪物，一个长着千里眼和顺风耳的怪物。

"那天我找户口本用的时候看到你的驾照在。"

松歌说话的时候仍然没有看我。调头看睡在身边的这个男人，我不知道自己了解他多少，他的能力超过我的想象。他都没看我就完全知道我没有说出来的问题，然后很自如地应对了我的疑问。但是，他绝不可能知道我把他想成怪物，把他想成非人类，为此我想笑，却又没让自己笑。

我可以把这件事看成是一个男人在试图拆穿一个女人的把戏，这样看来事情就被人为复杂化，已经被复杂化的事情，其空间开始扩大，有了空间就有了悬念，而事情一旦有了悬念就比较好玩，自然而然会诱惑我这个贪玩的女人。

回过去说女人的把戏，显然这个女人说了和车友会的朋友出去的事。我是完全记不得有没有说过这样的话了，看情景那就暂且我有说过这样的话。但我还是相信没有说自己要开车出去玩的事，如果有说就不会把驾照掏出来，掏出来还放在这个男人轻易就可以找到的地方。我完全有很多种可能把驾照放在很多个地方，比如放在自己的车里，放在办公室的抽屉里，放进保险箱里面……说到保险箱就有两个，一个是办公室的，一个是家里的。我不放在办公室的保险箱，而是放在家里保险箱外面的夹缝里，现在想来也是极为愚笨的做法，一个存心要耍把戏的女人，智力怎可以如此简单？甚至不知道放在自己随身的包包里最为保险。总之，没带驾照的我理论上是可以和朋友拼车出行，可是事情已经有了漏洞，我却没有想要去堵上，智者已经说得很好了，人往往会因为一个谎言要用更多的谎言去弥补。我还是认为自己没有说谎，我只不过需要一个理由走出去，我不想让人担心，通常情况下家人希望有人与我同行。我又何必说谎，人为的后天失忆和健忘，谎言已经没有继续的意义。

我确实没有和车友会的朋友在一起，车友会的活动是在地上跑，而我在天上飞，从一个城市到另一个城市，可能还有第三个城市，但是我不记得了，很多细节的东西我都不记得了。我需要有一个人引导，用提问的方式引导我的记忆，但我不希望这个人是松哥，可是除去他就再没有人需要知道我去了哪些地方，做了什么。

放任一个男人的臆想，不申辩不解释。我已经做好这样的准备和姿态，把自己四平八稳地放在他的身边。可是连续几年，我在相同的时间制造了相同的悬念，用相同的态度面对他的疑问，我们之间没有经过协商就达成了某种默契，一种"不平等"的默契，他已经不直接问我去了哪里，做了什么，但不表示他不间接问一些可能关联的问题。他还是忍不住希望我有一点点的暗示，而我不是不想给，是我自己理不出头绪来，说和不说他都可以把我想成非正常的人。

松哥那些没有说的话，我不确定他会不会说，但是我有足够的耐心等，结果我还是在等待的过程中睡着了。我估计他已经听到我轻微的而又匀称的呼吸，他可能还看到我做梦了。

一些乱七八糟的情景像走马灯似的从我梦里匆忙走过，我不时要停下来为它们让路。在我停下来为它们让路的时候在想：如果我不停下来让路将会是怎样的情景？抑或把我撞翻在地踏成肉酱……想象在没有变成事实之前都有差距，我也不能说想象可怕还是事实更为可怕，索性放任想象，让那些看似要撞上来的东西真的撞上来。我奇怪自己做这样的梦，同时，又因为清楚是梦，所以觉得真要撞上来也没关系，那不过是梦里的情景，又不会是真的。

小雪

气温下降。这个时候黄河流域开始降雪，北方已经进入封冻季节。

我在成都看不到雪，要看雪我就要走到离成都很远的地方。可是，离成都很远的地方又不都是下雪的地方。

允许我颠三倒四的记忆，想不起是二〇〇〇年后哪一年的十一月，我独自在一个陌生的城市——上海。

这是我第一次到上海，我不是冲着上海的繁华来的，但我也说不明白理由就来了上海，可能是我去机场的时候要的是打折后最便宜的一个航班，而那天到上海的机票和时间刚好适合我的要求。

到上海已经是晚上了，从机场出来我完全看不清楚上海的样子，就匆匆住进了一家宾馆。宾馆是朋友推荐给我的，恍惚记得是航普宾馆，说是一家性价比很高的宾馆。

宾馆是新建的，既干净又便宜，朋友说还很安全。住进来看了，还真如这个朋友说的，很合我意。坐在软绵绵的床上，一路上的疲惫都可以卸下的时候，我突发奇想要去看上海的东方明珠电视塔。一有想法就按捺不住，我又奔上海的繁华去了。

出门前我从宾馆总台那里打听去外滩要怎样走，服务员建议我坐地铁去外滩。

因为是晚上，车上的人很少，坐在我对面的情侣依偎在一起，相互的脸贴得很近，有限的空间里流动着甜言蜜意，完全无视了他人的存在。我存在着，我以一种被忽略的方式存在，我以为这样的存在方式让人自在。我从两个人的关系联想到人的原始生存状态，以及他们相互取暖的样子，想象一直延伸到生命的诞生和传承，让人觉得奇妙又不可思议，而这样的过程又让我很享受。

我尽量不去看两个人亲热的样子，却把目光停留在其中那个女孩的手上。那是一双白皙的手，看起来极其柔软，被一个男孩紧紧地握在手里。女孩的手是我看到的最好看的手，手上没有多余的纹路，看起来极光滑又滋润。尽管我没能看清楚她的模样，但是我想有着这么一双好看的手的女孩一定不难看。相书上就有说过，看一个人的手是否匀称就知道这个人的长相，大凡长得漂亮的女孩子的手都好看，反过来说，手长得好看样子就会好看。根据我自己长期的观察发现，长得好看的手和长得好看的脸相比，决定胜数的是手大过脸。所以，我断定这个女孩长得有如她的手一般好看，我绝没有探究的意思，任她把脸埋在男孩的怀里，任她陶醉，我绝不打扰。

一个人坐在这对情侣的对面，我形单影只地坐到目的地。

从地铁站出口到外滩还有一段距离，宾馆的工作人员对这段距离没有表述清楚，说很近，我实地走了，感觉有点远。对于距离，我觉得人类缺乏一个统一的衡量标准，对于那些不确定的距离的表述多取决于自己内心感受的距离。我就因为这个说起来不远的距离，错失了看东方明珠的时间。穿过街，穿过胡同，我看到了东方明珠，可是还没来得及看第二眼，灯灭了，眼前瞬间就暗下来，站在外滩的黄浦江畔，黑黢黢的一片，远处近处的灯再怎么卖力，也显得黯淡无光。我风尘仆仆地赶来，东方明珠却匆匆隐于夜晚的黝黑。我快怏不乐，先前忘却的疲惫卷土重来，又额外地新增了几分。

快乐和不快乐瞬间交替，明明说了不是奔上海的繁华来的，可是当炫目的灯火在面前熄灭的时候，突如其来的变故让人无法适应，原来我不快乐是因为繁华蔑视我的存在，可是这也是因为我先蔑视了繁华。

一切皆有因果。

我不清楚自己是什么时候睡着的，醒来又听到窗外有鸟叫的声音。推开窗户,窗外有一大院,院子里整齐有序地停放着很多小飞机,机身着迷彩色,像一群整装待发的小个子兵。我很好奇那都是些什么飞机,军用飞机是毫无疑问的事实,我关心的是否是战斗机。我找不到人问,看到有一个穿军装的人远远地从院子那头走过,扯开喉咙就喊:"喂——"没人理我。可能没听到我指向不明的问话,对于一个军人,他只听命于军令和号声。

于是我对自己说:"就是战斗机。"

由战斗机我想到的不是战斗,而是飞翔,那么,关于这个小型的战斗机在上海的飞翔,我直接就想到了东方明珠,我想把飞机停在上海的东方明珠上面,哪怕只有一秒钟,不是盘旋,是有接触的实际停留。当然我没有任何的不良目的,我所有的思想和行为与目的无关,这都归根于我经常出其不意的思想变化。

对于前一天晚上没有看到的东方明珠,我会再去。于是我又出发了,又坐地铁奔上海的繁华去了。

走进黄浦江畔的路边咖啡厅,我坐的位置透过玻璃窗就可以看到东方明珠。也许是我来得太早了,她轻纱妙曼地伫立在对岸,没有传说中炫丽,却有我意想不到的清新。我远远地坐在这里观望,看这一路远的近的万国建筑群:哥特式的尖顶、古希腊式的穹窿、巴洛克式的廊柱、西班牙式的阳台……我仿佛置身于一个偌大的游乐园,或者说冒险家的乐园,感觉到了危险就潜伏在那些繁华中。我于是兴奋,比电影场景更为真实的画面:我被自己推到了中央,是否还要继续?

我在用一个幻想家的大脑在思考梦想家的问题,这样看似毫无意义的事情我却做得津津有味。我无法解释现在的状态:想不明白世界万物生灵的奇妙,分不清自然科学和非自然科学。我不能正确区别有规律和无规律的变化,凡是我先前不能认识到的变化,不论其有无规律,我统统按一种态度来处理,我觉得它们都是有变数的,这样的变数就引发出很多悬念,生活有了悬念就精彩,可以诱发求索的动力,让我的生命呈现出极强的张力。之于我,是与疾病对抗;之于别人,取于对方延伸的方向。

世界之大,男人和女人有那么多,在浩如烟海的人流中,两个素不相识的人携子之手，彼此信任，彼此照顾。这样的事情想起来简直不可思议，可是又日复一日地发生着。

"我们结婚吧。"

在松哥和我之间，不知道这话是谁说的，但愿不是我说的，当然如果是我说的也没关系。我和松哥的婚姻始于两者都心甘情愿，我们心甘情愿地被自己囚禁。

在这样的叙述方式中，我省略相识，跳过恋爱，直接进入婚姻，之所以有这样的表述，不是缺少中间那些环节和过程，它们确实存在，只不过在生活中不知不觉被记忆修复和替换，最后放任为记忆的模糊。

松哥说我是一个要求完美的女人。

他说的是对的，生活本来就不完美，我却求其完美。

幻想可以美化生活，却又不能完美生活，我还是对其作了一些替代，然后就变得满心欢喜。长此以往的结果，那些经过加工改造的事情到后来就面目全非。如果现在要我再回过头去重现当年的事实，难保我不会颠三倒四，实在是怕人笑话，怕人怀疑我的智力。

两个人之间的坦诚是否可以等同于人与人之间的坦诚？好像是不能互划等号，又都是基于相互之间的信任，于是我就把坦诚和信任放置在一个特定的环境——婚姻。关于婚姻的种种传说，我不知道是应该信任婚姻本身，还是信任婚姻中的主题。我连信任的对象都没搞明白，经我说出的句子显然是缺少宾语，缺少对象，所以我现在还是比较混沌，这就有可能让我成为不被信任的对象。

头痛。

想起我要的咖啡半天没来，情绪就突然解脱出来，抬起头来寻找服务生的时候，咖啡端过来了："您的咖啡，让您久等了，请慢用。"

装有咖啡的杯子接触到玻璃桌面发出清脆的声音，服务生冲我微笑，我也冲服务生微笑。就在服务生往我面前放咖啡的时候，他挡住了我前面的视线，但我还是能从桌面和他的身体之间的空隙看过去，看到女服务生在整理桌布。想必是我来得太早，还拣了一张没来得及铺桌布的位置。也许这女服务生并没看到我的到来，她完全没有理由不给我铺桌布，这不是

小雪

上海应该有的态度，但这样的遭遇只能说明是我来的时间不对。我自作聪明地为事情作出解释，还为一个样子都没看清的女孩子开脱，以为男生和女生的工作大致也是分了服务对象的，所以我的句子不能缺少宾语。

想象总是让人愉快。

就在服务生转过身去的时候，我把放出去的视线收回来寻找我的咖啡，我看到的事情突然就有了变化：我的咖啡自己变动了位置，它竟然自己跑到旁边去了。一杯才放在我面前的咖啡自己跑到对面去了，对我显出它极不情愿，然后又自顾自地在一旁热气腾腾地散发出香味来诱惑我，更诱惑人的是比香味更奇妙的东西。我想，对面这个空位应该是坐有人。

有人坐在我对面，坐在我对面的人抢了我的咖啡，抢了我的咖啡还不让我看到样子，这根本就是不让我看到事情的本质，还企图蒙蔽我的眼睛。既然不让我看到，那我就不看吧，感觉在这个时候比眼睛来得更直接和细腻，所以我相信一定是有人来了，又坐在我的对面，明目张胆地抢了我的咖啡又不让任何人看到。

我猜想这个坐在对面，我看不到样子的人。我还是简单地把其作为人来猜想，简单地把其作为男人和女人来猜想。

如果坐我对面的是一个男人，他抢了我的咖啡。男人不至于那么没风度，所以一个男人不会抢女人的咖啡。如果有男人要抢我的咖啡，那这个男人肯定认识我，还和我很熟识，他抢咖啡不过是故意逗我。现在这杯咖啡已经放在他面前了，他并没有喝，咖啡放在那里还是我的，所不同的是现在咖啡不在我的面前，咖啡又还是在我的面前，咖啡在离我面前更远一点的地方。

如果坐在我对面的是一个女人，她抢了我的咖啡。相比之下女人更喜欢抢别人的东西，那么这个抢我咖啡的女人肯定认识我，而我可能不认识她。这个女人喜欢上了我的咖啡，因为这杯咖啡是我的，她把咖啡从我面前抢过去放在自己面前，事情做得一点都不含蓄，还带有挑衅，这是对我宣称这杯咖啡是她的了。

两种假设皆有可能。

前者是默默地陪着我，想给予关心和呵护，又不想让我看到他的模样，他抢我的咖啡是在逗我。因为他喜欢我，那么，他会在咖啡可以入口的时候还给我，这使一种情调变换成给予和满足。

后者是在暗地里关注我，关注我的一举一动，哪怕是我要一杯咖啡的样子。她以为来的时候不让我看到，我就真的看不到了，可是我已经感觉到她的存在，感觉到她冲着我的妒忌和敌意。我不能让这样的阴谋得逞，最初把其作为女人来猜想她的时候，我就没想看清楚她的样子，我将计就计，对方可以用感觉蒙蔽我的眼睛，那么我就用眼睛来蒙蔽她的感觉，这必须要我的感觉听命于我的眼睛，做出一副不显山不显水的样子来，假意理解为这个女人渴，渴极了，她因为口渴表现出极强的侵占。不就是一杯咖啡嘛，我请，不对，不是我请，是给她。

那么，我要为自己另要一杯咖啡。

我调过头叫服务生过来。

服务生快手快脚地过来，谦卑地站在我旁边："请问我有什么可以为您服务的？"

"我要一杯咖啡。"

服务生看着放在我对面那杯热气腾腾的咖啡，小心翼翼地问："还要一杯咖啡吗？"

"是的。"

"还要一杯什么咖啡？"

"一样的。"

"一样的咖啡？"服务生压低了说话的声音，我差点没听清楚他说的是什么，本来说话已经轻声轻气的了，到最后好像变成在考验我的听觉。

不想重复这样的对话，我以为表述已经很清楚了。这个长得还算阳光的大男孩因为说话的音调突降，让我看出了几分诡异，他竟然没能把持住自己的诧异表情。我从他的表情中不能判断出事情的状况，不知道他有没有看到坐在我对面的人，可是他在看我的时候看了对面的咖啡，在看对面咖啡的时候他还看了对面的座位。他的表情什么都不能说明，诧异是肯定的，可是原因不明。

我不能问这么一个小青年对面坐了什么人，问了也是白问，不管对面坐的是男是女他都不会认识。再说坐我对面的人不让我看到，自然也安了心不让别人看到，要是别人没有看到，我说出来会吓坏别人，结果大有可能让人以为我这人有毛病。但是，如若他已经看到坐在我对面的人，我这个样子仍然显得很有毛病，这样想来事情就有点复杂了，可是我还是愿意从他诧异的表情中理解为他看不到，自然也看不到坐在对面的人抢我的咖啡。我都看不到的，他自然是看不到，这不能怪他。

所有的对话都应该言简意赅，以此减少语言会出现的纰漏，让事情显得我能够轻易应对，我也确实能应对，我不会因为一杯咖啡就把持不住。

我随手在书报架上拿了一本流行杂志，尽拣那些化妆的图片看，上面都讲当下流行的颜色，示范怎样上妆，细到说眉毛要画多长，还拿眉笔从眼角到眉尾处比划出合适的长短，又说怎样上腮红和唇彩……我又把一件事干得津津有味，还如此漂亮。我随便假想坐在对面的隐形人不让人看到样子的原因，可能不喜欢自己的样子，此样子是彼样子吗？如果简单的样子可以用化妆的方式来改善……这话好像只是针对女人而言，无意中我发现自己把对面的那个人当女人来对应了，我现在的样子无疑是在刺激对方，不就一杯咖啡吗？

咖啡还没有上来，那个铺桌布的女孩过来了，她冲我笑："不好意思，早上有点忙，没来得及把桌布铺上，我还是把桌布给你铺上，这样会暖和一些。"女孩说话的时候已经把桌布牵开来，只等我起身。男孩慌忙过来把对面的咖啡端起来，我把身体往沙发里靠，女孩把桌布铺上来，双手分别往四方抚平桌布，服务生再把咖啡杯放上来，就听不到玻璃碰撞的声音了。

先前的那杯咖啡放我的面前，我一下子有了咖啡，还可能有两杯咖啡，两杯有着不同温度的咖啡。我不知道服务生是不是有意这么做的，之前这杯咖啡明明是放在我对面的，现在他把咖啡端回来放在我的面前，其中有何含意我不想戳破，可是他的举动告诉我，咖啡是我的。是的，不管对面有没有坐人，咖啡是我为自己要的，所以咖啡应该是我的。我和那个抢我咖啡的人都不明白，抢不过是一个动作，归根结蒂咖啡还是我的，所以要放在我的面前。我以为作为一个局外人，咖啡的归属很能说明问题，试想对面那个人现在是怎样的心情？

我把两杯咖啡并排放在一起，我在等坐在对面的人，等对方再来抢我的咖啡，或是才上来的这杯，或是之前已经上来的那杯。两杯咖啡并排在我的面前，没人动我的咖啡。杯子里冒出的热气原本应该是平行的，此刻却毫无顾忌地在我面前缠绵悱恻，让我舍不得将它们分开。

　　我还放了一杯咖啡在对面，我说过一杯咖啡的问题，可是咖啡的问题还是变了，我收回了我原来的咖啡，给了对方才上来的咖啡，服务生的动作让我知道什么是我的，之前那杯咖啡就是我的，所以我更懂得怎样把持自己。

　　那个坐在我对面的人，我还是看不到，可能就在女孩往玻璃桌上铺桌布的时候走了，也可能在男孩把两杯咖啡都放我面前的时候走了，还更有可能是我把才上的咖啡放在对面的时候走了。之前没有让我们看到是怎样来的，也就不可能让人看到会怎样地走，但我感觉到已经走了。

　　我也要走了，今天晚上我就离开上海，我不是冲上海的繁华来的，可是我又身处在上海的繁华中。在外滩，我看到了东方明珠的静谧和稳重，让我意会的是东方女性应该有的贤淑。那么，我断然是不想晚上再来看她一袭珠光宝气盛装出场的样子，希望在心中仍然保留一点私密，决不探究到底，留点想象的空间给自己。

　　我要尽快离开上海，在天黑之前。已经进入小雪了，我要去到有雪的地方。

大雪

大雪，很大的雪。

应该下雪的地方已经下雪了，或是渐有积雪，或是大雪纷飞。我总在应该下雪的日子里想着那些应该下雪的地方，雪下了我又没有看到，我希望雪从那些地方飘过来，哪怕是一片两片的雪花也是可以的。

我好像还是记错了，在去上海之前我先到的是杭州西湖。如果我是先到的西湖，那么应该是从杭州坐汽车去的上海，所以在这里我要纠正一下，我不是从成都坐飞机到的上海，至于我是否从成都坐飞机到的杭州，这样的事我已经不记得了，抑或在去西湖之前我还去了别的地方。

关于我行走的路线和时间都是有疑问的，这样的疑问还是没有办法可以解决。在不同的十一月，我分别去了杭州和上海，至于哪个发生在前面，我自己都说不好。

西湖比我想象的要大，至于大多少这个不好说，因为我对西湖的影像源于《白蛇传》，又不完全是这样，很多从镜头里延伸出来的景象，我实在是无法和眼前的西湖叠加在一起。对于西湖，我有一种说不出来由的记忆，感觉有什么东西在前面牵引我，让我在不知不觉中和西湖越来越近，好像可以走进西湖，可以走进西湖的深处去，恍惚中还看到左手的五根手指相互缠绕在一起，又各自盘绕。非常奇妙的感觉，让我不得不相信自己和西湖有某种密不可分的渊源，其中的关系又实在说不出来。

我的西湖柳丝织烟碧波轻舟，有如少女的轻盈纯美。古有苏轼把西湖比作西子：淡妆浓抹总相宜。如今的西湖美艳迷人，成熟而妖娆。平湖秋月、断桥残雪、南屏晚钟、三潭印月，经众多能工巧匠的反复雕琢，历世事不见沧桑，西湖十景与南北二山相得益彰。湖面已经被人为分割，湖与湖的隔离变成了水与水的不相生，如此违背生态的自然，娇柔中平添几分做作。

人说西湖的美在于湖，在于山。我说西湖的美在于一种精神。

我崇尚精神，说到精神我不得不提到法海。法海的精神也是有目共睹，他超人类的改造精神无人可比。一个六根清净的和尚，他不是佛，但他超越祖先给的肉眼凡胎，忘记自己的肉身非金刚不坏。作为和尚也是人，是人他就脱不了人的共性，只不过他吃斋念佛的同时，选择性地强化和淡化了某些大我和小我的意识。但只要作为人，他总还是有大我和小我。说法海的时候自然会提及白娘子，法海逼其显出原形，此行径天下人是褒贬不一，可是法海一直给人看到的是他非人的一面，他应该是有不为人知的一面。那是怎样的一面我不敢去杜撰，就法海能抵制对小青的倾慕就能说明其定力非一般人，但是他作为六根清净之人是否就无法勃起？勃起的时候还要不要用手握着？罪过。当然，如果他在佛的面前坦诚自己无缘故的勃起，那么我就暂时找不到说法海的理由了。

找不到说法海的理由，我却找到了说自己的理由。

身边有些朋友已经皈依佛门成为居士，我也有类似的想法，这样的想法一说出来就得到很多人的支持，有人觉得我身体不好，应该修法静心，到时候身体说不定就自己好了。我的出发点是想求学，想有所信仰，佛学和很多学科一样博大精深，可是直到现在，我还徘徊在大门外。我对皈依佛门所需要遵守的戒律作了粗略了解，俗家弟子的戒律远没有佛门弟子那样森严，可是一旦皈依了就要遵守戒律。比如说不杀生，我做不到。我偏执地以为，人不可能做到不杀生。我每天不知道要踩死多少只蚂蚁，打死多少只蚊子。另外，作为一个女人，一不小心我就会怀孕，不是怀孕就可以生小孩，那么我可能会堕胎，堕胎也是杀生。再如不打诳语，这让我做起来也相当的难，对于一个爱说话的人，一张嘴上下两张皮，稍微一动就会说出许多话来，其中很多话是不经意间从两片嘴唇中间蹦出来的，我自己无法把持。又说邪淫，戒律中把男女之事说成不净，这些我都不能认同，这忽略了人性，或者说忽略了人作为动物的本性。我们有行男女之事的需要，这样的需要是一种精神的疏导，有利于身体的健康，这样的需要让我们快乐，而且生命的延续也源于此，毕竟夏娃捏人只是一种传说，人类的生存不能依靠传说。最后说饮酒，这个我应该是可以做到的，能做到的原因还是因为身体不好，医生已经明确告诫我不能喝酒，所以我不喝酒。

看看以上我说的这些，没有一样是我自己能戒的，唯一能做到的也是因为有别的原因了。还有我觉得自己身上有妖气，又说不出缘由，但我相信是有来头的，所以我一直在佛门外面打望，不敢一脚踏进去。

我就差那么一点说自己是妖。

在西湖边上，我看到左手的五根手指相互盘绕在一起，它们兀自在那里扭动，完全不顾及我的惊厥，这无疑在印证我是妖，那我应该是什么妖呢？

一个人信步在西湖畔走了很久，停下来坐在路边的长椅上，看西湖畔那些婀娜多姿的柳树，犹如江南的女子，娴雅灵秀。

不远处就是断桥。说是断桥，其实没有要断的任何痕迹，我不想用一个类似建筑学家的眼光去考察这座桥，我不想说它的建筑特色，那是苏杭特有的风格，我只想着眼于一个"断"字，我把女人的挑剔苛刻和完美主义有机地结合起来，我要考究一座桥为何叫断桥。我独自坐在这里已经很久了，看看想想，又想想看看，我仍是百思不得其解，我也不想从网络上去查证这个疑问，我唯一可以做出的解释就是：法海在这里胡作非为，活活地拆散了一段姻缘，如此才能说是断，此断非彼断。

问题看似已经得到圆满解决，年轻的导游带团从身后走过，说断桥是段家桥，又说断桥残雪的浪漫色彩……

千篇一律的旅游解说词让我懊恼不已，这些解说词单调了生活的元素，折断了幻想的翅膀，被拔光了毛的凤凰变不成孔雀，只能变成一只鸡等着下锅，难怪中国的龙会被哪吒剥皮抽筋，最后恐龙都绝迹了。

谜底的早泄限制了想象空间，我痛恨那些自以为是的说辞。

我仍然要继续断桥的故事，就断桥残雪之说，这是桥在大雪后会出现的景象：雪在桥上铺连不上，在中间断开，远远看去就像桥断了一般。如此说来这断桥是公母桥，所以有阴阳之分，阴为女，男为阳，两者的结合处为断。男为阳者积雪早化，女为阴者故絮残留，这才是西湖上的许仙和白娘子，法海奈何？

有人说西子，说蛇妖白娘子……

一声叹息，过往的人如何听得如此欢喜？

做为人，受苦是必然的，从千年的蛇妖变成了人，我已经几世轮回，那些依稀模糊的故事，神仙依然是神仙，妖怪不是妖怪，不知道许仙已经变成了何许人，抑或他喝过孟婆汤就什么都不记得了，后来还有人说是我吃了忘情丹。

说得跟真的一样。

恍惚间，我来到了一个开满鲜花的地方，这里的人唱歌跳舞，辛勤劳作，丰收的果子铺满田园……如陶渊明的世外桃源令人神往，前面的小桥通往那块幸福的地方，我拾阶而上。

"你现在已经死了一半，如果你从桥上过去，你就真的死了。"桥头有一个白发苍苍的婆婆。

婆婆的话是对我说的，我完全相信老婆婆说的话是真的，她是第一个说我是已经死了一半的人。一句没人敢说的真话，我清楚自己现在的状况。眼下我应该决定要不要继续，如果我从这小桥上过去，我就把还活着的一半也死掉，就此结束我现有的生命状态。死亡到目前为止只进行到一半，未能进行的一半还要不要继续？还有时间给我考虑，想想清楚还来得及。

想想也就明白生命正在经历死亡的过程，这个过程从生命开始就已经进入倒计时，因为不知道正确的计算方式，总是用顺时和倒时交替计算，所以分不清生与死的距离。我实是没有想过死亡是这样进行的，用顺时针的计算就觉得它像慢动作在缓慢进行，缓慢到可以用数学的概念来表现。

我从生的阶段往死的阶段靠拢，一座桥就可以通往那里，那里是一个美丽的地方，一个看起来既像春天又像秋天的地方，人人都那么幸福，人人还那么快乐。

对于这个说真话的婆婆，我想到了某个人，就是给许仙喝孟婆汤的人。那么我千万不能让她看到我的前世今生，我要像妖一样再次迷惑她。可是我记不得前几回我分别对她用了什么妖术，让她放我过去又不给我喝她的东西，也许她根本就没有给我喝东西，她也应该知道我是妖不是人，她知道我的尘缘未了。对于我所有经历过的那些幸福和苦难，我都不想忘记，我想保留下来，它们必须和我的生命一体。我已经死了一半了，对于还活着的一半在走过桥的时间里都会结束，那么我可以和他们在那里唱歌跳舞，生命的尽头让鲜花和丰收在望，这一切对我极具诱惑，于是我在犹豫。

我犹豫不决的样子具有麻痹性，做出观望的样子上了桥头，上了桥头又不急于过桥，每一步都小心翼翼，每一步又都心事重重，自己都不知道是心事慢半拍还是步子慢半拍，总是不能很好地合拍，然后又你等我、我等你。如此看不出端倪的慢动作，一瞬间就拿定主意，已经走到桥中央，意想不到地从桥上纵身跳下。

选择意想不到的死亡方式，这不同于别人给我指引的方式。死亡应该不止一种方式，它应该有多种方式，我出乎意料地作出抉择，身先士卒地大胆尝试。

我以为自己已经死了。黑暗中，我又不确定自己已经死去还是活着。

身体躺得笔直像僵尸，还能动弹的身体长出长长的手，手爬出去，在一片柔软中触到一处刚劲的挺立，手指瞬间变成几条小蛇，齐心合力地缠绕住同一目标，抓紧救命的稻草，我触摸到前世的许仙，也可能是法海，我只是稍作牵引，强壮男人的身体就把我压在下面，让我发出了活着的人才有的呻吟！

我又一次从奈何桥勇敢地死亡和重生。

冬至

白昼最短黑夜最长的一天，阳光直射南回归线，阳光从这一天开始渐向北移动，白天会逐渐变长。

黑夜的尾巴拖行在地上，我看到它一点一点变短。太阳从背后把我变成影子投在地面上，然后把我一点一点拉长，长到可以咬住前面的尾巴，长到可以连接白昼和黑夜，长到我无法看出自己的样子。

早上正在准备早餐，听到手机在卧室响，我正在厨房忙着空不出手来接电话。

松哥进房间接电话去了。

"谁的电话？"我只听到手机在响，也没有分辨出是谁的手机在响，我和松哥用的是同一款手机，外型是一样的，电话的铃声可以设置不一样的音乐，我们也是这样做了的，偶尔会用相同的声音，我始终不能听出是谁的手机在响。

没有回我的话，松哥可能没听到我的问话。

门开着缝，松哥果然在接电话，小声地接电话。我不是存心要听他讲电话，我想叫他吃早餐，我还想起驾驶证放在保险柜边上，我听到他对电话那头说："回来了，昨天晚上回来的。"

"谁的电话？"话问出就发现自己有点冒失，却已经说出口了。

松哥对我指了指电话，又对我指着他自己的胸口，我明白他的意思，他是说："我正在接我的电话。"

我在想要不要再进房间去，松哥后面就没有说过一句完整的话，显得有点不知所措，说话明显有点支支吾吾。

电话很快就结束了。

"谁的电话？"我发现同样的一句话再说第二遍就有了不同的意思。

松哥没有回我的问题，他以为指着自己对我比划已经回答了我的问题，可是那是第一个问题，我现在问的是第二个问题，他不会不明白，可是他没有回我，没有回我是谁来的电话。稍加思量就知道第一个问题已经是多余的，现在再有问题更显多余，因为是多余就显得对话很没意思，如果还说有意思，那就只能显得我咄咄逼人。

吃早餐的时候，松哥说："今天你不要开车了，我送你，昨天晚上回来那么晚，应该还没有休息好。"

我没有说好，也没有说不好，反正怎样都是可以的，松哥这样是在对我表现关心。从松哥的神情看来，他应该刚刚从一种说不出的紧张中松弛下来，表情已经显得不如刚坐下来的时候僵硬，我想是因为咀嚼的原因，或者是牛奶的原因，总之，让他的心情及时得到了缓解。

他开始从衣柜里取大衣，又把手机放进衣服口袋里。

看着他把手机放进衣服口袋里，我想着那个电话，什么人和他通电话需要提到我，还如此关心我的行踪？

……

事情出现了疑点，我可以怀疑，而且仔细想来事情的疑点早就有了，只是我不想在上面大做文章，不想花费太多的精力。所有的疑点放在一起，可以转换场景，还可以相互嫁接，已经把自己都弄糊涂了，很愿意把一切归为自己胡思乱想。

我和松哥的婚姻有十三年了，按另一种计算方式，有人说婚姻有七年之痒，那么我和松哥的婚姻已经经过了"一痒"，而且我们的婚姻马上就要迈入婚姻的第二个七年，我是不是应该叫它"二痒"？

有时候我会痛恨自己不着边际的想象力，而生活又给予想象无穷大的空间，让人欲罢不能。松哥那些若有若无的举止还是让我浮想联翩，我无法停止内心的活动。

我又开始想早上的那个电话，松哥对着电话说我回来了，说我昨天晚上回来的，但他不说是谁来的电话。一个有关于我的话题在电话两头的人中间进行，我作为两个人谈论的对象却不知情，这显得有点不对劲。松哥一直没有说是谁来的电话，出门以后他开车送我上班，公司事情不多，闲下来我也没有电话他，甚至连QQ都没上，两个人从早上分开后就再没有对话。

再说早上的电话。那个电话不可能是他家里人打过来的，他没有家人。如果硬说他有家人，好像一两句话也说不明白。松哥的爸爸妈妈早些年就离了婚，各自组建了自己的家庭，又有了新的家人，很少有人主动想到打电话给他，事实上他们并不关心他，自然也不会关心我。电话也不可能是我的家人打给他的，如果真是我的家人打电话给他，那他们得切换通话的频道，因为我爸妈都不在人世，我再没有别的亲人。也有一种可能，我那个远在美国的舅舅良心发现，开始关心我这个孤苦伶仃的外甥女，但是这样的关心也不能表错情，他也应该直接对当事人表示才对，要不他这个舅舅做再多我都看不到，岂不浪费。

舅舅和松哥还是偶尔有通话的时候，我有听到他们在电话中有类似的对话，我听不到舅舅在那边怎样说话，松哥说我的精神状态不错，开始我也没往心上放，可是在接下来那些一来二往的对话中，诸如此类的电话重复进行，对话毫无新意，而且还不注意我这个当事人的感受。一份来自大洋彼岸的关心是用对话的方式让我听到，也许这样的关心采用这种间接的方式进行另有深意，其出发点可能是不想我难过，可是已经让我不舒服了，他们还不知道，我又不好意思说出口。

如出一辙的对话有很多，其中大部分是他的朋友，那些关心表现得很小心，不时还要揣摩我的神情，确定在不刺激我的前提下进行试探性的对话，如此种种的表现改变了事情真实的面貌，莫名其妙就把人搞得很紧张。不明白的人还以为我是精神病患者，其实我是SLE病患者，这是免疫系统的慢性疾病，和精神方面无关。我能正确对待，也在积极配合医生的治疗。可是他们竟然要在背地里重复说我的身体状况，还不惜夸大我的病情，好像我现在正在如何和死亡进行坚强不屈的斗争，说得我很英雄。所有参与这些对话的人都忽略了当事人的感受，在这件事上没有人与我感同身受。

有一个人还是察觉到我的失常反应，比如我在听到松哥接这样的电话就会做一些小动作，故意让杯子碰到杯子，故意在房间里走动，还把拖鞋在地板上弄出很大的声音，把电视音量开大……松哥应该是知道其中的缘由。以前松哥是大张旗鼓地在我面前接这些电话，后来松哥讲电话的声音越来越小，讲电话还会讲到一边去，到现在是他一接电话我就自己走开。

松哥看过很多关于病人心理学的书籍。话是他自己说的，但我是绝对相信的，松哥在我面前很少说假话，也可能是说过的假话很少被我识破。松哥把我当病人，我也把自己当病人了，他已经对病人作了相当充分的准备。我这样说话好像松哥的职业就是医生，其实不然，他的工作和医生这个职业扯不上任何关系，他看那些书是因为早些年他有一个患精神抑郁的弟弟，一个学习优异的大学生，在自我纠结与挣扎中结束了年轻的生命，这事给松哥的打击是不言而喻的。

松哥在网上和书本中收集了大量与SLE相关的资料，像钻研某种科学知识，他完全有理由改行做医生，可是他缺少实际的想象力，所以他没往这方面发展。松哥原来是画画的，现在的工作与画画无关，我总会一个人想他真正意义上是与什么有关。一切都在不露声色中进行，松哥那些细微而又不易察觉的举动，做得神不知鬼不觉，他自己都没有察觉到的行为，他以为我一样不会察觉，所以会坦然受用，可是他没有看清事情的本质，也许是家庭和工作以及个人的私密分走了他大部分注意力，他不够了解我。

对于一个极敏感的女人，生活中没有太多的道理，行为散漫自由，整个表现出来的就是感性和理性不合时宜的错位。

松哥之前看的关于精神和意识形态的书肯定较SLE的多，我觉得无意识中他已经把我这个人的形象定位，然后为此设定了一个简单的模式来应对我，这样做的结果是他会在某个时候假想我，至少在我身上叠加了一个或一个以上的人的影子，影子与影子的交错同在一个狭小的空间不能得到很好的转换，我能感觉到相互的亲密和排斥，那是一家人才有的无间争吵。婚姻把我和松哥变成了一家人，长此以往把两人的爱情关系转换成了亲情关系，他把原来对已经不存在的弟弟的关心一并用在我的身上，让我们的关系变得坚不可摧。

接一杯温水放在面前，从药箱里找出要吃的药和水杯排列在一起，然后一个一个地拧开瓶盖：蓝色的胶囊两粒，绿色的胶囊五粒，黄色的药片两粒，白色的药片就有好几种。把各色药片放在一起，把大大小小的药片放在一起，数数一共有十六颗，很吉利的一个数字。我把各种颜色的药片和胶囊放在一起，放在一起我就再叫不出它们各自的名字，张开嘴全部放进嘴里，喝一口水全咽下去。我并不是想谈论和总结吃药的感想，我早已经对SLE这个病失去了新鲜感，失去新鲜感的病痛就谈不上有何感受，事情一旦接受就可以面对。其实我可以动用煽情的一面：捏着一把药做出难以下咽的样子，还伴有眼泪和呕吐。这些都可以视为坚强的铺陈，但是我很快就面对了事情的真相，在这样的真相面前，我必须把面前的药一口咽下去，我想把这件事做得干干净净，像某种习惯。是的，我用吃药的方式来说习惯，然后又把自己处理众多事情的方式变为习惯，习惯后一切都呈现出现在固有的形式和状态。

出于某种原因，我完全有理由想象一个暧昧的电话，还有理由想象一些与之有关的暧昧人物。一遍又一遍地回忆松哥说电话的表情有无暧昧，记忆已经在不知不觉中模糊了事情的原形，它站在那里做出事不关己的样子，影像变得模棱两可。

原本是想把事情简单化，却又把事情复杂化了。

还是会感觉到隐隐的不安，生活无法让人安心，这不能说明我是一个缺少安全感的人，如果硬要这样说，那就只能说生活中缺少给我安全感的人。可是哪里会有绝对的安全？有人在家里睡觉还会无缘无故地被车开进来撞死。所以，我并不奢求那些没有的东西，还是睡觉前自己关好门窗，免得小偷在我睡着的时候穿堂入室，劫财劫色都是小事，就怕一不小心让我终身安全了。

说话好像就真是上下两张嘴皮的问题，能不能说的都会一股脑地说出来，像竹筒倒豆子一样。说话前因为没有经过大脑的过滤，也不知道哪些

冬至

话可以说，哪些话不可以说，说出来让不同的人听到就有不同的意思。我自己经常说话的时候是没意思的，可是在经过某些事以后回过头来想又是有意思的，所以有话要说自然是有道理的，也是有缘由的。

两分钟前我去上卫生间，就在一切都已经结束离开的时候，我抬脚把放在背后的垃圾篓踢翻了。走路的脚是往前抬的，我却踢翻了后面的东西，简直不可思议。被我踢翻的垃圾篓倒出女人的卫生巾，上面有殷红的血，垃圾篓是我踢翻的，不管有没有人看到，可我又不能用手去捡那些脏东西，一堆脏东西散落在卫生间里，我无计可施，想了半天我还是只有走人，这回我知道做错了，想到做清洁的大姐会在背后骂人，哪怕听不到，我还是会难受。

我注定要做错事。

下午我没在办公室呆着，在外办完公事已经快到下班时间，我可以不回公司，我也不打算这个时候回公司。

短信给松哥："我可以回家了。"

松哥短信回我："加班，晚一点回家，不等我吃饭。"

松哥不回家，我回去也是一个人，女儿在学校住读，要星期五才回来。一个人吃饭就缺少做饭的动力，也不想回家，就近找一个可以喝水又可以有东西吃的地方。

新城市广场。成都有很多这样的广场和购物中心，休闲购物和娱乐都让精明的开发商统筹和安排好了，所有能显示大都会的东西都让他们死命地挤在一个又一个的中心里，仿佛这才是大城市，这才是现代人的高雅生活方式。面对如此便利的生活方式，习惯性的偷懒迅速把我变成这个城市的附庸族，希望用现代人的生活简单生存。

我打算去"良木缘"咖啡厅，我要给自己一杯柠檬水，再来一碗皮蛋瘦肉粥，我想在那里喝水吃饭以后给松哥短信，然后和他一前一后地回家。随着服务生的指引，远远地我看到一个人，我看到了一个长得极像松哥的男人。我不敢确定是不是松哥，早上出门的时候松哥是穿了大衣的，而眼前的这个男人没有穿大衣。我又怀疑这个人就是松哥，虽然他没有穿大衣，因为空调房里本来就没有人穿大衣，所以不能说明他就不是松哥。我还是跟着服务生慢腾腾地挪动脚步，看到曾经熟悉又陌生的笑容，我确定这男人就是松哥。

松哥那个好看的笑容不是对着我的，他根本就没有看到我进来，他应该也不会想到会在这里遇到我，他的所有注意力都集中在坐在他面前的女人身上。那是怎样的一个女人？她对着松哥又是背对着我坐的，我看不到她的模样，可是我看到她用手揪了一下松哥的鼻子，松哥还露出一副很受用的样子。

不知道是否应该上去打个招呼，我犹豫着。

我从咖啡厅里退出来，可是我又没有退出来，我已经挪不动步子，所以我还站在咖啡厅里，我也是不知道往哪里去了。

早上那个暧昧的电话是这个女人打的吧？

松哥的笑容很说明问题，他很久没有这样对我笑了，他曾经也是这样对着我笑的，那是很多年前。松哥现在依然对着我笑，可是笑容已经变得简单，当然也是多样化的：开心的、会意的、满意的、欣慰的，还有幸福的。哦，太多了，可是没有哪一种笑如刚才那样的笑容让人动心，他会让人着迷的，会让对面的女人着迷，其实这样的担心已经是多余的了，事情已经不能被我左右。

事情就此变得复杂起来，正如我想。

也许把问题复杂化不是我的本意，它源于想简单另一个已经复杂的问题，可是现在两个问题都复杂，并不会因为新的问题复杂，老的问题就变得简单。

要命。

我又从咖啡厅里退出来，这回我是真的退出来了，但是退出来的我变得很有主见，并不是先前想的不知道要往哪里去。

我去超市买了一包汤圆，一盒酸奶。"良木缘"楼下还有Haagen-Dazs冰激凌店，这些都是女儿的最爱，我还买了别的东西，也是女儿喜欢的。

从超市往"良木缘"咖啡厅的电梯里，我想镇定自若地从松哥面前走过，然后假装惊讶地遇上，还夸张地问一句："松哥？"

我已经有所打算，也有所准备。

再次回到咖啡厅，也不知道哪根神经出了问题，我没有按之前的设计出场，径直就走到松哥面前："我临时有点事要出去，刚才在超市买的东西，你带回去放在冰箱里，明天是周末，女儿要回来。"

我把东西递给松哥，大包的东西从一个女人手里递出去希望有人接应，松哥根本没有回旋的余地，本能地配合我。还是能看出松哥脸上惊愕的表情，瞬间又恢复了常态。

松哥并不知道我是再次回来，他并不知道我之前有过与他相同的惊愕表情。松哥应该不知道我还为自己再次设计了同样的表情，可是再次回来看到他还在，看到他还和那个女人面对面地坐在那儿有说有笑，我已经不惊讶了，设计的表情也就用不上了。事情已经显得平淡无奇，就像我刚从菜市场买菜回来的路上遇到他，然后把买来的菜递给他，他也是那样接过去的。

没有夸张的语调和肢体动作，还是着实吓了松哥一大跳，我看到他的表情有些不自然，在受到惊吓的同时背也僵硬地挺着。一个突然受到惊吓的男人还要死撑，我又笑不起来。看得出来，松哥有一瞬间的表情让我觉得他是看到了鬼魅，这种感觉迅速感染我，让我身上的鸡皮疙瘩都起来了，可是从他的瞳孔看我背后又什么都没有，直觉又告诉我有东西在。

松哥微微张开的嘴说不出话来，也不知道他是想和谁说话。或许是被我的突然出现打断了先前的对话，一时想不起来对话进行到哪里，还有没有必要再进行下去；也许面对突然出现的情况，他不知道要怎样应对，不知道应该先和谁说话，又说什么话。事情太突然，没有足够的时间给他思考如何应对面前的状况，在没有想好解决的办法之前，松哥索性把嘴闭上，他好像不打算和其中任何一个人说话。

也许我按之前设计的表情来完成后面一系列的动作，松哥会显得镇定自若，他仍然会配合我。眼下看来我和松哥在这样的情况下突然相遇，我镇定自若的表情找不出有任何不妥，反过来把他弄得很被动。松哥应该是知道我之前已经来过了，来过又没有过来打招呼就走了，走了又回来，他不确定我看到什么或听到什么，也许还有比揪鼻子更为亲密的动作……

松哥嘴角的食物让他内心的慌恐暴露无遗，别人可以看不到他内心的活动，可是我可以，我可以看到他尽量在控制心脏的扩张和收缩，他在努力让事情看起来很平常，为了让他心安，我也让事情看上去很平常，可我还是忍不住拿起桌上的纸巾帮他擦去嘴角的污渍。

东西已经给松哥了，我想是时候走人了。

"你要去哪里？什么时候回家？"松哥竟然忘记给两个女人作相互的介绍。

"我有点事，晚点回家。"说话的时候我冲松哥温柔地笑，这倒不是故意装出来的，我想着松哥先前那个久违的笑容，想起与他恋爱的过去，内心无比的温暖。

松哥着急我要去哪里，他没有表现出男人镇定的一面，他无意中让我看到和一个女人的亲密动作，又在那个亲密无间的女人面前在意我去哪里，又什么时候回来。松哥没有把他的亲密女人介绍给我。我从进来就没有看过这个女人的模样，长什么样子不重要，有时候喜欢就是感觉，是一个人内心的慢动作，可以和模样无关，所以长什么模样已经不重要了。我还是故意不看坐在松哥面前的女人，我把一个活生生的人当做了透明物，然后我就真的看不到她的样子，这样就不会有一个陌生人的样子烙在记忆里，忘记起来就比较容易。松哥也没有把我介绍给坐在他对面的女人，我和松哥的关系已经显而易见，我感觉到又有人不安。

我不露声色的出现看起来煞费苦心，让人看出我极有心计，极有心计也没什么不好，反正都会难过，没心计也会难过。

难过，觉得自己狭隘，觉得自己龌龊还下作。我用最恶毒的语言来骂自己，骂自己没出息，不就是一个女人嘛，一个有点暧昧的女人，我也不用这样费劲。我应该是两种态度：一是直截了当地挽上自己男人的手回家；二是当没看见，以后我也可以这样揪其他男人的鼻子。

我没有挽着自己男人回家，还把男人留在咖啡厅里和一个女人继续暧昧，我也没有揪其他男人的鼻子。

事情还有没有第三种可能？

还是难过，一种有来由又说不清去向的难过。

我像患了瘟疫的病人，由先前紧张亢奋的巅峰跌落下来，陷入困境，像麻风病人癫痫后的死寂。把自己放在电影院里，一个人看电影。整个放映厅除了我再没有别人，这是一个奇怪的现象，却又是真实的。我一个人看了一场电影，电影的名字是《生日快乐》。

我快乐吗？今天不是我的生日，我可以不快乐；今天不是我的生日，我活该不快乐。

关于婚姻，关于婚姻中的生活，我本想做一些解释，却发现自己无法对此作一个更好的陈述。也许我真实的生活就是游离状态，这样的状态让时间、人物、事件容易在不知不觉中发生错位。

总是在每一年的十一月悄然出走，然后又在几天后悄然回来。我不说就没人知道我去了哪里，就算我想说出来，我也没法说清具体的时间和具体的地点，没有文字，没有图片，甚至没有任何旅游纪念品。我把生活中的一些片断电脑程序化，对那些十一月里消失的日子设置了删除键。我不知道右手的无名指敲击的位置对不对，有时候是按我想的进行了删除，有时候又好像是退格，退过去以后又密密麻麻地敲出更多的字来，也不知道前面的还是后面的更真实。那些企图被删除，但它们又是真实地存在，以成为死角的姿态存在着，我不碰就没有人能碰得到，但往往会在不经意间跑出来溜达，高兴起来还撒腿就跑，我被拖着一起跑，记忆里一些依稀的记忆被撕裂成片断和场景，还有一些记不得样子的人。

二姐说我前面的表现说明我极在意这个男人，她说这个女人活得累。我不同意她的说话，却不好意思说我愿意生活有这样的细节，生活有了细节才显得细腻和真实。

已经不能简单地说婚姻中的男和女。

我从和朋友的交谈中获知，一个男人和一个女人的组合方式简化了两个人的生活模式，也节约了两个人生活的成本。果真如此吗？事实可能正好相反，两个人看似简单的关系其实可能会有意想不到的复杂，说不准其中有人过着双重的生活，这应不应该算是节约生活成本？有空间就有隐私，有隐私就会有秘密，中间就一纸之隔却不能说没有。我听得到那边有人说话，却听不清说的是什么，知道有事正在发生，伸出手指在犹豫要不要捅破，手指触到纸的瞬间就犹豫了，想想还是把手指收回来，说不清楚的原因我就没法说。

周末很快就到了，女儿也从学校回来了。

这个晚上，女儿打开冰箱有了意外的发现，欢天喜地地拿着冰淇淋跑过来坐在松哥和我中间，一副馋涎欲滴的样子，说："谁买的呀？"

"爸爸。"我在换电视频道，想也没想就回了女儿的话。

"是妈妈买的。"松哥从烟盒里抽出香烟准备点上，突然想起什么又放下了。松哥在家很少抽烟，烟瘾上来实在忍不住就跑阳台上去抽。

"谁买的都不知道吗？总不可能是圣诞老人送来的。"女儿说话的时候嘴角全是冰激凌，她是故意把冰激凌抹在嘴唇上，一副很享用的样子，然后又自己美滋滋地抿着嘴唇，抿嘴唇的时候发出婴儿吸奶的声音，这种声音让我想起她小时候的样子。

我看着松哥，松哥也在看我。他看我的样子和我看他的样子大致相同，看到他的表情我感觉在照镜子，看到自己心里的疑惑。松哥并没有像真的镜子那样让我端详，他很快就拿起桌上的报纸。打开的报纸竖在我们中间，他看不到我一脸的茫然。

真的忘记冰激凌是谁买的了。松哥说冰激凌是我买的，那就应该是我买的，这个他没有说假话的必要。那我在买冰激凌的时候肯定还买了别的东西，比如速冻的汤圆，还应该有酸奶什么的。照以往的习惯，我应该不止是买了冰激凌，因为女儿喜欢，所以我经常会在周末前买这些东西回来放在冰箱里，为的就是等女儿回来。我从周一就等着周末的到来，只有周末的时候女儿才在我的身边，有女儿在身边我才觉得自己是一个母亲，我会变着花样做她喜欢吃的饭菜，一家人坐在一张桌子上吃饭，然后带女儿看电影。这是我幸福生活的美好元素，我喜欢这样的生活，喜欢这样的元素。可是生活的现实并不尽如人意，女儿就读的学校离家不算近，因为我身体不好，松哥不想我太操劳，加上他又经常出差，这样就只有让小孩住读。松哥是这样说的："小孩正在长身体，住读生活节约了孩子在路上的时间，可以得到更多的休息，还可以锻炼小孩独立的生活自理能力。"我还是觉得自己活得不像一个母亲。

想起买冰激凌的事，我不记得昨天有没有去过超市，不记得有没有买过东西。我决定打开冰箱看看，冰箱里果然放有冷冻的汤圆，还有冷藏的酸奶，冰激凌已经在女儿的手里，一半已经被她吃到肚子里了。我仔细看酸奶的出厂日期和保质期，担心东西可能不是昨天买回来的，怕之前就放在冰箱里已经过保质期。

松哥放下手里的报纸："你昨天买了让我拿回来的。"

"我昨天买了，你拿回来的？"我完全不记得有这回事。

松哥又把报纸竖起来，他好像不准备继续这样的对话。

我怎么会忘记呢？如果忘记买东西的事，那肯定还有我想忘记的事情。从我以往的经验看，忘记是一种需要，那我需要忘记的是什么？

我在寻找原因，又害怕找回那些需要删除的记忆，有关汤圆、酸奶和冰激凌的记忆让自己有些为难。

女儿吃着冰激凌去书房，肯定又是去玩网络游戏去了，一星期关在学校里，一星期没出过校门，现在像从笼子里才放出来，欢天喜地的吃东西，玩电脑，和小学时候的同学在网上聊天，一起玩简单的网络游戏。

"昨天回来那么晚，你去哪里了？"不知道什么时候松哥已经放下手里的报纸，他要继续一个和前面好像无关的话题。

"看电影。"

"和谁？"

"自己。"

"什么电影？"

"《生日快乐》。"

"……"

感觉自己被审讯了，我却服服帖帖地一一回答松哥的所有问题，我也没有感觉到委屈。一问一答的对话让昨天的记忆有些眉目。我坐在离松哥很近的另一只沙发上，看到松哥的笑容异常温和。松哥坐过来靠我很近，伸出手把我搂在怀里，然后又用手在我的头上轻轻地抚摸着，像父亲哄女儿的样子。

我自己能感觉到身体的僵硬，直直地坐在那里任由松哥进行对我关心的需要，我感觉到事情离真相越来越近，心里无端就害怕起来。我好像想起一些事来，轻轻地抚摸着松哥的鼻头，眼泪自己就流下来："痛吗？"

松哥愣住了，他好像也想起了什么，既而又把我紧紧地拥在怀里，什么也不说，只是紧紧地抱着我。

想起来了，冰箱里那些东西是我买的，我还看了一场电影，还有人揪了松哥的鼻子，可是顺序好像不对，所有的事情都堆在那里，一时无法理出头绪来。

电影，一切都像电影。

我一个人看电影，这仍然不可思议，这么拥挤的城市还可以一个人看一场电影，空荡荡的感觉真真实实地在。那么多的空位可以任意挑选，我可以从电影一开始就换不同的位置，但是我没有这样做，我并没有选择最佳的视觉和听觉位置，我也不知道哪个位置是最好的。我只是对号入座，还从始到终坐在同一个位置。习惯，改变了一个人的生活状态和方式，这样的习惯不会担心坐错位置被人赶，也就没有那些尴尬和难为情。

我是看了一场电影。可是还是错了，我怎会在二〇一〇年看的是二〇〇七年的电影？二〇一〇年看二〇〇七年的电影不奇怪，奇怪就奇怪当时说是新上映的片子，所以还是错了。我又走错地方了？我原本是去咖啡厅喝水吃东西的，怎么就坐在电影院里了？一道门两个地方，我是从哪到的哪？中间还有没有细节？

影像变得飘浮迷离，也许是导演接错片子。

我像孩子一般无助哭泣，为一场我搞不清楚时间的电影。脸被松哥双手捧起，撩开被泪水打湿又贴在脸颊上的头发。

湿漉漉的头发纠缠在松哥的手指上，我看到它们变成了许多条小蛇，那些鲜活的小蛇纷纷对我昂首，松哥却说："不要怕，什么事都没有。"

小寒

开始进入寒冷季节。

衣服一件一件往身上加，形体找到由头开始夸大并招摇过市，可寒冷并不减少，才知道冷是因积久而寒，我又不合时宜地感觉到饥饿。

在丽江。

我正处于一种空前的饥饿感中。看到路边小摊卖的丽江粑粑、血肠，还有臭豆腐，我喉咙里都要伸出手来了。对食物的欲望是我必须要解决的问题，我用水来替代和化解这样的欲望，我还懂得用水果来安抚自己，用比医生还强硬的态度来对待自己，事情势必就是这样，事情已经就是这样。

辛苦地克制食物对我的引诱，坚决摒弃欲望对我的纠缠，明白对食物充满欲望是药物在作祟，可是生命的正常运转又不能摆脱药品对我的操控，我必须听命于它，但我又不能完全听命于它。

视线留恋于这些和那些好吃的东西之间，又竭力回避那些难以抗拒的诱惑。我像是一个孩子，没有长大成人的孩子，我一心惦记着很孩子气的东西。

心情无比纠结，眼睛看不到走过的风景，心情变得烦躁不安，还无精打采。过往的游客三三两两地聚集在路边小店里，有人和掌柜的砍价，有人满心欢喜地挑选可以带走的东西，也许东西是用来送人，也许是留着给自己回忆。

有没有人看到我涣散的样子？

我看到丽江变成了百货商品集散地，一个集散地引来全国各地，甚至国外的友人，大家用丽江街头的饰物装扮自己，同时也对丽江进行再次装饰，装得大家都很丽江，装得让我看到丽江在满大街行走，我想这是遭遇傻逼，不是一个，而是一群。

我也是傻逼，一个人坐在石桥上看水中的锦鲤，我不知道它如何还可以游得这么欢喜，难道它感觉不到自己被囚禁，生活前途有多么可悲？可是我又仔细为它想想这样的生活确实也没有什么可悲的，至少它可以比放在盘子里的命运好过百倍。我自己的不自在非要想成一条鱼的不自在，而人家又很自在，所以今天丽江一整条街上，还就只有我才是真正的傻逼。我为这样的自嘲欢愉起来。

天气因为进入小寒，刚刚还是阳光明媚，瞬间就下起小雨，接着又开始下冰雹，劈里啪啦地从落地石阶上跳到别处去了，一幅大珠小珠落玉盘的景象，我想云南盛产玉是不无道理的。

情绪的欢愉被一场冰雹催化，开始变得蠢蠢欲动。

路边的柳树下有人在卖河灯，有人在买河灯。河灯是买来晚上放的。我挤过去，买了一盏荷花灯，我找抽烟的人要火点亮河灯，一朵燃烧的荷花从我的手里，放进从雪山上流下来的小河里。望着缓缓远去的河灯，我也缓缓地跟在后面。

有发小打电话给我："在哪儿呢？"

我说："在丽江放河灯。"

"天啦，我以为你在火星。"她惊叹的是我大白天放河灯。

我知道她现在的感觉，像小时候相互搞恶作剧后的反应，好像是我故意在作弄她似的，而且效果一如以前，我不禁哈哈大笑。

"疯子，去了丽江就更像疯子，即便不是疯子也会变成疯子。"

她大概是说我的神经质，她一直是这样评价我的神经质。她这样肆意渲染我的神经质并没有什么不妥，我能欣然接受。也是只有她说了我才回过神来，大白天的我放什么河灯？还真是有点毛病，不过我的发小说得很好了：疯子。

果然是像她说的那样，不止是我疯了，所有的人都疯了。我问抽烟的人要火点灯，别人也没有露出任何诧异的神情，还显出少有的热情。我放河灯的时候，同样没有异样的眼神，看见我的人都看到了河灯，心底里发出的赞叹一半是给河灯，另一半就不知道是给我还是他（她）自己的。

电话里也有人大笑："有点暧昧吧？"

暧昧？这样就暧昧了？可是我又不知道怎样定位暧昧，可是经她这么一说，我也觉得有点暧昧了。

"哈哈……"

我听了对方笑得喘不过气来，行为夸张是我这个朋友的个性，可是显然这回是我夸张了。我感觉到她的得意忘形，我不想让她满意："太闹了，没法暧昧。"

"在那里只要愿意，你不找暧昧，暧昧也会来找你。但愿你不被暧昧招惹，保管好自己，回来我为你洗尘。"

电话说完了，我的话还没说完，但电话又是我自己挂的，想想好像又是符合挂电话的细节，要说的话已经说了，不能说的话终是不能说的，那就不说吧。

在一个卖古玩的地摊前，我看到一对陶瓷的孩童，男童的裤子褪下一半撅着屁股从下面往后看，那样子像在看自己的小鸡鸡，后面的女童趴在地上从下面往上看，看的还是男童的小鸡鸡。很生动的组图。我模仿男童的动作往后面看，当然我不是全部模仿，也没法模仿，我只不过是撅着屁股从两腿中间往后看，我看到有人在后面蹲下来看我。又是一副活生生的组图，极像两个孩童的样子，所不同的是撅着屁股从两腿中间往后看的是我，蹲下来从后面看的是一个成年男人。

两个人一下子就笑起来了，在笑的时候彼此都会意了，但是站起来恢复到我们原有的样子时，我还是不好意思了。这个男人已经按下手里的相机，我撅着屁股的样子被他装在盒子里，还有我不好意思的样子，我觉得这个时候应该马上消失。

"等——等。"

有人在后面追我，我没有停下来，却又放慢了脚步，我感觉到内心里有一个声音说："可以让这个男人追上来。"这样的表述有点含蓄，还不如说："希望这个男人追上来。"

一前一后的奔跑，一慢一快地跑，很快两个人的节拍就合上了。

"跑什么呢？"

我听到对方喘气，看那样子应该跑不了多远。可是我自己本来就跑不了多远，如果还要跑，首先是我自己跑不动，先趴下的还是我。不打算再跑，一屁股坐在路边："因为你追我。"

追我的人也坐下来，他就挨着我坐下来："你不跑我也不会追。"

"我跑我的，和你又没关系。"

"那我是不是也可以说我追我的？"

"嗯，话这样说结果仍然是没关系。"

"可是你在前面跑，我在后面跑，一前一后就被看到的人搭配起来，显得我是在后面追你。"他开始摆弄相机。

"也是，这么说也是有关系。"

"想不想看你的照片？"

"不看。"

我及时制止住他想给我看照片的行为，对方也就没有坚持，然后停止摆弄相机。

两个人盘腿坐在路边，丽江的天气还是和先前一样，一会儿天晴，一会儿下雨，一会冰雹。不管天晴、下雨，还是冰雹，两个人还是坐在路边，说了很多话，说得很开心，没人听见他们说什么，也没有人关心他们可能会发生什么。我在想天晴、下雨和冰雹的时候忽略了许多细节，后来才知道还没有给对方留下任何联络方式，一切无从求证，无从查实，或许两个人什么都没有发生，恍若梦境……

还是记得我那时很开心，可是我没有记住坐在路边和我一起天晴、一起下雨、一起冰雹的男人的模样，一切还是和一个人的模样无关，我还是没有仔细研究一个人的长相，所幸这个男人并没有一张让人过目不忘的样子，要不会给我徒增烦恼。

尔后，在丽江的四方街，我和一群纳西族的妇女手牵着手跳舞，忘记自己要去哪里了，觉得生活就这样一直下去已经很好了，我哪也不想去了。

生活还是不能让人如愿以偿，我不可能一直在四方街跳舞。

有人在看一群人跳舞的时候还在寻找暧昧，也不知道是谁在抠谁的手心，不喜欢就可以不理会，假意感觉迟钝，还可以假意脑残，把自己想象成一个年长的纳西族妇女，过着四方街跳舞的日子。

或许每个人对暧昧的理解是不一样的。就丽江来说自身并不暧昧，也不具备暧昧的元素，所有符合暧昧的元素都是舶来品，外人强加的意思。嬉闹时的相互抠手心，灯红酒绿的小酒吧，洞开的门户，来来往往随意出入的人群……

不合时宜地想起一样东西：女用避孕套。没用过这东西，我也是听来的，是一大群作家和诗人在酒桌子上提及此物，当时我伸出去正要夹菜的筷子在半途停下来，我想问清楚又没问，不想表现得像个傻逼，让人觉得我是在装清纯。有人说女用避孕套是女权主义的产物，这样的解释很空洞，是泛指，没多少实际意义。我觉得不应该是这样的答案，我需要了解其实用性和操作性。

我问其中一个要好的朋友："那是什么？"

"什么是什么？"

"女用避孕套。"

"洗过脚没有？"

"嗯。"我点头。

"我说的是外面洗脚房洗脚。就是洗脚时候罩在脚盆上的塑料袋，洗完了就丢了的那个。"

"嗯。"我还是点头。

"女用避孕套就像那个，罩在女人那里，像个喇叭花，然后就可以适用不同型号的男人。"

朋友说话的时候连说带划，害怕我听不懂，这也难怪，他是男的，我是女的，通常男女要进行这样的对话会让人尴尬，可是我们并没有，两个完全是心无邪念地作为学术在讨论，所以他的解释很形象，我一下子就懂了。

对于女用避孕套和喇叭花，还有不同型号的男人，我由此又心生出很多见地，还真是一门学问。男人可以用型号来区分，那么女人也应该可以同样区分。有人说女人如衣服，说的自然不是我现在说的意思，但我觉得就拿衣服来说此事最合适不过，穿衣服讲究款式和大小，不同的人穿不同型号的衣服，还穿不同款式的衣服，表面上看是人在选择衣服，实际上也是衣服在选择人，选对了就都对。同样，一个男人和一个女人的型号是不是都对了，两个人不说不表示他们心里明白。

我属于哪种型号的女人？没有现成的答案，我不可能用 M 型或 S 型来阐述自己，于是我不得不开始思考这个问题。

但我不应该说丽江的时候说女用避孕套，可能会被人指证我诬陷的不良意图，其实我并无恶意，纯粹是思想的过于跳跃，不小心就把这两个风马牛不相及的地名和物件联系在一起。联系在一起还真就有了关联，好像还真的就变得暧昧起来，我不知道是不是可以这样理解暧昧。

我的文字不小心就把丽江比作戴着女用避孕套的喇叭花，可是我还是惦记着放在丽江的河灯，这样的夜晚可以把成都的活水公园错想成丽江，我可以在成都寻找那日放的河灯。

我仍然在想避孕套的问题，从先前的女用避孕套想到男用的避孕套。

一个做父亲的朋友说起和儿子之间的关系。他把避孕套给十七岁的儿子，两个人没有对话，儿子接过东西就放进裤兜里出去了。这是正确的还是错误的？我在问正确与否的时候就已经错得很离谱了，这不能简单用正确和错误来判定事情的利害关系，父亲的行为是考虑到做男人的担待，他为儿子想，也为儿子的女朋友想。

走在前面的男人一不小心就从裤兜里带出避孕套，有人捡起来说："老师，你的东西掉了。"男人接过避孕套放进口袋说："谢谢。"

生活无时无刻都在给我们上着最为生动的一课，可是我还是不能让松哥随身带着这样的东西出门，我不希望自己的男人活得像一个"炮兵"，随时准备"打炮"，打出去的又全是花心，我还害怕他哪天为此而变成炮灰。

我不想活得像喇叭花一样。

快乐是无限的，快乐应该也是有限的。我不对这句话作任何的解释，我还是用一个比喻，这样的比喻可能和快乐无关，可是和生活有关。有美食专家说，一个人一生中吃的东西是有量的，如果这个量达到了，你的生命就走到头了。这又把人的生命简单到一个量化的说法，那听过此理论的人是不是如我这样，吃很少的东西，这样我可以看到自己的孩子长大成人，再看到自己的孙子长大成人，还让我的孩子看到我变老，让我的孙子看到我变得更老，我们大家从中会获得意想不到的快乐。

一个人要那么多快乐做什么？总是自己扮人又扮鬼，说着 A 面和 B 面的话。

悄然无声地行走在丽江的大街小巷，驻足在那些精致的庭院外面，希望有人走出来，希望有人和我招呼，希望遇到那个愿意和我坐在路边一起太阳、一起下雨、一起冰雹的人。

明显感觉到天气变冷，躺在被窝里，舍不得温暖，还有松哥的臂弯和胸膛。我给松哥说一个地方太阳，说一个地方下雨，还有一个地方冰雹。松哥习惯我这样的表述，他并不急于问的问题暂时放在他那里。我没说太阳的地方，也没说下雨的地方，更没说冰雹的地方，自然不会说暧昧的地方。我在遗忘的时候没有区分清楚，一并忘记了，应该和不应该的都忘记了，只留下一些时间碎片，像照片，然后我对着照片看图说图。说喇叭花，我用身体比划给松哥看，用手指喇叭花开放的地方，松哥一翻身又把我压在下面，炮弹飞来直接插进喇叭花，他不让我再说下去，那我还说什么呢？不说了。

大寒

天气寒冷到极点。

　　这是一年里最冷的季节，那些积久的寒气终于暴发出来，它们直冲我来，并且开始肆意踩蹦我，可是我还不能单单因为冷就痛不欲生。

　　寒冷在冬天里已经不算是什么新鲜的事。

　　冷，我像很多人一样在冬天里觉得冷，觉得透骨的冷。我在冬天的衣橱里找不到可以御寒的衣服，羽毛和皮毛在冬天留给了天使，我只能呆在有空调的房间里，皮肤原有的水分被强行掠夺变得皱巴巴的。看着玻璃窗上的水雾变成晶莹剔透的水珠挂在外面，我想把脸贴上去。

　　还是不能确定，不能确定在双楠那边看到的那个人是不是松哥。我看到了极像松哥的男人和一个女人走进某宾馆。看着两个人的背影消失在我的面前，我有点紧张，甚至是不知所措。一个人在宾馆门口站了很久，不知道是不是应该尾随而入，心里除去紧张还有害怕。害怕让我失去主张，失去主张的人变得傻里傻气，觉得眼前的一切都是梦幻，醒过来就没有了，或者说一转身也会没有了。所以我转身背对着宾馆往前走，一直往前走，前面有十字路口，十字路口有红灯，我要不要过去？绿灯等了很久都不亮，我站在这里等着绿灯快点亮起来，绿灯亮起来我又没看到，还站在路口等。等来了一阵又一阵的阴风，也不知道从哪里吹过来的，都已经是冬天了，都已经是大寒了，冷已经是很正常的事了，干嘛还要从某个方向出其不意地跑出来，跑出来还要变成三角刀的样子来吓唬人，割人的皮肤还让人痛。

终于可以找到痛的根源，寒冷经毛孔和所有可以入侵的路径侵略我，我心底里的隐痛应该是一种冷到极致的表现，可是成都的这个冬天连一片雪花都没有。

事情并没有变成幻影而终结。

松哥一个晚上没回来，松哥也没有打电话给我，他忘记我们的约定，忘记我们不管什么情况下都要告诉对方在哪里，他可以不对我说和谁在一起，可是他也应该告诉我在哪里。

事情用一种不被喜欢的姿态摆在面前，我不去想都不行，可是我又不愿意去想，稍微想一下就会牵动我的痛觉，深吸一口气也不能缓解现在的状态。说不出痛的地方，只能说出因为冷被麻木的地方，也许麻木的程度还不够，还能感觉到痛，这种感觉相当不好。

关手机，拔掉电话线，不看电视，不看书，也不开电脑。紧闭门窗的屋子满是冬天的味道，颓丧的心情蜷缩在沙发里，空调的风已经是极冷了，加速成都极冷的冬天。我希望看到有雪花飘落的样子，可是我已经很冷了，雪花在哪儿呢？

松哥还没有回来，滴答滴答的时间自顾自地走着，它没有把松哥带回来，天都快亮了，松哥还是没有回来。

我以为天黑了松哥就回来了。

松哥没有回来。

我在等松哥回来。

我还是希望松哥回来。

我不知道松哥会不会回来。

我知道今晚松哥不会回来了。

……

才发现紧张和恐惧一整晚都没有消停，还变本加厉地牢牢盘踞在这里，我都累了，我都很累了，它们竟然没有一点困顿，还越来越亢奋，我被纠缠得快受不了了。事情被分析和解剖成无数个版本，我反倒没什么可担心的了，就目前的状况来说，松哥还是要回来的，松哥没有不回来的理由，但是松哥有偶尔不回来的理由。

天亮了，松哥应该快回来了，至少已经进入了回家的倒计时，如果他现在打开家门，看到我现在的样子，他肯定要给我一个偶尔不回来的理由。经过一个晚上，他应该已经周密计划了这样的开场白，已经为我的多种版本的猜想准备了多种理由，那将会上演怎样激烈的口舌之争？

好累啊，我什么都不想做，也没有力气做，我还是走吧。

主意已经打定，我走。

带上平日里随身的包包，带上小笔记本电脑，我甚至没有从保险柜里拿点现金，但我有想过，想的时候我又想：拿钱做什么呢？

直奔机场，要了折后最便宜的一班飞机，花了三百多块钱我就坐上了去昆明的飞机。飞机开始滑行到起飞的一小段时间，我问自己去昆明做什么？还能做什么？我只想回避一个理由或是多个理由，所以离开成都，给点时间和距离让那些理由变得无足轻重。飞机经过短时间的飞行，已经降落在昆明机场，机舱门打开，所有的人都在准备下飞机，我不想下飞机，我想飞机一直飞行，那样我就可以一直呆在上面。

处于一种混乱的情绪中，我感觉有点难以驾驭，想离开成都时的迫切心情，现在却找不到方向。

我想到了丽江，这里到丽江很近，可是我已经把丽江比作女用避孕套一样的喇叭花，我要再回去就真 TM 是傻逼，是我把自己逼到了绝路。

调头往别的方向去。

调头就在边界，对面是越南。

坐在边界的这边望着那边的房子和丛林，我想过边界那边去，希望坐在这里看到自己消失在房子和丛林那边。我突然有了想法，想越境，眼前荷枪实弹的家伙已经注意到我，也许不远处涂着迷彩色又混在灌木丛中的哨卡也注意到我，说不准还有狙击手正在瞄准，我已经无所畏惧。我回旋在一种想象和现实中，想着一个晚上没有回家的松哥，想到俗话说老虎都有打盹的时候，还不要说是人。因此可以解释为松哥也有打盹的可能，松哥也应该打盹。可是现在有人不能打盹，如果有人打盹我就可能从这边跑到那边去了，可能被另一些没有打盹的人遣送回来。遣送回来我再找机会，还有可能被再

大寒

次发现……我无暇去想那么多的后果，后果此时已经显得无足轻重，于是我内心异常执著和狂热，并且正儿八经地打起主意。

用一种极不相称的比喻，大概思想的巨人和行动的矮子就是我这样的人，其实我坐在这里已经坐成了一尊塑像，不吃不喝又没有言语的塑像从翻江倒海又归于寂静。

天越来越暗，随时就要黑下来的样子。边界两边的人越来越少了，那个在我面前扫英雄花的大姐走了。我记不清楚她这一天扫了几回，一大堆的英雄花堆在面前，想着它红艳艳的样子，想着它在我的家乡被叫做攀枝花，也叫木棉花。外婆说，攀枝花晒干后用来做枕头，睡起来很软。外婆没有睡过这样的枕头，我也没有睡过这样的枕头，是怎样的舒服我全凭外婆的说和自己的想。我还从来没有看到过如此多的木棉花，也才知道它们在边境被叫做英雄花。

才换岗下来的哨兵向我走来，之前他站在那里被我当成了塑像，之后才换上去的也会被我当成塑像。我听到了脚步声，接着有大衣披在我的身上，衣服上带着余温，我把衣服领子拢了拢就欣然接受了。才感觉到这里的晚上已经很冷，之前的注意力全被很多事分散，因为衣服和温暖让其聚集回来，现在发现浓烈的寒意已经把我层层包裹。没有说谢谢，我想说来着，想说的时候又发现身体长久保持一种姿势，在不想继续的时候就开始发麻，发麻的是身体，说不出话的却是嘴。倘若身体不发麻，我能说出话来，可能还会说出别的话语来。但是说出来也不会起到任何作用，他是不可能帮我偷渡到对面去，所以这样的想法还是不说出来的好，也幸好没有说出来。

天已经黑了，他把衣服给我就走了，一会儿又回来了，递给我两个热馒头，还有一瓶水："吃吧，吃饱了才有力气。"

可是我之前有那么多的力气都不知道要做什么，现在我还要力气做什么呢？如果有了馒头和水，我就可以从这边跑到那边去了，可是有了力气还是不能，我肯定跑不过枪子儿，它们还是会跑到我前面去，然后我中弹倒下，一地鲜血，事情是不是可以这样结束并打上句号？可是事情的进程还没有进行到这个程度。

身体发肤受之父母，看得到的没有多少是自己的，我不能对自己做什么。

"那边是什么样子?"这是我坐在这里说的第一句话。

"那边?越南?"他应该知道我说的那边是哪边,但他还是在重复我说的话。

"那是什么样子?"我还是在问那边。

"越南的样子。"这个回答很绝妙,看不出当兵的人说出来的话还很有意思。

"很好的样子。"我对越南这个国家缺少更多的了解,只是在朋友们的言谈间偶尔提及这个国家,提到得越少越显得这两个字像生僻字,组在一起最多也是生僻的词。

"这是边界,边界就是国门。"

听出他的话中话,同样的话也适用很多地方,尊严是首当其冲的。那么我之前的想法一旦变为事实,势必会触犯尊严,结果是不言而喻的。总不能因小我而置尊严于不顾,人不可以活得那么自私。"放弃吧,放弃我那些乱七八糟的想法,重新思想。"我这样对自己说。

"有人说两千人民币可以买到一个越南女人,是真的吗?"突然问了一个很八卦的问题,当然我也并不是无中生有,尽管是听来的,还真有其事,现在我是想在离越南最近的地方加以证实。

"有这样的事情,每年遣送回去的妇女有很多。"

两千元人民币可以买一个女人,那我可以给松哥买好多个越南女人回去,于是我开始吃馒头,开始喝水。

"你不是想买越南女人吧?"

听到当兵的在笑,但他又没有哈哈大笑,这样就显得他是在偷偷地笑。

"嗯。"我含糊其辞地回答,没有说是还是不是。

"两千可以买的越南女人没你漂亮。"

他应该是在白天的时候就已经注意到我,只是不知道他是在我刚来的时候注意到我,还是在我坐成塑像的时候注意到我的,不过想到一尊塑像注意另一尊塑像的事情就很有意思。

"用我去越南换女人,换一堆越南女人。"我没有说漂亮和女人的关系,但我确实在换算漂亮和女人的关系。我原来就觉得两者是有关系的，只是原有的意识被现实颠覆，每次暧昧中的松哥让我看到漂亮和女人关系不大，甚至是毫无关系，暧昧只和性别有关系。

"哈哈，打死你也不愿意。"

"不愿意就拐。"对话显得有点牛头不对马嘴，当兵的在说我，我在说越南女人。

一个馒头被我吃下大半个，果然有了些力气，又开始胡言乱语，我竟然在中越边界线上和一个当兵的说要拐带那边的女人，看样子我吃的不是馒头和水，我吃的是豹子胆了。当兵的没把我的话当真，看他的样子也没有把我当成盲流，事实上我已经是有家不想归的盲流。当兵的肯定不知道我之前想从这边偷跑到那边，还有拐带的想法。但我知道有一种可能：子弹从枪膛里飞出来穿进我的身体，我倒在这里变成一朵木棉花。

我没有变成木棉花。吃了当兵的馒头，喝了当兵的水，还在离边界不远的小旅馆住了一晚，天一亮我又走了。

不应该想到弹头穿透胸膛，不应该想到流血，更不应该想到变成一朵木棉花……妖和人是有区别的，妖能预知未来。我在说子弹穿透身体，有血从身体里流出来，所不同的是，血不是从胸膛里流出来，而是从我身体的某个缺口流出来，如涓涓小溪。血成泛滥之势突然出现，我不停地找地方买卫生巾，不停地找卫生间，血染浸过卫生巾把牛仔裤弄得一塌糊涂，走到哪里都带着一股浓浓的腥味，我不得不在南宁停下来。

南宁一家三星级的宾馆。

柠檬黄的房间，温暖的调子把冬天关在了外面，空调里吹出来的热空气暖暖地扑过来。开始脱衣服，脱下的衣服放在面盆里，光溜溜的身体站在淋浴喷头下面，热气腾腾的水从头上淋下来，又沿着皮肤的表面汇集成一行一行地淌下来。血从身体最为隐秘的地方淌出来，又沿着两腿的内侧像蚯蚓一样爬行，水和血在浅色的瓷砖上相互融合，又在瓷砖的缝隙中间再次汇成小溪，直接冲阴暗潮湿的下水道口跑去，那里有一张大的嘴在贪婪地吮吸，恍惚有东西在下面吸食生命。我拿起喷头对准那张嘴使劲地喷水，我讨厌那样的阴暗和潮湿。

洗完自己又开始洗衣服，主要还是洗牛仔裤。出门的时候我没有带多的东西，一路上也没有买东西，别说换洗的衣服，我连吃的东西都很少买。现在想买也没法出去，我用宾馆的浴巾把自己裹起来，衣服都放在面盆里，泡衣服的水都变成了红色。

我已经不确定自己还有多少力气。

都说女人是水做的，水做的女人流过眼泪，又开始流血。女人既然是水做的，就有可能干枯，对的，我由此想到可怕的干枯，干枯让生命随时会显露出干旱的裂纹。

拧干牛仔裤的水，找出房间里用来吹头发的吹风机插上电源，把吹风机的风开到最大放进裤筒里。开笔记本又接上网线，这家宾馆可以上网，可以写东西传到博客。一边用电吹风烘衣服，一边写字，写字的时候还要回头给吹风机换位置，从一个裤筒换到另一个裤筒，又从裤筒放到衣服里，还要不时开关吹风机，给吹风机休息的时间。

我在文字里很少说在哪里，慢慢成为一种习惯。现在已经不单单是习惯，是真的不想说，是有意而为之。字写得很慢，也写得很少，写半天还是说洗牛仔裤的事，所有的文字罗列在那里，一直好像在饶舌，文字缺少指向性和目的性，显不出事情的所以然，再度回归我健忘时候应该有的样子。博客写了，裤子还没有干，我把吹风机从裤筒里拿出来，一手拿吹风机，一手把衣服和裤子翻面，让先前没有烘到的地方放到面上来。

我一直没有想过每天的花销，停下来又不得不开始想这个现实的问题，想人民币的问题，想我这样还能走多远。开始意识到人民币的某种意义，它可以决定我行走的方式、距离和长短，这使我对钞票有了更新的认识，并开始检讨现在的奢侈生活，决定明天就从这个三星级的宾馆搬出去住小旅馆。

从三星级的酒店搬出来，我又住进了一家商务酒店，这里的房价还不到昨天的一半，房间小，也还舒适，床单和被套都是蓝白相间的格子，一种简洁的格调。很快就让自己适应了新房间。

住下来的第一件事又是洗牛仔裤，洗完后找不到吹风机，我把房间里的所有柜子都找遍了，还是没有吹风机。找出床头的服务指南，拨通了酒店前台的电话，我说找不到吹风机，服务员用一口"飘损"的南宁普通话说马上

大寒

045

送上来。我在博客上正在写找不到吹风机的商务酒店，有人敲门，服务员已经把吹风机送上楼来了。有了吹风机的商务酒店，生活一如昨天复制给我。

生活还是不能完全复制。我穿上牛仔裤从酒店出来已经是晚上，从房间里出来走在南宁的大街上，街道两边有大片的绿色，其中有很多像椰子树的棕榈树，我总是错以为那就是我喜欢的椰子树。我总能在有椰子树的地方闻到海的味道，北海应该不远了。

已经想到了北海，但我不在北海。

我在南宁的街上，才从超市买了几大包卫生巾、面包和牛奶，我掏出手机想打电话。手机关了这么多天，我要给谁电话？刚开机就接到舅舅打来的越洋电话，他在电话里问我近来好吗，我说挺好的。一边在电话里说好，一边走进路边的 KTV，热闹的声音借电话从这边送到那边。

我说："……和朋友一起唱歌。"

"好啊，年轻人就是要开心。"舅舅显然放心了，挂电话的时候还特别叮嘱："玩开心，怎样开心怎样过。"

手机开了，电话接过了，电话又挂断了，还有短信不断地进来。没有看短信又关掉手机，甚至不想看是谁发过来的短信。谁的短信不重要，说什么都无济于事，不能改变事情已经发生，又还在发生，我的行为显露出来的样子又是势不可挡。生命在放任自流，一种前所未有的状态，也可能是颓废，可是颓废也是一种真实。

走进 KTV 就没想出来，服务生说还有一个包间。进来才知道是中包，一个中包把我今天才省下的房钱又如数数出去。关于生活和生活的费用表现出时而清醒时而混沌的状态，事实表明我对明天有明确规划，同时也表明我对生活缺乏长远的计划，我所有的表现无疑是"人生得意须尽欢"的反面，却又是同工异曲。为自己要一打果汁，还是清楚不能喝酒，那就抽一支烟吧，可是我连烟都没有，那烟也不抽了。我一个人唱歌，一个人跳舞，身体灵活得像蛇一样，扭动啊扭动，血又弄脏了裤子，我还想唱歌，找不到《寂寞在唱歌》，感觉到有人要死了，那天夜里真的就有人死了：阿桑走了。

阿桑是四月走的，我写的又是冬天，这些都没有错。我总在十一月出走，阿桑也确实是四月走的，这两个时间都在同一个空间里同时发生，不管你相不相信。

　　洗完裤子我想睡，也是应该睡的时候了。这些天我睡得太少，睡得太少也吃得太少，还要流那么多的血，感觉到力气越来越少，感觉就要走不动了，所以需要吃饱睡足充好电，可能明天又要去别的地方，睡吧，快点入梦。

　　我应该是睡着了的，可是身边为什么躺着一个陌生男人，就在我的右边，身体是平躺着的，头扭过来对着我，眼睛一动不动地盯着我，是那种死死地盯着。

　　惊骇。

　　我睁开眼睛把头调向右边，调向男人那边，床上空荡荡的，除去我再没有其他人，先前明明看得清楚的男人不见了，他会去哪儿呢？房间不大，一张大床足足占去了房间的一半，剩下的一半是卫生间和书桌，而我的身体放在这张床上显得孤零零的。

　　落地灯在房间的角落里散发着昏暗的光，空气里弥漫着阴晦的味道。

　　陌生的男人就这么不见了，可是他刚才看我的眼神极为寒冷，又极为复杂，有些怜惜，还有一些关怀。这样的眼神我在哪里见过？想不起来了。我把身体挪到右边，让左边的床空出来，我已经睡在陌生男人刚才睡过的地方，他应该不会再来了。才有的睡意被打扰，中断后再继续，不知道是否还能入睡。我又开始迷糊，或许已经睡着了。

　　又有一个人睡在我的身边。这回我看清楚了，不是先前的那个男人，是一个女人，就睡我的左边，睡着我先前睡过的地方。这个女人有一头长卷发，松松地在脑后扎了一个马尾，一袭碎花睡裙，白色的被子盖在她的腰处，背对着我，睡得很安静。

　　我还是觉得有地方不对，女人的被子是白色的，而我所在的这家酒店的被子是监白相间的格子，那她怎么可能用的是白色的被子？她又是从哪里来的？是否也会像之前的男人一样说不清来处也找不到去向？

　　我又一次醒来，女人和之前的男人一样不见了，整个床除去我睡着的地方都空着，我打开床两边的灯，光着脚跑去开廊灯、卫生间的灯，还有书桌上的台灯，把笔记本电脑也打开了。我把房间里所有能发出光和亮点的东西都打开，我要用它们照亮这间小小的房间。

继续睡觉，必须睡觉，我需要休息，需要安静。身体让我挪到床的中间，我把自己像一个"大"字摆放在大床的中间，我的左手左脚占着女人睡过的地方，又用右手右脚占着男人睡过的地方，我不给他们回来，不给他们骚扰。

房间的灯光越来越远，越来越暗，我深一脚浅一脚地跟在后面，前面是很多的小星星，我伸手出去就要摘到，手伸出去却又远了，变成只可以看到的一个小亮点。追逐在梦中停下来，房间的灯从顶上投射下来，聚集在我的瞳孔深处，我躺在手术台上，麻醉后虽恍惚却听得到声音，分得清楚来处和位置。那是从卫生间和廊道的玻璃墙传来的声音，很清脆，像是金属碰到玻璃的声音。只有一个人在的房间，谁弄出的声音？我又听到手指敲击键盘的声音，干净利落又如行云流水。天啦，有一个女人坐在那里，她在用我的手提电脑。我假意自己已经被麻醉，不让自己发出声音，闭上眼睛对自己说：一切来自虚幻。

佛说：生活的一切都是幻想。

我宁愿这一切都是幻想，幻想本身是内心的活动，可是它又是往各个方向发散出去的。这就不难把自己想象成某种怪物，怀疑并肯定自己身体都长满触角，那些柔软的触角张开来，显出相当的敏感，它们可以超越视觉和感觉，并且左右我的思想。

害怕是肯定的，可是到哪里才不会害怕？所有的酒店和宾馆都应该是一样的，所有的房间和床都睡过陌生的男人和女人，他们不是睡在床的左边就是右边，也可能像我现在一样是睡在中间，那些睡过这张床的人有多少人在，又有多少人不在？我不敢接着往下想，再想就是下一个睡这张床的人，是不是也会在这个房间里看到我？

行走、牛奶、面包、卫生巾、酒店、牛仔裤和吹风机，正在进行的生活可以罗列，今天仿佛就是前天和昨天的复印。

吹风机正在烘牛仔裤，我又在房间上网写字。

女儿在 QQ 说："妈妈，我想你了。"

我心里有点痛，眼泪忍不住流出来，女儿不知道我隐身在线，她只是一个人在说自己想说的话。我想起我是一个母亲，是一个女孩的母亲，我不可以置她的感受而不顾。可是我现在不知道要怎样和女儿说话，可是我又不能不说，我是一个母亲，我应该担负一个母亲应该有的责任。

"我也想你。"

"妈妈，你在啊！"

女儿说你在啊，后面还用的是感叹号，这小孩是一个天才的语言家，让我看出她喜出望外的样子。我的心温暖着，很想从屏幕中伸手过去摸她的小脸。

"你什么时候回来啊？"

"快了。"

"爸爸说你出差了，可他不说你去哪里出差。我想你。"

几句话女儿就说了两个想你，这是生活中我们几乎不说的话，今天她连续说了两回，我知道她是真的想我了。我也想她，如她想我一般想她。我原本是没有想什么时候回去，也不知道什么时候会回去，可就在和女儿说话的时候，我想回家，想回家和女儿在一起，我们彼此都有这样的需要。

"作业做完了吗？"

"还有一点点，因为想和你说话，我知道你会看到的，作业马上做。晚上爸爸送我回学校。妈妈回家来看我。"

"嗯。"

"爸爸说想和你说话。"

一下子明白此时的松哥可能就站在女儿背后，我不知道他想说什么，也不知道我能和他说什么。想想还是觉得我没有什么可以说的，此时两个人中间夹着孩子，我们在肆意剥夺孩子快乐的权利。我说："有事要出去，回来说。"

事情好像一直都没有明朗化，我无任何的举措。

没有回家，我又不想回家了。

我也没有去北海。

我住进了海南的金凤凰酒店，推开窗户就是大片的海滩，海滩外是一望无垠的大海。酒店是我在南宁的时候从网上预订的，已经过了十月的旅游黄金时间，房价已经跌下来了，不但打折还可以讲价，一千多的房价最终订成两百，还包括到机场接人。从成都出来，我走的整个行程都是打折路线，从南宁到海南的机票也是打折机票，这就是我为什么会出现在海南的原因之一。

太阳高高地照在沙滩上和海面上，空气通透又带着淡淡的海腥味。成都从来就没有这么明亮的阳光，也没有这么蓝的天空。感觉阳光在这里穿透所有可以穿透的东西，也可能穿透那些不能穿透的东西。阳光因为过度的明亮变得刺眼，让我睁不开眼睛，我不得不戴上太阳镜，这样我就可以仰望蓝天。太阳镜因太阳而生，它可以遮挡强烈的阳光和紫外线，还可以让我躲在两片深色的镜片后面深藏不露，用淡漠的表情阻挠那些无谓的打量和搭讪，让人活得更自在。

我已经不能享受阳光浴，医生说得很明白：不能晒太阳，不能去西藏，不能去紫外线强的地方。我不得不生活在被云层厚厚包裹的成都，包包里还随时带着太阳伞，一年四季对太阳和雨都显得有备无患。注定我不能奔跑在高原太阳下面，注定我不能在海南酣畅地享受阳光。可是我想去医生说的所有我不能去的地方。

无法知道生命会在什么时候终止，也无法知道生命会在什么地方终止。也许生命进行到某个时候会把那些原本关联和不关联的关联起来，关联起来是不是会这样：身体轻得像一片叶子，我漂浮在蓝色的海上，海水像婴儿的摇篮平稳地托着我，时有时无的声音从远处飘来，像外婆哄我入眠时候的轻声哼唱；野草在小曲中疯长，鲜花在身体漂浮的海面绽放，我被鲜花托起，蓝色的天空离我越来越近，越来越近，白色的云朵软绵绵地从眼前飘过，我伸手扯一块下来做手绢，缺氧的空气里有草原和海的味道；一只大鸟飞来停栖在身边，那是有金色羽毛的太阳鸟，我在白色的云朵上面用青草和鲜花纺织成彩色的毯子，飞起来了，我们都飞起来了，一起往太阳的方向飞去……

在海南感觉不到冬天的阴霾，阳光把冬天装扮成了夏天。有人穿短袖短裤，有人穿裙子，我还是一副从成都出来的样子，一条牛仔裤紧绷绷地穿在身上，卫生巾在牛仔裤里自然与身体贴合，身体好像已经有了漏洞，那些长流不止的红色小溪已经呈现漫延之势，结成块状从身体里掉出来。我用成都中医的处方四处拿药，西药中药都拿。中药拿了就马上制成袋装的汤剂，随时带在身边当做饮料的样子在喝。

用高倍防晒霜抹在脸上和身体上，再用丝巾把自己包裹得像阿拉伯妇女，只漏出一双眼睛还戴着太阳镜。脚上的运动鞋脱下来栓在背包上，光脚走在沙滩上，想着海角天涯在前面，心里觉得宁静而悠远。看到远处有很多的人，看到远处的崖壁上的字：天涯海角。我毫无心理准备，之前我也没有想到天涯海角是什么样子，以为那应该是天和海的尽头，完全没有想到会是这么容易。许多人变换着姿势与"天涯海角"合影，大家都没有再往前走，也不用往前走，天涯海角被人写在崖壁上，我连走过去的勇气都没有了。

心情再度陷入颓废，有受骗上当的感觉，可是仔细想来又没人骗我，应该是被自己骗了。

在一片看似没有风景的地方坐下来，大大小小的螃蟹从礁石下面爬上来，我一有动作它们就迅速地回到海里，不久又探出头来观望，确定没有危险又爬上来，看到我又显出不甘心和不示弱，假作强势与我对峙。沾满沙子的脚放进海里一动不动，我说："来吧，你可以咬我，甚至可以把我吃掉。"很快就有东西咬了我，也有东西在扎我的脚和小腿，说不上是痛，麻酥酥的感觉让人有点小舒服。咬我的东西看不到，扎我的东西也看不到，都不知道它们是从哪里冒出来的，又都是一些小东西，它没有大得可以吃下我的胃口。

又把裤子弄脏了，但我已经不急于回去了，这里除去我就再没有别人，也就没有人看我，没有人看到我的裤子脏了。如若我现在回去，路上会遇到很多人，遇上了就会有人看我，就会有人看到我弄脏的裤子。

一个人的海边，海面路过的船只远远地看去像影子，又慢慢变成黑点，那些可以移动的黑点在指向海的那边，也不知道海的那边是哪里，它们是以什么样子呈现在那里，那些看不到又可以想象的景象让我渴望，渴望因为无法实现又让人迫切需要。需要变成可以感知的东西堵在胸口，希望得到某种宣泄，于是我用双手做成喇叭状对着海那边喊："喂——"

"——喂"

"喂——"

……

我在和海说话，我说的话把自己感动了，泪水随着脸颊滑下来又掉进海里，瞬间就找不到踪影，明明先前还和我一体，现在因为分离出来很快就脱离我，成为另一种形态在我面前存在。看到眼泪变成了海水，我突然意识到海水就是眼泪，不止是女人的眼泪，还是很多动物和生物的眼泪，所有的眼泪汇聚成海，成为让人叹赏的风景。

海水清澈见底，那些彩色的鱼穿梭在大海深处的礁石和珊瑚丛中，可爱的小水母像海水中的气泡，散发着淡淡的橘色光芒，还有蓝色的水母，月亮一般皎洁的水母，它们拖着长长的触手，极柔软地舒张着身体，那优雅的闭合显出暗地里的忧伤，每一次合拢又张开，再合拢，重复一样的动作却还做得如此美丽。多么优雅的女人，这些生活在眼泪中的精灵，我把它们看成了温柔可人的女人。对于水母的性别，有人说它们是雌雄一体，也有人说它是雌雄异体，各执一词。用我个人毫无科学的理论以为，水母应当为雌性，至于它们是怎么繁殖的，我又不得不屈从于雌雄一体的说法，自己排精又自己排卵。

我把脸贴在潜艇的玻璃窗上，闭上眼睛感觉到有水母过来，感觉到她们温柔的抚过我的脸颊。一道蓝色的亮光来自深海，我看到穿黑衣服的老巫婆又在熬制汤药，旁边有死去的海马和海蛇，它们已经被制成干，先后被放进沸腾的大锅里，散发出让人熟悉的味道，这样的味道十分接近我手里的汤药的味道。阴谋，所有的都是阴谋，我想打倒这样的阴谋，可是一切显得无可挽救，还看到恶毒的狞笑。

不习惯这个没有冬天的城市，在这里找不到时间的坐标。错觉让我恍惚行走在梦幻里，找不到时间的接口，恍若昨天是冬天，恍若今天是夏天，恍若我用了一小步的时间和距离从冬天跃到夏天，又恍若我从睡梦中醒过来就是夏天。一种很奇特的感觉，时间和季节都放在那里，我可以坐下来挑选，可以主动从这里跳到那里，又可以从那里跳到这里或是别的什么地方，一种游戏的情景和心情，有别于一成不变的等待，等着冬天走，春天来，夏天和秋天还在后面依次排队。

刚刚还在冬天的寒冷里，还没能适应这里的炎热。汗水打湿的衣裳紧紧地贴在皮肤上，头发也湿漉漉地裹在丝巾里，水分找到别的方式快速脱离身体，先前的漏洞还没有补上，现在感觉我快要虚脱。眼泪、汗水和血分别从不同的缺口流失，如此下去我会被太阳烤成肉干。

　　站在不同的位置寻找，寻找太阳黄经为三百度的位置。后悔让冬天成为夏天，需要冬天更像冬天，让天气寒冷到极点，让我像快要冻死的老狗一样进入冬眠。

　　我又路过那个开满鲜花的地方，这里的人们在唱歌跳舞，辛勤劳作，丰收的果子铺满田园……同样的场景，同样的地方，还有同样的小桥。我在桥头遇到一个自称是村长的人，他扬起手里的手机对我大声说："你们家里来电话说你已经死了一个星期了，电话都打到我这里来了……"

　　"我已经死了一个星期了？"有人说我已经死了，并且具体说出我已经死了一个星期，我想找上回说我死了一半的婆婆。

　　村长说："你还以为是假的吗？我才接到电话，专程在这里等你。"

　　桥的这头除去村长和我再没有别人，找不到说我死了一半的婆婆，看样子我的另一半也死了，可是我还是没明白先前的一半是怎样死的，剩下的一半又是怎样死的。

　　心情黯然。

　　"你从桥上走过去，你就可以和他们一样得到极乐，生前的一切都可以忘记。"村长得意地指着对面那些快乐的人。

　　顺着村长指出去的方向看去，鲜花开满的地方，有人唱歌，有人跳舞，丰收的喜悦罗列在地里、田里……

　　死亡成为一种诱惑，一一罗列在眼前，大片的好景象可以拆开来成为单个的诱惑，供我选择，可是我已经不能选择，所有的好景我统统都想要。我在说出自己的欲望和贪婪的时候，已经显露出自己对生命的不舍，我是在生与死之间寻找平稳点，生与死的对峙，我与非我的抗争，都不知道应该帮谁，还是不清楚的状况，村长指过去的美景又如何能引诱得了我？

　　舞蹈成为魅影在对面浮动，景象不断地重叠又仿佛要分离，我不得不把它们拆开来，拆开来就是场景和道具，看它们七零八落地摆在那里没了生气，我又依次放回去，一下子又鲜活了。事情就是这样变化出来的，有人正利用它们来引诱我。

　　死亡成为一种快乐在前面指引我，我却看到人的许多阶段，生是一个阶段，死也是一个阶段。一座桥变成中间的通道，我可以从这里到那里，从这里到了那里，我也就完成了一个阶段进入另一阶段。那个我现在还不能预知的阶段又是怎样的呢？

说没有诱惑是不可能的，说不能诱惑也是不可能的，很多人天生对某些不能预知的事情充满好奇，我并不例外。已经勾起的好奇心会作祟，对方就是看准了这一点。看样子我是不是可以理解为有人愿意给予帮助，帮助我尽快结束飘浮和游离的存在方式，帮助我顺利从此阶段到彼阶段，然后割断连接阶段的纽带，让彼阶段成为我的最终的归属。

还是想找那个白发苍苍的婆婆，我有话要说。先前是她说我死了一半，如果从桥上走过去就把另一半也死了。现在我还没过桥，又有人说我死了，说我已经死了一个星期，说我从桥上过去就会忘记生的苦。

我应该相信谁说的？

这是一个让人头痛的事，村长异常热情，眼前的情景，表明他即将也是我的村长，他也迫切希望成为我的村长，他想我在桥的那端唱歌跳舞，在鲜花地里丰收，我可能会变成对面的风景，让后来的人看到。

思想和行为又开始脱节断裂，我严重不合拍的迹象让人看起来像行尸走肉，脚下踩起来软软的如棉花，心里无所畏惧又很没主意，不知道要何去何从。关于生的痛苦和幸福成为一对生死冤家相互纠葛，已经到桥的中央，我停止下来，太阳显然不在黄经为三百度的位置，它没有让我冬眠，所以我遇到了难题。头痛让我不能抉择，讨厌这样的问题和考验，我出乎自己意料又从桥上纵身跳下。

没有冬眠，也没有死亡。

筋疲力尽地坐在街边店铺的台阶上，我在包包里找手机。我想打个电话，找手机的时候我还在找可以说话的人。手机找到了，在开手机的时候我以为会信息不断，还应该有很多未能接通的电话提示。可是事情并不是这样，没有短信，也没有未能接通的来电显示，我好像被世界遗忘，好像被活着的人遗忘，那么我真的已经是死了一个星期了？可是村长说有人找我，有人找不到我才把电话打到他那里去的，所以我应该是活着的。

活着就有活着的欲望和需要，我现在就需要打一个电话，需要找人说话，尽管这些日子出来我都不说话，活得像一个聋子又像哑巴。电话拨过去没人接，我那朋友是幼儿园老师，没接电话估计在上课。我又拨了另一个电话，电话那边不等我说话就焦急地问："你在哪儿呢?"

"我走不动了。"我是真的走不动了，已经没有了力气，时常感觉就要晕厥过去，心跳过速让我不能负荷，有几次在行走的过程中就要倒下。这些在我的文字中都没有表露，我不想让人觉得我是用一种弱者的方式对他人进行要挟，我不是那样的人，可是我又不知道自己是怎样的，整个过程我像是在逃逸。

"告诉我，你在哪儿呢?"

"我——不知道。"

"怎么会不知道?"

对方紧张了。可是我真的不知道现在在哪里，我已经不在海南了，我甚至觉得之前在海南都是幻象，很不真实。这些日子总是不停地赶路，从一个城市到另一个城市，然后发现城市的前后左右都是城市，奔波的疲劳让神智变得呆滞。频繁变更行走的方向和路线，又在频繁中频频更换交通工具，更换目的地，更换行程，一切显得信马由缰。

"看看你周围可以证明地方的东西，告诉我你在哪里。"

在放手机的包包里，我找到入住的酒店房卡："苏州。"

"别再走了，身体不好不要硬撑，回家吧。"

我们之间的对话没有前因后果，事实上前因往往无法显露后果，而后果自己又不能很好地和前因关联。有人习惯我这样的因果关系，也有人不习惯。电话没有说完我就挂了，我不喜欢这样苦口婆心的对话，这个朋友一直在电话里劝我回家，一连说了几个回去，好像我已经打定主意不回去了一样，也许我给人的感觉就是这样的。

我完全被事情现在的样子弄糊涂了，不管我之前出来的时候是怎样打算的，我现在是不是可以不回去了? 是不是已经不想回去了? 我不能确定，不能确定的事情变成不清楚的状况。

何去何从?

我需要洗个头，汗水几次三番打湿头发，头皮有点痒痒的，像是有虫子在头发丝里钻来钻去，又在头皮上爬来爬去，我还需要按摩头皮下面的神经。其实自己也知道现在这个样子最好不要做任何的按摩，血已经流了很久了，已经不是先前理解的经血了，就是昨天晚上，拳头大的血块掉下来的时候我知道事情比我想的要严重，这些天吃的药完全没有起到任何作用，我可能需要住院，甚至会躺在手术台上，又可以见到那些熟悉的医生和护士。很多天以后证明我的感觉是对的，我已经很了解自己的身体。

不做按摩，可是我还是要洗头，太阳穴也隐隐胀痛，主要是想躺下来，躺下来就是一种休息。洗头的时候那个没讲完的电话又来了："我给你订了晚上九点多的机票，你吃点东西往机场赶，只需要身份证就可以办登机牌，晚一点我把航班号和时间短信发你手机上。"我还没有答应，电话从那边挂了，我继续洗头。

我又盘腿坐在路边，就在刚才洗完头付钱的时候，发现自己包里只有一张百元钞票了。我现在就想把仅有的一张百元钞票撕成很多张，要不这后面我睡哪里？吃什么？走的时候我又没有作长远的打算，身上仅有的一张信用卡也是松哥的附卡，主卡在他手里，我在任何 POS 机上刷这张卡，他就可以从网上查到我在哪里。我不想他知道我在哪里，我不想他知道我的行踪，所以我不会用这张卡，即便是现在我快要到山穷水尽的地步也不打算用。我想找个地方住下来，找一份工作养活自己，可是我的软肋在成都，我无法狠下心来。

我想都没想就把生活简单成日子，我又简单地以为自己的生活只有三天，昨天、今天和明天，我甚至没有想过比明天更远的后天。我还有什么呢？我想起还有一张机票，它就已经发送到我的手机里了。我是由于各种原因被朋友和一张机票合谋绑架回家的。

立春

二十四节气中打头的一个节气。

从现在开始春天来了，花要开了，可是放眼望去，花一直在开，也不知道是从哪年的春天开始，还不知道要在哪年的冬天结束。春天的花开在别的季节，四季的花又开在同一季节，季节开始胡搅蛮缠，其结果是让人颠三倒四，我在季节之间犯了糊涂，又不合时宜地进入了冬眠。

生活归于一种宁静。

我在自己的家里。喝水的杯子放在书桌上，那本正在看的书还没有合上，阳台上才浇过水的花的花瓣上还挂有水珠，太阳像个气球一样红彤彤地挂在东边的天空。

我养的狗狗已经一岁了，它正趴在玻璃柜边看乌龟，不时还用爪子去挠，挠不着就围着走一圈，寻找可以下手的最佳角度。乌龟对于狗狗的骚扰无动于衷，还是一动不动地趴在那里，冬天来了它就很少动了，狗狗是不会知道的。春天来了，乌龟还是一动不动地懒在那里，它知道春天来了，可是它还是要假装冬眠，狗狗还是不会知道。

我也不知道为什么生活可以如此井然，那些放在那里的东西还是放在那里，又一尘不染，好像它们一直放在那里没有人动过，又好像我从来就没有离开过。

又想起佛说的：生活的一切都是幻想。

　　用放在书桌上的杯子喝水，继续看没有合上的书，太阳照在花瓣上，太阳照在水珠上，生活在室里室外相融相生。

　　我每天上班走相同的路线，又走相同的路线回家。路过文殊坊，从门洞里往里看文殊院里供奉的菩萨，我看到了，又没看到。我自己都不知道是不是看到了，如果今天没看到，我明天还可以看，明天没看到，后天还可以看，它们总是一成不变地在那里的，我也总是要从外面走过的。

　　我天天从文殊坊走过，我天天从文殊院门口走过，相同的景致，相同的铺面里坐着相同的人，还卖着相同的商品，我能用步子来量出每一段的时间距离。哪棵树要开花，哪棵树要结果，哪棵树又要落叶，我可以记不清楚，可它们一旦被我看到就变得非常清楚，甚至是往昔的样子也是如此。那些长着相同样子的人还要给我看相算命，他们竟然不识得我，竟然没有看到我每天从这里走过，从他们面前走过。我知道这里有几个算命的，还有几个看相的，我都认得他们的样子。他们还是会对我说："小妹牵一根红线嘛。"我匆匆走过才把他们幻想成月老，那他们是要给我牵什么样的红线？他们每个人给我牵的又是不是一样的？我想回头迎上去牵一根红线，可是我又怕牵错线，事情竟然会是这样让人纠结又纠结，还让人仔细想来还觉得可怕。

　　每天的大米白面，还有中药和西药，我一样都没有落下，生活就是这么井然，好像每一秒钟都有严格的衔接，在上一秒钟和下一秒钟要我做什么都已经安排好，哪怕我故意拐一个弯，都是它安排好的，所以拐一个弯回来，我还是行走在生活设定的路线里。

　　我变成了瞎子，变成了聋子，变成了哑巴，坐在对面的洞子口张凉粉吃凉粉，吃甜水面，想着文殊院院子里的事——那年我和松哥在里面喝了五毛钱一杯的盖碗茶，那年我还没有和松哥恋爱，那年我也不知道现在要天天从这门口过，不知道我今天会坐在这里吃凉粉，吃甜水面。

　　天天从文殊院门口过，五毛钱的盖碗茶在院子里面喝得风声水起，而我却再没进去过。

　　生活一时无语。

　　生活怎么就一时无语了呢？

我没能想明白。

松哥近来好像很多时间在家里了，很少出去应酬。其实我也不知道他平日里都在应酬些什么人，有那么些时候希望他也找个机会应酬我。

"吃饭了。"饭菜已经端上桌子，荤素搭配，色香诱人。

很好看的饭菜，我还是没有好的胃口，用筷子夹起一根青菜放进嘴里："咸了。"

"我看看。"松哥也夹一根青菜放进嘴里，笑着说："是有一点，很久不做，手艺倒退，放盐的手也没有了轻重。"

自己盛半碗汤，喝一小口又放下："淡了。"

松哥端起我才放下的碗，喝了一口咽下："嗯，是淡了，不过比较适合你，医生说你不能吃咸。"

"是不能吃太咸。"我强调。

"可以把青菜放进汤里，这样咸的不咸，淡的不淡。"松哥觉得自己找到了解决的办法，就要把盘子里的青菜倒进汤碗里。

我马上制止："喂猪啊？"

松哥一脸茫然地望着我，才端起的盘子又放下了，自己埋头吃饭了。

看碗里稀嗒嗒的饭："米少水多，饭都不会煮。"

松哥停下来想说什么又没说，继续吃饭。

我用筷子还在碗里拨弄着，很想再找出点什么来，我就是存心的，我也知道自己现在这个样子很让人讨厌，实际上我挑三拣四还不知道自己想要干嘛。

松哥肯定也不知道我想要干嘛，他之前的热情已经受到严重的打击，他不和我说话，甚至不理我。不明白松哥为什么要这样忍受我的无端刁难，他为什么不把碗筷放下来质问我到底想要干什么？松哥在吃饭，他一副不显山不显水的样子，我看不出他的情绪有太大的波动。也不知道是为什么，我希望他为此大发雷霆，甚至把碗筷摔在地上，甩门出去。不，他不能甩门出去，他还必须呆在家里。如果这样，我可能会停止无理的挑剔，那我们可能会坐下来谈些别的。谈什么呢？我内心开始矛盾，不确定要不要谈那些别的事，那些事谈和不谈都让人难过，放在那里又找不到排解的方法。放下碗，我不想再吃任何东西，胃里什么都没有吃却有饱的感觉，甚至还有点撑得难受。

事情还没有结束。

谁都可以看出我是在故意找茬，松哥也应该知道，我平日不是这样的。很少下厨房的他做咸吃咸，做淡吃淡，可是今天我换了一副样子，一副令人讨厌的样子。我现在不但是味觉不听使唤，而且语言更不听使唤，我就是要存心和他过不去，我是要看他过去时候的样子。

松哥还是从我身边过去了，他收拾好碗筷就进房间去了，把我一个人留在饭厅里，我又不能得寸进尺，问题是我已经失去得寸进尺的时机和方向，我所有的行为活动不得不停止下来，我像雕塑的样子坐在那里，我甚至不需要再作任何的思考。

如果我能停止思考就好了，可是我还是不能停下来，那些感觉不好的东西在难受的时候就会出来肆意泛滥，如洪水野兽般不可抵挡，我如一只困兽坐在笼子里，我给自己说："出不去就这样坐着吧，咬不着别人总不能把自己给咬死。"

松哥好像又突然想起我来，他又从房间出来，给我冲了一杯柚子茶，水温刚好可以入口："喝点水。"松哥在我对面坐下来，温柔地看着我，还用手摸我的后脑勺。我像一个刁蛮公主需要宠爱，可是我还是觉得自己过分了，端起杯子把水送到嘴边喝了一口，然后把杯子捧在手里，暖流从手心里贯通到全身，情绪开始私自密谋并背叛我。

"遇上不开心的事了？"

我摇头又点头。

"说出来就好了。"

我点头，我对着松哥说的话点头了。松哥在这个时候不失时机地给我鼓励的表情。

我又点头："打球。"

松哥没有表情，可能是还没有反应过来。我很快把坐凳往前挪，这样就和松哥较先前靠拢："打球，打球你知道吗？"

"打球？"松哥点头又摇头。他对我说的话作出了反应，但是这个反应是找不到方向的那种。

"我想打球。"

"那改天我们就去打球。"

……

我用极微弱的声音在说话，我不指望他能听明白，他可能也听不明白，他应该是没听明白。今天这样的情形让人骑虎难下，我想打球，我甚至把球都打出去了，松哥不接我的球，这相当的没劲，我发出去的球打他的左边，他往右边让，我再发球打他的右边，他再往左边让，直打他的中间吧，他又蹲下来，球还是从头顶上"呼啦"一下就飞过去了，这球我一个人是没法再往下打了。不打球的生活也没有什么不好，只是自己的谵妄把人推到边缘，怂恿更为大胆的结尾。

希望早上的水珠洒在我的身上，太阳照在我的脸上；希望我能像太阳一样挂在那里，看着自己变成水珠在叶子上滚来滚去……还有很多的想法，还有很多的希望，或是这样，或是那样。

每天走过的文殊坊，还是那些铺面，还是卖着大致相同的商品，还是有一群大致认识的人，请不要再拉着我说要给我看相算命，我每天都从这里走过，你可以看不到我，那你又如何要拉着我？又如何能看我的相，算我的命？我知道用多少分钟可以从这里走过去，我知道张凉粉的凉粉又涨价了，那文殊院里五毛钱一杯的盖碗茶也是早就涨了几回吧？

事情可以那么远，事情又可以这么近，鲜花开在对面楼的阳台上，从春天开始就没有结束过，我在寻找冬天，我希望找到季节的缺口可以进去，让我在别人的春天里开始冬眠。

立春

雨水

东风解冻，冰雪皆散而为水，化而为雨。

长裙绊脚。我总是想到用手提起长裙，这才发现裙子可以这样长，长长的裙子长长地提起，露出没有穿鞋子的脚，脚丫中间有雨水，寒气久久未能褪去却顾不得许多。于是我一手提长裙，一手在用与敲打电脑键盘相同的速度拨电话，一切都无功而返，紧张、惊恐，让我已经听不到自己呼吸。

风喀喳，雨滴答……

下雨了，真的下雨了。现在的天气预报越来越准了，说下雨就下雨。

我手里拿着一手好牌，清一色的万字。摸起一张九万，再摸一张一万，手里已经有三张一万，加上才摸的这张一万就有四张一万，我直接杠一万，杠上来一个九万，需要打一张牌出去，我手里有二三四万，三个五万，七八万和一对九万，我好像打出去的是二万，我糊哪张牌不知道，为什么打二万我也不知道，只知道在打出去的一瞬间，有人说："没了春天。"

因为打麻将，有了关于麻将的记忆，又不常打麻将，所以又对麻将的记忆有点混乱，我把一手好牌和季节掐头去尾地衔接在一块，它们就像现在的样子在一起了，莫非季节就是因为这样一句话就直接从冬天进入了夏天？季节是从冬天跳过春天直接进入了夏天？还是季节从秋天跳过冬天和春天进入夏天？还有可能……我把自己绕晕了，都不知道季节是从哪儿跳过哪儿又到了哪儿，反正说的是没有春天，又没有说别的，那冬天以及夏天和秋天还是在的，这个时候又摸起一张牌，我还是需要再打一张牌出去，要打出去的牌我都没看清楚就高高举起，最后有没有打出去也不记得，记忆在这一瞬间开始模糊。

不知道是哪一年，也不知道是哪一月，抑或就是十一月，我把所有记不清日子的时间和事件都归为十一月。

一个人走在深圳的街上，我在天黑前要找到住的地方。

路过一个又一个的宾馆和酒店，我都没有走进去看看，明明是要找住宿的地方，我却还在不停地走，我都不知道自己要干什么。我又站在公交车站台，突然想坐公共汽车，去哪里又没想清楚，这也是一个无法想清楚的问题。一个人在极陌生的深圳街头瞎撞，其实我就是想找住的地方。这么大的城市可以住的地方有许多，可是每每路过那些可以入住的地方，我又没有想停下来的想法，我还在不停地走，以找住处为由在街上乱撞。我开始有想坐公交车的想法，我可以自己理解为坐着公交车找住处，好像这样可以让范围再扩大些，可以选择的可能也要多一些，这样的想法还真是奇怪。

我感觉到后面有人，是的我真实地感觉到后面有人，我说的有人是这个人在看我，而且一直在看我。我转过身去，果然是有人在看我。一个青年男子喝着冰冻的可乐，他在看我，即便我现在已经转过身来和他面对面，他还在看我。因为转过身来，我也看他。一身的运动装松松垮垮地穿在身上，反扣的棒球帽，一个背包和一瓶可乐，行头有点像在街头跳舞的男孩，从年龄来看他又不应该是，但他让我看来确实是大男孩。尽管我们没有说话，尽管他还一直在看我，他看我很专注，有点旁若无人的样子，可是我竟然不讨厌他，好像我们随时都可以说上话，但是我们又都没有说话。这个个子不高的大男孩，皮肤黝黑发亮，人长得不算帅，却显得特别有精神，他站在那里就能让人感觉到活力四射。我被他身上某种东西吸引，所以我们彼此这样看着对方，我突然想起那个又唱歌又演戏的明星小齐。他不是小齐，他也不过只有一丁点儿像小齐，可是我在心里觉得应该叫他小齐。这个被我在心里叫做小齐的男孩还在看我。

公交车来了，我想也没想就上车。

我感觉到有人在我后面上了车，我不用看就知道是谁。我在包包里找零

雨水

钱买票，后面有人说："我已经给你买了。"我转过去看，果然是他。他说话的时候还对我晃动他的乘车卡。

我对他笑了，什么都没说，甚至连谢谢都没有说。他也对着我笑。也许是因为已经到晚上，天色也慢慢暗下来，车上的人很少，估计要回家的已经回家了，没回家的还没到回家的时间。我拣了一个靠前的位置坐下来。我还能感觉到有人在我后面坐下，坐下的人在往包包里放乘车卡。我知道有人在后面看我。公交车载着我从这条路到那条路，总是有人上来又有人下去。我不知道我在哪里上来的，也不知道我要在哪一站下车。天好像就要黑了，我自己笑了，笑自己蠢得可爱，天怎么会黑呢？城市的灯会在天黑前亮起来，我是不可能在这里看到天黑。

车行驶到哪里我也不知道，突然就觉得应该下车了，然后等着车门一开就跳下来。可是我跳下后就不知所措了，但我就觉得应该有所选择，目标被锁定在一个相对小的范围内。

"找不到地方了吗？"

说话的人就在我后面，之前我知道他在，到后来是我自己忘记了，我突然下车的时候已经把他忘得一干二净，可是他现在就在我背后。我在想要不要转过身去，如果我转过身去我要怎样说话？我不知道，可是我还是转过去和他面对面。

我摇头。

我对着他笑。

"去哪里？我送你。"他说话的时候在围着我慢慢转，我跟着他旋转，然后他在我面前倒退着走，还喝着他的可乐。

我还是摇头。

我还是对着他笑。

"你不相信我？这是我的证件，我是国家田径运动员。"小齐在他背包里找出可以证明他身份的所有证件，并且一一展开来给我看。我看到他有点着急，黝黑的脸在路灯下显出紧张和尴尬。眼下的情景让人感觉到歉意。我看到汗珠大颗大颗地挂在他的额头上，很快就挂不住，然后一颗接一颗地掉下来，掉下来我又看不到它们去了哪里。

我努力地对着他笑了，不断地摇头。我摇头不是不相信他，从我看他的第一眼就没觉得他是坏人，何况我又不是三岁的孩子。我没看他的证件，哪怕是他自己展开来给我看的，我还是不想看，但我有装出已经看了的样子。我摇头是因为他以为我在找一个地方，这个地方应该要和某个人联系起来，所以我摇头。因为我要去的地方就在附近了，可是还需要确认，这事还不能说，因此我不想说，我摇头有否定的意思。但是我给他的笑容已经说明我对他并无多少戒心，他不知道我短时间内很少给人这样多的笑容，而且是同一个人。也许是因为我的笑容他认为是得到我的允许，他的神情一下子就显得轻松了，合起证件跟在我后面。我没有和他说话，他并不知道我要做什么，可他还是跟在我后面。

　　这一回我真不知道这家宾馆叫什么名字，在我右边走几分钟的幽静小路，我进了这家宾馆。小齐一直跟着我，如果先前他不知道我要做什么，那么到现在他应该知道了。已经打定主意在这里住下了，我拿出身份证。

　　"一间还是两间？"宾馆前台的服务员问我。

　　我伸出食指表示就我一个。

　　小齐一把抓住我的手，服务员没看清楚我比的是一根手指还是两根，但她看到男的握住女的手，会心一笑就说："双人间？"

　　小齐说："嗯，双人间。"他说话的时候在打量几个逗留在酒店大厅的年轻人，还故意把说话的声音放大了一倍到两倍。

　　我想抽出手来，我想抽出手来扇他一个耳光，可是他紧紧地握着我的手不让我动弹，他转过来对我使眼色，一个劲儿地使眼色又着急，五官都快要挤在一块了，样子着实有点滑稽。我看出他是有话要说的，如若我再坚持下去，他脸部的神经系统可能会崩溃，我放弃徒劳的挣扎，不妨看他后面会为此作何解释。

　　前台开好一个双人间，服务员打开房间让我进去，又要给我关上房门，小齐站在门口处没法关上房门。小齐又径直走到房间的窗户边上，他推开窗户把头伸出去看，细心地检查窗户的卡子，回过头来对我说："另外换一个房间，这个房间的窗户外面有一个露台连着别的房间，窗户的卡子又是坏的，你一个女孩子住不安全。"

　　小齐没有给我说话的时间，他已经去找服务员换房间，才换的房间照例又被仔细检查一遍，这一次好像很中他意："这个房间可以了，晚上睡觉要关好窗户，我们这里和成都不一样。"

　　他在我登记住宿的时候看了我的证件，他知道我和成都的关系，除此而外，他还知道什么？他现在说话和做事的样子给人的感觉我们原本就认识，或者说我们已经很熟悉。这个感觉我先前就有，只是没有说话。可是我现在需要他对之前的行为作出解释，他应该作出解释。

　　"噢，对不起，我刚才说要双人间的事，你不要误会，旁边有几个不三不四的人，他们在打量你，行为很可疑。你又是一个人出门，我害怕一个女孩子……"他说话的样子有点紧张，也许是害怕我不相信。

　　这样的解释不管是不是真的，我没法觉得他有做错，所以没有什么需要道歉的。而且他竟然说我是"女孩"，没有说我是女人，是不是如我说他是男孩一样？

　　我忍不住笑了。

　　"那你好好休息，我回去了，训练了一天很累。"房间的门一直开着，小齐既没有坐下来过，也没有喝过水或是用过卫生间，他甚至都没有把身上的背包放下来过，就说要走了，我不知道如何是好。已经走出去的小齐又回来，他用房间里的纸和笔写下他的姓名和电话给我，说："你如果有什么事需要我就打这个电话。如果在深圳这几天有空闲的时间，可以来看我们训练。"

　　我点头收下了。小齐走了，他又是倒退着从房间走出去的，他的眼睛里显出对我的关心，一种没有来由的关心。我喜欢这样的关心却又不敢看他，我甚至再见都没有对他说，门还是他出去的时候帮我关上的。

　　在深圳，我没有打小齐的电话，也没有看他们在体育馆的训练。

　　我已经回到成都。

　　我从成都打电话给小齐："我回成都了。"

　　没有说话，也没有挂电话，隐隐听到电话那边的呼吸，我能想起他的样子，不知道他是不是也能想起我的样子来。也许他能想起我的样子，却记不得我的声音，因为我根本就没有和他说过话。

"我第二天早上去看过你，她们说你当天晚上就退房走了。"我从小齐的声音里听到些许的遗憾，既而又有些许欢喜，他可能以为我不会打电话给他，没想到我会在成都往深圳给他打电话。

"本来没想走的，打这边朋友的电话，很久不见，要我上她家陪说话。"事情好像真是如此。

"训练休息的时候有飞机从天上飞过，我知道你走了。"

我笑不起来，觉得自己有点对不住小齐，之前说过没当他是坏人，却又没当别人是好人，一副拒人千里之外的样子，甚至从头到尾连感谢的话都没有说一句。仔细想来，因为我没有和他说过话，他大概把我当做聋子或哑巴，是有这样的可能，就像我当时有一瞬间有把他当做国安或便衣，而不是国家级的田径运动员，也许他真实的身份就是便衣警察，田径运动员不过是掩饰真实身份的另一身份。

小齐说他平常的身份就是深圳某建设银行的工作人员，他还给了我另一个电话号码，电话是由总机转的分机，我记下了，也打过这个电话给他，我和他聊过什么自己都不记得，他明明有写姓名给我，我却没有记下来，因为我就喜欢叫他小齐，可是又没有叫出来过。

这是我多年对于深圳的记忆，这个记忆与小齐关联。可是我几经换手机和号码的周折，我把小齐的号码弄丢了，通往深圳的联系切断了，我找不到小齐，他也找不到我。我们再不能联系，我也再没去深圳，不知道这是不是因为小齐。我也想过深圳和小齐，不知道如果再去深圳，再去以找住宿的名义坐公交车，我是不是还可以遇到他。如果遇上了，彼此是不是还认识？

电话以多种形式存在过，座机到传呼机，到手机，现在还是座机和手机互补存在，有很多关于电话的梦，却没有一个梦是关于座机和传呼机。不知道从什么时候有了关于电话的梦，也不知道为什么就有了那么多关于电话的梦，而这些电话又总是拨不出去或无法接通。

此刻，我正在拨电话，身后的脚步声越来越近，越来越近，我不敢回头。拨不通电话，找一个拐角的地方，身体紧紧地贴在墙壁上，把自己变成一张广告画明目张胆地藏起来。

脚步声远了，又回来了，停在我的身边，可是我看不到走路的人。

雨水

安静，出奇地安静，我听到自己的呼吸在黑夜里传出去。

我突然就找不到要拨的电话号码，手机里没有这个人的名字，我还在寻找与姓名有关联的电话号码。

记不清的电话号码，努力回想所有的细节，我怎么就把电话忘记了？我不止是把电话号码忘记了，我把电话号码的人也忘记了，可是我还是想打个电话，拨不通的电话，唯有奔跑，和夜一起奔跑。我跑在夜的前面，有东西在后面跟着我，听到的已经不止是自己的呼吸，还有四面八方的声音，像一群并不熟练的舞者在跳踢踏舞，有序又纷乱无章，每一个声音都在敲击我的耳膜，让我无法忍受，捂住耳朵一直往前……

我在一棵树上，我突然就在一棵树上了，像猫一样把自己藏在叶子后面，露出一双眼睛。在荒无人烟的野岗上，秋天的虫子高高低低地和风鸣唱，五音不全又无音律，声音分不清是谁的。能听到的声音都在肆虐我，我觉得它们都是有意的，紧张牢牢地盘踞在心脏最薄弱的地带。

希望有一只手拉我出来。

继续拨打电话，刚才我拨到哪里了？13XXXX，是这里了，手机的按键出奇的小，我的指尖什么时候变得这么粗大？这也不是我的手机，我早就不用按键手机了，自从那个才出的诺基亚E71掉进厕所，我就用触摸屏的苹果手机。可是，我现在用的手机识不出品牌，全金属的外壳，拿在手里冰凉又沉重，我找不到手机的菜单，我不知道怎样拨打电话。合上手机，手机外壳上有一个头像的烙印，看不出男女。我不知道这是谁的手机，我想用它打个电话，我必须要打一个电话，可是无论如何我都打不出去。

我的手机不见了，我还是必须要打个电话才行，借一个手机打电话。除去我再没有别的人，可是我还是不知道从哪里又抓来一个手机，我继续拨打电话，拨打电话的时候，电话号码记起来了，十一位数字，字字清晰。可是按键太小了，我已经很小心了，还是要按错键，从头再来，还是一再的按错键，我不知道今天是怎么了。树下的野草在坟头上趁机疯长，它快要触摸到我的脚尖，它想吃我。骑着树干，我说："快点飞呀。"树已经不听我的了，我原本就是骑着扫把的女巫，我的扫把不见了，我落入凡间连精灵都不是。

危险一步一步逼近，被风拉长的影子还拖着月亮的裙边，还是没有办法找到我的扫把，恶作剧的人把我的扫把藏起来了，我无法飞翔。回不去了，看不到明天的太阳，就是昨天的太阳我也没有看到，成都的昨天和前天都在下雨。

手放在左边的胸口上，摸到心跳，感觉就要死了。

号码总是拨到一半，反复拨的半个号码，我很努力了。剩下的半个号码总是拨不对，总是要按错键。事实摆明的，后面的半个号码不在我这里，为什么不给我呢？我现在需要另一半号码。

不停地拨打的电话，用我现在的所有时间，还是无法拨通的电话。我用与敲打电脑键盘相同的速度拨电话，一切都无功而返，紧张、惊恐让我已经听不到自己呼吸了，我真的要死了。

继续拨打电话，我知道有人就在电话的那头。电话那头的那个人会来救我，我不需要拨110，也不需要拨120，我不怕死，只怕没人知道我是怎样死的。

手机已经显示低电警示，我终于完整地拨了一个十一位数的电话号码，电话里提示：你所拨打的是空号。尔后，手机"嘟"的一声没了动静。最终，我还是没能拨通电话。

"我拨不通电话。"

拨不通的电话耗尽我所有的力气，身体瘫在树干上，变成了树的一部分。谁在哭？哭得声嘶力竭，我还是看不到哭的人。一声尖叫，手机摔出去把夜撕破一道口子。

闺密问我："又换手机了？"

我说："没有。"

她是今天第三个说我换手机的人，但我又没有换手机，我只是在苹果手机上加了一个红色的皮套。我本来是想要白色的，我喜欢白色，卖手机又卖手机套的女朋友说："红色好看，有女人味，很适合你。"而这个女朋友的老公说："红色比白色耐脏。"这都是我选择红色的理由，可是手机因为新增了一个红色的外壳就被人注意到了，所有今天看到我手机的朋友都问："换手机了？"

我问闺密："换男人了？"

"嗯。"

"你换男人和我换手机有得一拼。"

"你就那点毛病，一到春天就换手机，一年一换，不换不安生。"

"即便如此，我换手机也没你换男人快。"

"还真动这个念头了？就你那点出息，男人能不换就别换。"

"那我不是没换过男人吗？"

"这男人还真他妈不好说，怎么换都不能满意。"一根细长的女式香烟夹在葱段似的手指间，从嘴里吐出的烟圈打着旋往上升腾，一副不以为然又饱经沧桑的样子，懒散的情绪在两个人中间漫延，我极不情愿地把她想成女痞子，或许这样人就变得简单。

"人话鬼话都是你一个人说的，数数你换了多少个？"

"不换不行啊。"闺密猛吸一口，眼神落在远处某个我不知道的地方。

可以打旋的烟圈升腾去了，没旋过来的烟圈在我们中间散开，被迫吸了一口，看到她眼里有些湿润。这个女人八年前已经和男人离婚，却一直没有再婚，却不停地更换身边的男人。她从来就不能清楚地表述自己的婚姻是怎样收场的，我把她当成闺密朋友，但我仍然给对方留有私密空间。

"我还真有话和你说，你可不要随便动这样的念头，换手机和换男人不一样，手机是越换越好，男人可能是越换越糟。所以能不换就不换。"

我还在等她继续往下说，很精辟的比较。也不知道她是否真的看出我在等着继续往下说，她打住不说了，我以为她应该是不会往下说了。结果她把身体往我面前倾过来，再往前一点就要碰到我，应该是碰到我的头或是胸，我不知道她想碰我哪里。

"相比之下我宁愿你随便换手机不换男人。"

她又出其不意地说了这么一句，身体也突然停止往我这边倾斜，又往后慢慢回到原有的姿势。这话好像是突然想起来的，但是又衔接得很好，可以说是天衣无缝，这个死女人说话很有艺术。

我哈哈大笑："我是没法随便换男人，虽然换手机和换男人不是一回事，但是一样让人安心。"

两个女人都大笑，男人和手机在两个女人的谈话间关联起来，就像女人和衣服在男人的谈话间也会关联起来是一样的。她把换男人说成是她个人的事情，这样的事情我最好不要去掺和。如此想来天下的男人都有可能是她的，是她的我就没了想要去动的念头。同样手机好像又是我的了，我可以在这个空间里为所欲为，这可能是对我的一种补偿和宽慰，事情简单下来就能找到比较好的解决方式。

转过弯，倒一个拐，另一番景象出现在面前。

一片连绵起伏的山脉、一片郁郁葱葱的森林、没有鲜花看不到季节的影子，晶莹剔透的雨水挂在树叶和草尖上，阳光从树梢的缝隙间落下，落在树叶上，落在草尖上，一时间大大小小的水珠一起翻滚。光与影的交错，不同的绿色层出不穷，色彩在太阳的照耀下变得极为丰富。在山与山的连接处有一片大的空旷地，那里有一棵大树，是我看到的最大的树，不知道从哪里来的声音告诉我那是仙女树，于是那树变得轻盈而飘逸，正欲起身飞天。其景象让人惊叹，让人也有飞天的憧憬。我飞奔过去想要扯住她款款的衣角，却始终有一段不能靠近的距离。

每天都有人在结婚，又每天都有人在离婚。

我的朋友结婚了，我的朋友离婚了。

离婚的男朋友说："换人了。"

离婚的女朋友说："不婚了。"

我说："我看到了仙女树。"

不知道离婚的人是否伤感，我听着并无伤感，我听到他（她）们说："你说的是不是张家界？"

惊蛰

  天气转暖，春雷震响，蛰伏在泥土里的各种冬眠动物将苏醒过来开始活动。这个时期，那些过冬的虫排卵也要开始孵化，部分地区进入春耕季节。

  苏醒后，生命就变得鲜活起来，精子和卵子蠢蠢欲动，一旦有了心仪的对象，就肆无忌惮地相互纠缠。我闻到空气中有情欲的味道，还呈现出欣欣向荣的景象。一切与我无关，我唯有逃跑。我在逃跑的时候遇上了一条大虫，它好像也是刚刚睡醒，还早有打算，直奔它要去的地方。我让它带上我，它到哪里我就到哪里……

  开往广州的火车。

  我从成都的火车北站出发，坐了去广州的火车，可是我不知道要去哪里。或许是广州，或许是比广州更远的地方，也可能是比广州更近的任何地方，一切皆有可能。我把自己弄得像一个行走江湖的独行客，又用一贯的作态来对付前来搭讪的人。

  拿票的时候晚了，已经没有靠窗的位置，我坐在靠通道的位置。坐在靠近通道的位置看外面，窗外的景色跑得太快，看着让人头晕，时间稍长一点脖子还梗在那里半天缓不过来，调过头打开自己带的书。

  坐在身边的老伯突然就问："孃孃，你去哪里呢?"

  这老伯的问话是突然冒出来的，而且这位老伯在我入座前就已经在了。

在我看窗外的时候他也是在说话，也不知道他在与何人说话，我想这位老伯的问话自然有人回他。

"嬢嬢，你去哪里呢？"老伯又在问，他说话的时候看着我手里的书，既而又看我看书的样子。

没人回这位老伯的话，我抬头寻找他说的那位嬢嬢，面前被我看的人又都在看我，大家都听到老伯的问话，都认为他是在问我话，我又没回他……

坐在我旁边的老伯，紧挨着他坐的男孩看上去有十五六岁的样子，看两人的关系应该是一家人，从年龄看像是爷孙俩。老伯很喜欢说话，男孩又不怎么说话，有时候被老伯问急了就怯怯地回一声，声音如蚊蝇，眸子却非常清澈。一个爱说话的爷爷和一个不爱说话的孩子坐在一起，爷爷显露出想与人交流的需要，而这样的需要显然是自己孙子不能给的。为满足与人交流的需要，这位老伯主动寻找所有的可能与之搭讪的人，所以他在车上不停地打招呼，和坐在他近处或不远处的陌生人打招呼，他总是问："嬢嬢，你到哪里去呢？"他还总是问："叔叔，你到哪里去呢？"

问出去的话很多，回过来的话却很少，甚至很多人根本没有理会，他这样的热情让人很不习惯。

我坐下的时候，这位大伯就这样问我："嬢嬢，你到哪里去呢？"我没有回他的话。我没回他的话是不习惯他对人的热情，还有看他说话的神情好像是遇上了熟识的人，如果这话是在对我说，我以为他有可能认错人了，不管怎样他都不应该这样称呼我。

"嬢嬢，你到哪里去呢？"大伯又在和过路的人打招呼，而这些被他叫着叔叔和嬢嬢的人没有一个年龄有他大，让他这么一叫弄得手不是手脚不是脚的，看到他都会愣一下，然后显出对方认错人或是自己听错话，回头打量和寻找老伯说话的对象，找不到又匆匆走过去。

"嬢嬢，你到哪里去呢？"

又听老伯在问，也不知道是有人过去还是有人过来了，我都无暇去看，可是老伯每这样问一次，不管我在做什么都会被干扰，我没法假装听不到，也没办法投入看我手里的书，可是我还是想投入进去。

"嬢嬢，你到哪里去呢？"

有一只手在扯我的衣袖，我不得不合上手里的书抬起头来，我看到老伯在扯我的衣袖。看到我把书合起来看他，他笑眯眯的眼睛变成了一条缝，那样子是很高兴我终于听到他说的话。之前他已经问过我了，我就没有回他，现在我如果不回他，他还会问下去，一直问到我回答为止。我不得不小心地对这位老伯，这是一个难缠的主，他已经显出与年龄相当的固执和执拗，他有足够的耐心一遍一遍地这样问我，问题抛出来回答与否已经不是他的事，但是他可以一直把这个问题抛过来，这种感觉让人害怕。我还是想要不要回他，如果要回应该怎样回他，我不想把问题转换成为无休止的对话，这个时候我希望有人过去，然后他就转过去问过路的人："嬢嬢，你到哪里去呢？"我还希望有人过来，他又可以问别人："叔叔，你到哪里去呢？"

老伯并没有理会我是怎样希望的。他知道刚刚问我的问题还没有回答，他一直在看着我，我担心他根本就等不及我考虑，然后又一遍一遍地这样问我。我现在就有一点胆战心惊的感觉，我想站起身往别处去，可是老伯拉着我的衣袖，我坐在他旁边久了，他觉得已经和我很熟识了，所以觉得像现在这个样子也没有什么不妥，我也不能对他说不妥，然后就没有办法起身离开。我转过头看到老人后面那双亮晶晶的眼睛，怯怯地看着我，那个清秀的男孩子在看我，他应该是听到自己的爷爷一遍又一遍地这样问我。从他看我的眼神里看出他也想知道我去哪里，我还看到同样的紧张在他那里显出的惶恐，他在担心自己爷爷说出下一句话来，我感觉到他已经洞悉事情可能的发展。我看着他简短地回他爷爷的话："走走。"

"嬢嬢，还是你们城里人好，想去哪里就去哪里。"看样子老人把这车上的人也分为了两种人：男人和女人。男人是叔叔，女人就是嬢嬢，那么我理所当然就是嬢嬢。

因为我的回话，老伯成功开启他与人交流的路径，说的话就像自来水管流出来的水一样，不需要开关还没法把门。男孩见我说话了，暗暗出了一口长气，然后在老伯的后面对我浅浅地笑，那样的笑里还有对我的感激。可是这位老人问的是我要去哪里，我确实没法回答这样的话，如果要回这样的话我就得马上寻找目的地，为我这一路去哪里作出最快的打算，我干不了这样的事，我也不干这样的事，我还不能编瞎话说给上年纪的老人听，事情现在的样子让我左右为难，我有点应付不来，而且是力不从心。我还没回答他问题的时候已经想到其实面前这位老伯质朴，他先是把人分成男人和女人，又把人分为城里人和乡下人。按他的顺序，他已经给我标上了符号：女人，城里人。

"嬢嬢，你不晓得我一辈子还没坐过火车，儿子和媳妇在广州打工，这回是送孙子出来上学才坐上火车。"老伯说话的时候让人看到他一脸的向往和满足。

我和一个爱说话的老伯坐在一起，他不停地说话，我只有不停地点头，他在满足自己与人交流的需要。我是因为后面那个孩子，我在配合他的需要。可是这样的事情显然不是三五句就能收尾的，我不知道如何是好。

"老伯，你儿子媳妇在外面挣了不少钱吧？"对面不知什么时候坐了一个文质彬彬的男人，好像坐在对面很有一阵子，也许一直就坐在对面，我之前没有留意。

"叔叔，你到哪里去呢？"老伯问坐在我对面的男人。

"和你们同路。"男人和老人说话的时候在对我微笑。我报以他同样的微笑。某种程度上是他解救了我，让我提前结束了这样漫无边际的对话。

"老人家出门要小心，外面坏人多，钱要装好啊。"男人的话让人感到贴心。

"叔叔，你放心，没得哪个想得到我把钱放进米里。"男孩子拉了拉爷爷的衣角，爷爷没有理会，又继续和男人说话。

我冲男孩子笑。

两个人你一言我一语地对上话了，坐对面的这个人无疑更适合与老伯对话。老伯忘记先前问我的问题，有人回答了他这个问题，给人感觉好像是一道抢答题，先是没有人回，现在突然就有人主动站出来了，我一下子就轻松了，问题已经不是我的了，我又可以继续看书。

男人买来水分别给了爷孙俩，还给了我一瓶，我任他放在面前又没去动它。老人手里拿着一整瓶水，眼睛还看着我面前的瓶子。我把水递给男孩子，男孩有些不好意思接，老伯在前面伸手接过去放在自己面前，还对我谢了几回。

……

火车路过遵义，有的人在这里就已经下车了，我也从火车上下来走走，顺便透透气。可是我自己也没有想到，刚刚是想下来透透气就回去的，下来以后就想到贵州的苗寨，还有黄果树瀑布，内心因此有了一些小小的挣扎，想就此往别的方向去，短暂的纠结让主意很快打定，反正我的东西都在一个随身的包包里，也不需要和任何人道别。就在我往出站口走的时候，有人从我身边跑过去了，跑过去的那人背上还背着米袋，那米袋我好像在哪里见过，我想起来了，一时间我张大嘴又叫不出来。回头看看火车上的爷孙俩，男孩子趴在窗户边睡得正香，我使劲地拍打车窗，好些人在看我了，可是爷孙俩都睡着了，我在车外面隔着玻璃怎么也弄不醒他们。

我跑过去找铁路警察："米。"气喘吁吁的我说不出更长的句子，结巴着只能说出一个字。

警察诧异地看着我。

"米？"

"米。"

警察点点头表示听明白了，听明白我说的是米，紧接着又摇头。

"米。"情况紧急，我觉得我说的是最完整和简洁的句子。

"米？"

"米。"

警察已经表示听明白我说什么，但他又没能明白我说的是什么，他没有对我表示足够的耐心，也没有对我表示出任何的不耐烦，只是调头看别处去了。

车厢门关上了，已经慢慢启动了，发出了刺耳的嘶叫，我还在站台上，那半袋米已经看不到影子了，我心急火燎的追出去。外面很多车已经开出去，还有好多车正准备开，米在哪里呢？我见人就问："你看到米了吗？"听到我问话的人都转过来看我，像看见怪物一样，他们停下来的时候挡住我寻找米的方向。我没有找到米。

没有找到米，我应该往哪里去？

我突然意识到问题的严重性，一个打着城市标签的女人和男人合谋算计了老人的一袋米，一切都是经过周密安排又处心积虑，我是百口莫辩。人在这个时候已经没有了主张，不知道接下来应该怎样做，是不是我要去自首？可是我没法自首，我什么都没有，我甚至不知道老人在米里还放了些什么，又放了多少。那么我接下来的行走就是逃窜，一个合谋得逞后的分道扬镳，我让事情弄得束手无策，完全失去了方向。没有方向就更像逃窜，好像这一切在离开成都时就已经安排好了结局，说结局还太早了，应该是无法收尾。我不知道那爷孙俩从哪里来，又去哪里，我甚至没仔细听这老人的唠磕，面对这么爱唠磕的老人，我对他们的信息竟是只言片语，事情不是有始无终，而是无始无终。事情已经到这个地步，我完全有理由相信自己已经被人暗算。百口莫辩，事情的表象显得我像成都街上许多的托儿，然后不露声色地参与整个事件。现在的我可能已经被追踪和盯梢，甚至会有人查我祖宗十八代是不是"根正苗红"，看我还有什么不良记录和前科，看在别处是否还有类似的事件可以与此挂钩，这都是对付通缉犯的系列手段，甚至会涉及我周围的社会关系，如此想来事情变得复杂得不得了。

　　我突然就意识到事情的严重性，我开始暗自检讨以前的种种不良行为，开始反省我有多少前科，但是种种加起来也不如现在的事件严重。我坚信是有人在背后暗算我，给我设了陷阱让我跳，如果是这样，麻烦就不会仅此一件，然后这以后我得步步为营，我得小心再小心。努力让自己在短时间里镇定，我得让脑子足够清醒才对。可是我现在真的不知道要往哪里去，我没有地方可以去，又巴望着时间倒回来，火车也倒回来，我在火车上——

　　"孃孃，你要到哪里去呢？"老人热情地向我打着招呼。

　　"……"我仍然是回答不上来，那双清澈的眸子在老人身后看着我。

　　"孃孃，你要到哪里去呢？"

　　"叔叔，你要到哪里去呢？"

　　老人一遍又一遍地向周围的人打着招呼，不知道有几个人回了他的话，又不知道几个人回的是真话。

　　"孃孃，你到哪里去呢？"老人拉着我的衣袖问我。

　　我不得不合上手中正在看的书，又不知道如何回答才好。想我这是去哪里呢？火车是往它要去的方向，我坐上来也就是去火车要去的方向。火车要去的地方是什么地方其实我也不清楚，我只是觉得它像一条发了情的蛇，不辞辛苦地奔，奔什么呢？

有人醒过来就想做爱，有人做完了就生子，我……我在往火车去的方向，火车路过遵义我想下车，我就是想下去透透气，然后内心有了一点挣扎，经过短暂的纠结后打定主意去苗寨，去黄果树瀑布，然后因为有米袋从我旁边跑过……

"老伯，你的米呢？"我紧张地问。

老伯警觉地看着我，如此情景好像被我一下子击中要害，眼底里的戒备快速闪过，既而又温和地笑着问我："嬢嬢，你要到哪里呢？"

这位老伯仍然简单地把人分成男人和女人，还把人分成城里人和乡下人。对面那个文质彬彬的男人还在，他并没有存心搭讪，完全是老人自己找上去搭讪："叔叔，你要到哪里去呢？"男人说："和你们同路。"然后还说："出门要小心，钱财要保管好，当心路上遇上坏人。"老伯说："这个你放心，没人晓得我把钱放在这里……"说话的时候老伯神秘兮兮的，还用手悄悄地指了指脚下的米袋。看他们的对话，可见这位老伯在出门前就知道人还有好坏之分，所以他心里也应该是把人分成好人和坏人。这位老伯仍然是见人就热情地问："嬢嬢，你到哪里去呢？叔叔，你到哪里去呢？"

"看好你爷爷的米袋。"我对男孩说。

男孩点点头。

"不要喝别人的水，火车在遵义停的时候不要睡觉。"

男孩继续点头。

先前就坐在对面的男人拿了四瓶水过来，放了一瓶在我面前，另两瓶给了爷孙俩，老人接过去千恩万谢地拧开就喝了，男孩没有动面前的水，他看着我。我看到他喉结上下动了几回，知道他是渴了，我把面前的水给了他，他接过去拧开瓶盖就喝。

我继续看书。

火车停了好几个站，我都不敢下去活动一下，我还不敢喝水，我甚至不敢离开座位半步。我死死地用脚抵住老人的米袋，不让它有丝毫的危险。屁股坐痛了我坚持，可是就算我不喝水也是要上厕所，火车还在行驶，我不能不上厕所，我会尽快回来。厕所里面有人，我在外面等里面的人出来，还远远地看着米袋。里面的人出来了，我进了厕所就没法看到米袋了，我从来没有用过这样的心情解决过小解，多一秒钟我都不敢停留。可是事情突然就出现了状况，我在厕所里出不来，门从里面无法打开，好像厕所门的卡子坏了。我在里面使劲敲打门，还扯开喉咙喊，没人理我，我心里着急，知道有事情发生。被关在里面知道有事发生又无能为力，每一秒钟都显得相当的漫长，内心里充满恐慌和绝望。是列车员从外面放我出来，火车停下了。我快速跑回座位，米袋已经不见了，我已经很小心了，米袋还是不见了，它会去了哪里？爷孙俩都睡着了，我挤到门口跳下火车，面前有两个大字——遵义。

遵义火车站台，我在来往的人群中寻找消失的米袋，未果。我记得之前的米袋是自己从我身边跑过去的，在什么位置我又想不起来，四处打量寻找熟悉的位置，我知道如果我站在之前的位置，米袋自己也会跑过来，然后又从我身边跑过。找不到合适的位置，我闭上眼睛站在川流不息的人群中，穷途末路的我在依赖一种感觉，我在寻找位置，寻找之前我的位置或是米袋的位置。

有人过来问我："需要我的帮助吗？"问话的是值勤的铁路警察，显然他误以为我是身体出现状况需要帮助，只要我说需要，他随时准备上来扶我，或是背我到休息室。

我说："米。"

"米？"警察有点不相信自己的听觉，他还是以为自己听错了。

我又说："米。"

警察还是没能听明白，而我没法说出更长的句子，事态的紧急显得我多说一个字都会让事情的真相瞬间即逝。看他确实是没能听懂我说的是什么，我现在的心情无以言表，不得不大声说："米。"警察对我的态度也发生了变化，他用一种异样的眼神在看我，他应该是在判定我有无精神方面的问题，看他打量我的眼神来看，他应该鉴定我对人无攻击性，还属于正常范围内，但他显然对我失去了耐心，干脆自己走到一边去。

米又不见了，汗水打湿了我额前的头发，头发紧紧地贴在眼前。车厢门已经关上了，我上不去了，我只能在车外面使劲拍打车窗，男孩睁开惺忪的眼睛支起身来看我，手里捏着一卷纸币随着火车一起划过眼前，消失在铁路的那一头。

我长长地松了一口气，事情的真相峰回路转。

仔细想事情可能真不是我改变的，而我不过是一厢情愿地在这里耗了相当多的时间，这个时间是从成都两次到遵义，或者说是成都到遵义的来回。我没有去看苗寨，也没有去黄果树瀑布，我让一个陌路的老伯敲了一棒槌，他对我说人分为女人和男人，人分为城里人和乡下人，人分为好人和坏人。

好人和坏人醒过来都要做爱，好人和坏人都可能生子，然后才有孩子，然后才能成为老伯……

是不是还有人像老伯那样拉着我问："你到哪里去？"

我到哪里去？

我是不是还可以不回答这样的问题？我可不可以自己选择冬眠的时间？我不能对任何人说：我不想醒着做爱。

春分

太阳站在赤道上方。这是春季九十天的中分点，这一天南北半球昼夜相等。尔后太阳直射位置北移，北半球昼长夜短。

一年里原本就应该有这么一天，还可以把春天一分为二，一半给自己爱的人，一半给爱自己的人。不管是怎样的情况，美丽的姑娘已经站在春天的中间。

早春。

同事在西门看中医，我跟同事去西门看中医。

坐在我面前的中医年龄和样子都不老，不知何故有人说他是老中医，我听他说自己十四岁就行医，现已经五十多岁。照此计算还真称得上是老中医。他架一副金边眼镜在鼻梁上，看人的时候是从眼镜架上面看过来的。

说话间，西门中医示意我把左手放在桌上的小枕头上，他伸手过来用两根手指搭在我的脉门上，眼睛又从镜框上面看过来，眼神看似专注，其实非常迷离："哪里不好？"

"……"

西门中医说话温和，脸上露出少许微笑，这和之前的大多数中医一样，他们都是把脸上的肌肉由下往上提起，同时还往两边拉开，与此同时在眼角和嘴角展现出来笑意，还带有很大的目的性。西门中医与别的中医又有所不同，他的眼睛里透出几分寒气，直视我眼睛的深处。我看到的是一处深潭，水面冒着寒气，彻骨的寒意又多是来自他扣着我脉门的手指，湿漉漉的凉意随着血液很快就从左边的身体流向右边身体。我感觉到不好，又说不出哪里不好，我想抽手逃跑又不能，被他扣住的手腕，已经不能自已，假意转过头去看同事。

同事说："她月经不正常。"

在来看西门中医之前，我给同事说的是月经不调，她也知道月经不调只是我身体的小问题，可是大问题又是看不好的。说了又看不好还不如不说，还是看可以看好的小问题。

"是怎样的不正常？"

西门中医问话简短，故缺乏更为明确的指导性，然后我觉得这个问题可以不回答，已经不正常了，就不能用正常的语言来表述，它就是无序和杂乱无章，我要是用语言表述出来就需要整理和排序，那也就变得正常了。

中医松开手指放开我的左手，又让我再把右手放上去，同样的两根手指搭在我右手的脉门上，寒气又从右手往身体的左边转移。

"我看看你的舌头。"

我把舌头使劲地伸出去，又很快收回来。

中医说："再看看。"

我又伸出去，还是很快收回来。

扣在脉门上的手指放开了，感觉人一下子就轻松不少，也自在不少。因为这些年看过太多的中医，那些中医们的手，胖的瘦的手指都是这样搭在我的脉门上，不管是什么样的手搭上来都是为了控制我，他们都极像老鹰对我伸出爪子，让我不能动弹。

我认为每个人的身体都有自己的密码，可以通过某种方式和路径破译。察言观色是一种方式，脉络是一种路径。我身体现有的状况给了别人这样的方式和路径，他们就在与我说话之间，已经对我一览无余。这样的感觉让人恐慌，不安全又相当危险，还不知道危险来自哪里。我内心已经紧张，自我挣扎和平稳在暗地里激烈进行，表面却显出心平气和不焦不躁。

呼吸开始有点不正常，心跳也有点不正常，担心脉搏也不会正常，这些是否会阻挠结论的准确性？这个问题我一直都有担心，这样的事情又一直在重复，我从来没有说出口，担心一旦说出来就真的让人一览无余。

手指搭在脉门上，两个人有一种奇怪的连接方式，这让我联想到测谎仪。把西门中医想象成测试仪让人感到紧张，两种紧张同时在身体里起伏，让我感觉到身体状况在瞬间发生了变化，于是乎觉得这种突然出现的情况会替代身体原本的状况。不得不借助各种外界的声音来分散注意力，努力让自己平静，只有自己平静下来，心跳、呼吸和脉搏才能正常。

"忌吃生冷的东西。"西门中医扶正眼镜，拿笔埋头写我的处方。

不认识西门中医写的字。

不仅是不认识西门中医写处方的字，还不认识同仁堂中医的字，好像他们和我用的不是同一种语言符号，他们所开的方子都是适用于我身体现状的东西，可是我就横竖看不出来。

"我有 SLE。"不得不说，担心西门中医在我身上用错药。

"……"

西门中医正在写字的手停下来，眼睛再一次从镜框上面看我，久久地看我。写字的笔放下了，干脆把挂在鼻梁上的眼镜取下来，手指出其不意地重新搭在我的脉门上，好像就是一反手的动作，我再次被扣住脉门。

"你知道这个病吗？"

这个问题让我想笑，前一分钟还是我给他说的，他后一分钟就问我。当然他的问题不是停留在问题的表面，可是我自己愿意问题就停留在表面，不想再深入下去。可是西门中医打定主意要把问题再深入，他把眼镜又挂回鼻梁，任它在上面作为摆设，眼睛还是从眼镜上方看出来，紧紧地盯着我，好像认定是我在和他绕弯子，又故意不说破。

"一直在吃西药？"西门中医说话还是不紧不慢，后面还有好几个病人等着把脉开处方拿药，他好像都不在意了，已经不着急给我开处方的事了。

我都不答应"嗯"，也不点头了，这是毋庸置疑的事情。

"西药有很多的副作用，它会造成身体其他机能的衰退，你知不知道这个病最后的结果是怎样的？"

问题是一个接一个，西门中医自己停下来没往下说，他不是不往下说，只是他注意了自己说话的节奏。这就如我看一部小说，对话除去有机趣，还要注意节奏。作为医生和病人，我们的对话自然是少了很多机趣，不过节奏倒是让西门中医把握得不错，他现在要先挑拨我的情绪，让我紧张、害怕和担心，等我把这些情绪都表露得差不多的时候，然后再给出希望和可能来安抚我的情绪。

果然——

"这个病最后会造成你股骨坏死……"继续阐述事情的严重性。

我不想笑，也不应该笑，这是一个很严肃的事情，还有一个很严重的结果。可是我竟然笑了，笑的原因不是觉得事情不可怕，倒是觉得事情已经很可怕了，很多人担心，很多人害怕，我自己反倒就不担心也不害怕了。有人会觉得是我把这问题想得更简单了些，也有人可能说我无知，可是这样的无知让我感觉不到太多的不好，这样倒觉得事情不是不可挽救。我总是想着一种结束会是另一种开始，相信有非人类的力量和超人类的力量存在，以为不是所有的事情都一成不变，而变与不变又不是绝对的。不可能把这样的想法说给西门中医听，我不可能纠正他的想法，他从十四岁开始行医，现在已经五十多岁，几十年里传承了太多的东西，他已经习惯现在固有的思维模式，他也习惯用医生和病人的思维方式。

"你也不要怕，我这里还有更重的病人，你看那个小姑娘就是肝硬化。"

西门中医与我说话的时候指着后面排号等着把脉的小姑娘，年龄不过十三四岁的样子。我不想把对话进行下去，已经不是单纯地为我，还为了后面那个小姑娘，我喜欢自己说自己的事，不喜欢别人拿自己说事，更不喜欢拿别人的事来说自己的事。

这些年我看过的中医大致都是热心肠的人，可是他们的热心对我来讲没有任何实质性的作用。我又简单地认为这取决于人和人之间的态度，这如某种信任，如果相信了就会得到某种暗示，然后就会觉察出其效果，如果不信终是千般好也是无可奈何，所以医生和病人之间态度的问题就极为重要。事实上我觉得态度只是面部肌肉摆放的问题，不能实质性地解决问题，哪怕他们已经破译我身体的密码，没有钥匙，一切都是徒劳，一副热心肠让我看起来却是假惺惺。因为有足够的时间衡量生死，我又妄自得出一些结论：西医说有是有，说无是无；中医说无也有，说有也无。西医头痛医头，中医头痛医脚。原话当然不是我说的，不过是很有道理的，迂回曲折的事情说的是现象和本质，两者并不矛盾。虽说中医和西医都不能从根本上解决我现有的问题，可是我还是不得不借助中西医结合的方式来减轻身体的病痛。

我想：人若真的要死，神仙也救不了你，而人又不能不死。

奈何桥上的婆婆说我死了一半，然后我把还有的一半也死了。村长说我已经死了一个星期，要我忘记现在，去他那里过幸福的生活。我是从奈何桥上跳下来的，结果又都还活着，我才发现死也不是一件容易的事。

那天，我路过一排小房子，木板和水泥瓦混搭的简易房。其中有一间房子的门轻轻就被我推开了，里面另有一番情景。照理来说我站在门外最多可以看到屋子里的情景，可是我除去看到了屋子里的情景，我还看到了更多屋子外的情景，这些情景又都延伸在屋子的右边，不走进去是看不到的，可是我并没有走进去。

房间很小，右边连着一个小院，小院又连着一间屋子，那屋的门紧紧地关着，还挂了锁。小院被夹在两间房子中间，太阳很大，阳光垂直照射在院中的水泥地上。院子里有一口压井，边上放着一个小铝盆，那盆看上去有些年月，已经摔得不成形了，也还能用来接水，放在那里亮铮铮地反射着太阳光。房子和院子的背面是石壁，石壁并不光滑却很高。整个院子不大，没有人，也再没有别的东西。要去院子就要通过小屋，于是我进了小屋，进去以后门突然自动关上，就像电梯的门那样合拢来，等我看到时已经再打不开。木板和木板之间找不到缝隙，水泥瓦之间也是密不透风，空气已经不能内外通畅，很快就没法流动，我会死在这屋子里。想到我会死在这小屋里，死在这小屋里还可能没人能找到，然后又想到那些还没有做完的事，我得想办法出去，但我找不到可以出去的办法，我被死亡牢牢地困在里面。这个时候突然想到：这是在做梦，梦醒了我就活了。于是我好像就醒了，开始做别的事，做了很多的事，跑了很多的地方，还和好些人说了话。说话的时候又想起我先前呆在那没有空气的小屋里没有出来，也不知道现在怎样了，是不是已经死了？我竟然把自己忘记了，把自己的死活忘记了，突然之间没了主张，却又找不到回去的路，心里给猫抓似的，还是安慰自己在做梦，还没有从梦里醒过来，先前的梦没醒来又往别的梦里去了，去了就忘记要醒过来的事。

"别做梦了，再做就真的要死了，快点醒。"于是我马上就醒了。

春
分

清明

气候清爽温暖，草木始发新枝，万物开始成长，农民忙于
春耕春种。

按照古老的习俗，我去成都的北郊扫墓。我看到油菜花
开了，看到油菜花开过了；我还看到桃花开了，看到桃花又
开过了……

往北郊，我开车从北门往三环路出去，一路走得很不顺畅。由驷马桥出
去，东门上有铁路货运站，川陕路又在成都的北偏东方向，大部分的货车都
是由川陕路来往，路本来就不宽敞，加之道路正在扩建，又遇清明，突然增
加了不少车辆，交通状况更是不容乐观。

从大路拐进上山的小路，路边有很多卖祭典用品的小商贩，除去常用的
香蜡纸钱，还有各种大小面额的冥币，甚至还有美元和欧元，别墅和跑车，
要什么有什么，花花绿绿地堆在那里。刚摇下车窗就有商贩争相招呼，他们
对每一种东西的价格是如数家珍，我却在别人说后面东西的时候就把前面说
的忘记了，不过这好像不用费太多精神，他们自然是知道怎样换算。

水桶里放着白色和黄色菊花，又还都带着水珠，我奇怪前一天夜里又
没有下雨，花瓣上哪里来的水珠？难道季节和时间都又不对？却瞥见商贩
台面下的洒水壶。明明知道它在那里的，可是那些带着水珠的花瓣仍然让
人迷惑。

五元钱一束的菊花，买了两束，一束五枝，两束共十枝。两种颜色都要

了，我已经记不得他们喜欢什么颜色的花了。

水果很新鲜，是出门时在楼下店里买的。

香和蜡是我去年从峨眉山带回来的，我不能说是买回来的，要说就是求回来的，或者说是请回来的。那我还是说求回来的。香和蜡是从一位九十五岁的老奶奶那里求来的，那天她就坐在长满大树和竹林的山路上，天快黑了，路上就我和她再没别的人，她没有招呼我，我却突然就想从她那里求香和蜡。她对我笑了。

松哥拿抹布找水龙头，他每次来都把墓碑擦得干干净净，直至黑色的花岗石都能照出人的影子。

不远处开着粉色的花，我不知道是什么花，这个季节应该开什么花？好长时间没有从城里出来，好长时间没有走出成都。平常的日子知道天晴下雨，也知道大概的季节，却又让人不好确定。

我的父母已经不在。那是很久以前的事了，他们两个是同一天走的，只是有一个时间的先后。他们先后从我这里走了，现在他们又在一起了，应该不会孤独了。两个人注定是夫妻，注定是要在一起的，这样的情形大概是可以这样理解：执子之手，与子携老。

为此，松哥来这里一次就感动一次，然后擦墓碑的时候又再感动一次。我好像无所谓感动，虽然他们已经不能和我在一起，虽然一年里我就只有这么半天和他们在一起，可是还有什么比他们在一起重要呢？说不准两人都已经成仙去了，我怎样又何妨？

东西都从不同的地方来，又都放在一起，席地坐在墓前，好像应该说点什么，我在想去年清明有没有说过什么，我想不起来，想不起来就是什么都没有说，可是我记得我有说过。

"青白江发现了商代的古墓，被称为'死了都要爱'，男女合葬，还手牵着手。"

说话的人不是我，是松哥。这话应该不止是对他们说，也不应该是只对我说，应该是对我们说，中间还包括他自己。松哥说话的时候没看我，再往下，我不知他后面要说什么。我想着已经一起去了的人，想他们是不是有牵着对方的手。

清明

看不远处的花，我说："桃花开了，桃花开过了，桃花树下的人遇见了……"

松哥正要做什么，又停下来，转过来看我。说话前我没想过他要这样看我，说的时候也没有想过，说完以后还是没有想过他要这样看我，但是我觉得他会看我，他果然就真的看我了。

不需要对话，我一个人絮絮叨叨地说，听不见的人自然是没听见，听见的人自然听见了，可以当真，也可以不当真。

已经模糊的季节需要有界定，于是我把桃花开的时候定为春天的时候。春天来了，遇见的人都在说桃花，好像说桃花有说不完的桃花事。我想桃花树下的人，想桃花树下的人在桃花树下遇见。

也不知道为什么，明明春天里有那么多的花，可是成都人就喜欢大街小巷地说桃花，就如他们说春天。我明白为什么有人只在桃花树下遇见，只有在桃花树下遇见，才是遇见春天。成都的春天里就是满天飞舞的桃花。

"桃花开了，桃花开过了，桃花树下的人遇见了。"

有人已经在桃花树下遇到要遇到的人，而我又是一个局外人，我本身不应该是一个局外人。这样的春天让人无所适从，我不知道要怎样决策，是选择难过，还是选择不难过？还真是傻呢，谁会选择难过？可是难过又由不得人选择。

难过和不难过表现出来的不过是一种情绪，更多的东西并不想表现出来，还有就是根本就表现不出来，不好的东西积压在那里可能造成的伤害不可估量，于别人又无关紧要。真要说其中的厉害和紧要，抑或是让别个看到我的颓废，或是大大咧咧又没肝没肺，不想落得别人说我多愁善感。

松哥掏出打火机点燃蜡，然后又点香，点好的香分我三支，他自己拿了三支在墓前跪下，说："老人家放心，我会照顾好你们的女儿。"

这话被讲了很多年了，也讲了很多遍，从恋爱到结婚就一直讲，一句话反复多次还能讲得语调和节奏都如出一辙，除去对他的佩服不免生出厌烦情绪。已经想不起这话是怎样开始的，不知道为什么就这样反复了许多次，也许他也是在不知情的情况下用这句话来确立两个人的关系，还成为两人之间必不可少的公式。我先前还主动配合，后来有一点不情愿，但我还是会配合，到如今我仍在勉为其难地配合他，又忍不住将头扭一边，把我厌烦的表情甩出去。

也许今年的心境又有了更多的变化，又添了一些很不好的情绪，先前还在克制自己不快乐的情绪，听到他又说那句一成不变的话，我快要被他激怒，情绪在缓慢地升级，我在压制自己已经愤怒的情绪，竟自掐了白色的菊花在手里揉碎又弹出去，心里咒骂那个桃花树下遇见的人不得好死。

松哥又想看我，可是他又没有转过来看我，但我知道他想。白色菊花被揉碎又弹出去，松哥都没有看到，他假意没听到我的咒骂，假意看不到我的恶毒，所以他不转过来看我。

松哥已经说了他要说的话，我说什么呢？我没什么要紧的话要说，那就不说了。我不想让我爱的人难过，我也不想爱我的人难过，我什么都不说，懂我的人自然会懂，不懂的人还是不懂。

太阳晒得人懒洋洋的，用倦了的淡泊心情给自己的表情配对，相信这些已经去了的人用另一种形态和我们一起存在，只是他们换一种姿态存在。我相信他们都还在，也都能看到我今天的样子，那么我的爸爸妈妈是不是觉得我已经很美满了，他们都已经不担心我的幸福和痛苦。已经有的人和有的事，他们应该是看到了，看到了为什么还是无动于衷？我无法揣摩已经不在的人，他们可能也无法知道我纠结的生活，不知道我想放手。我还是需要他们给我一点暗示，可是生活就是如此奇怪，他们自走了以后就从没出现在我的梦里，大约是对我很放心，也大约是走得太远了。

"回去吧。"

我和松哥同时说了一样的话，我们都觉得可以回家了。

好像来这么一趟，心里添了些心事，兴奋点不在正常的位置，感觉提不起精神。在回去的时候没有原路返回，我突然提前左拐走了另一条路，这条路我好像原来也是走过的，只是现在想不起来，反正每次都走回去了，走错了也不怕。

情绪还是找不到方向，我找不到回家的路，走走就想停下来，停下来坐坐又走，感觉照此这样我回不去了。

"成都怎么走？"

我刚把车窗摇下来，松哥已经探头出去问过路的人。他问别人成都怎么走，他竟然问的是成都要怎么走。我转过头望着松哥，他还是没有看我，我们都没想到一句问话会产生怎样的因果，他轻而易举就把我弄糊涂了，我不知道自己在哪里。松哥的问话告诉我是在去成都的路上，可是我要去成都干吗？

成都因松哥的一句问话出现，成都要怎么走？那个叫成都的地方因此变得陌生而遥远。

"前面右拐就是三环路，到高架桥时走右道左拐往前走就是二环路和一环路……"

……

恍然大悟，我点头同意了这样的说法，成都在三环路以内，成都在二环路以内，成都在一环路以内……成都原来可以这样越来越小，小到最后就是我那个一百多平方米的房子，或者说就是我睡觉的那张床。

我笑了。

"找不到路，我是应该问别人怎么走。"

松哥以为我笑得完全没有来由，他甚至觉得我是在讥笑他，所以脸上显出不满的表情，说话的口气也不怎么好听。我哪里是在笑他，也只有我知道是在笑自己。他不会知道我把偌大一个成都说成一张床，这事说出来他也会笑，可是我就是没有说出来，谁叫他没好脸色又没好口气，就算是有好笑的事我也不给他笑。松哥不再自己辩白，看到我还在笑，他自己又讪讪地笑，他应该是发现自己的问话有那么一点问题在里面的。

成都在哪里？

松哥说的成都在哪里呢？他为什么不直接问别人北门怎么走，或者说西藏饭店怎么走？才发现两个人方向的概念竟然完全不同，又都说的是同一个地方。事情越理越乱，还有点让人回不过神来。我才把成都从三环缩小到二环，从二环缩小到一环，再缩小到一套房子和一张床，他一句辩解和一个讪笑又把事情搅乱。情绪和注意力都没法踩到点上，一只脚还放在刹车上，我就把车往三环路开去。

恍惚好像有点没完没了。通常情况下是我恍惚，今天松哥也恍惚，他一恍惚我就完全找不到方向，弄得两个人一时间找不到回去的路。松哥在成都三环路以外的北郊问别人，成都怎么走，这个我是绝对不会想到的。我恍惚是说来就来，说去就去，可以都没得来由，可是松哥是什么人，他是与我完全不一样的人，做事从容严谨又一丝不苟，凡事都可以考虑的很周全，甚至可以说是一个深谋远虑的男人，容不得自己出半点差池。可是一句意想不到的问话让我看到不一样的他，现在的他应该是被什么东西缠绕，所以他自己都没有防备到事情会这样。看来他果真是看到我那些自以为隐蔽的事，他应该是看到我把花揉碎，看到我把揉碎的花丢出去，还听到我恶毒的诅咒桃花树下遇见的人。如果是因为这个，我又想笑了，看到和听到都未必是坏事，有缠绕说明还有牵绊，有牵绊就得左思右量，这一思量春天就过去了，春天过去桃花也就开过了，桃花开过了，桃花树下遇见的人可能就没法遇见。

还是能觉察出他心底里的担心，明明看到了还要掩饰，我想他大概也是知道我的来头，就像他在不经意间说我有妖气，我也是从他那里才证实自己确实是有妖气的。他是在担心事情在往我的方向发展，担心事情的结局会如我所愿。他的担心是有道理的，只是我不知道一个人有多大的担待，我也不知道怎样做才算是有担待的人，他能不能担待。我不知道，在没有担待之前我不可以看轻一个人，但是我看到他隐隐约约地害怕在心里，我还想笑，只要他害怕我就想狂笑，情绪来得莫名其妙。

好像我是在笑松哥找不到去成都的路，没想到自己从成都找不到去西安的路。

想去西安，可是又找不到去西安的路，找不到去西安的路，松哥也不会笑我。我不说飞机，也不说火车，更不说汽车的事，我就认定自己找不到西安，这样的情绪很多年没有了，这些年我都是走出去走到哪里就是哪里，然后又从哪里或飞机或火车地回成都，现在突然就觉得找不到西安，西安又标在地图上，还离成都那么近，可是我已经认定找不到西安，又想往西安去，心里不免有些颓唐。

车友会组织五一小长假西安自驾游，出行的路线和我不谋而合，同学们在 QQ 群里热烈地讨论谁和谁拼车的事，想拼车的人有很多，我却找不到适合拼车的人，或许我打心里就没准备要和谁拼车。已经打定主意要去西安，哪怕找不到路我也去西安，这样的感觉略带些挑战性。积极准备一路上要用的东西：矿泉水、感冒药、防蚊水、止痒的花露水、方便面、饼干、火腿肠、酸酸糖……所有能想到的东西都备上了，所有可以放东西的空间都填满了东西，就等着跟在大部队的后面往西安去。没想到一切已经准备就绪却不能成行，电话通知说往西安的路上下雨了，十多辆车连环追尾，有的车在路上已经堵了五到七个小时，还不知要等到什么时候才能畅通，就这样大家还没聚到一块就散了。

看来西安是去不成了，我为去西安准备的那些东西都堆在车的后备箱里，感觉像极了一个备战的士兵，刚刚亢奋起来又收回作战命令，说熄灯睡觉，特别没劲。

这一觉睡下去就睡到第二天早上十点，醒过来又还没起床。

手机响了，松哥有电话进来，他接电话的时候有点闪烁其词，没有说一句完整的话，总是在重复一个字："嗯。"

我有点躺不下去了，因为没有睁开眼睛，也没有说话，他并不确定我有没有醒，可是我自己知道自己是醒着的，知道自己已经醒来就有点装不下去。松哥又不出去接电话，故意和我在一个屋子里讲电话，故意在我面前显出若无其事的样子，却不知他自己在言谈和举止之间还是流露出别的东西，他自己可能以为很小心了，所以自己不能察觉，但从我看来他实是有很多的不方便，所以说话是含糊其辞，让人就是听到了也没法把对话衔接起来，语言无法扩充。我在一旁听到了都难受，再不能假意睡着，为了解除彼此之间的难受，我起身趿上拖鞋去了卫生间，反过来把自己关在卫生间里。

"你的电话。"松哥在外面敲门。

我根本就是坐在马桶上发呆，不知道什么时候出去好，什么都不能做，不时按下马桶的冲水钮弄点动静出来，显得我果然是在用卫生间，显得我的离开是极自然的事，显得这一切和 TM 的那个电话没有关系，最主要是我不想听到他讲电话，所以必须要弄出点什么声音才好。我不能很好地发呆，可能是我没有找到发呆的切入点，所以坐在马桶上还是有点心浮气躁，又一直在寻找可以发呆的路径，终是不能。听到他在外面敲门叫我接电话，从里打开门出来，还没接电话就大声说："不要给我说看桃花的事，春天都没了，桃花都开过了。"

电话没接上就断了，我也不想看是谁打来的电话。

松哥奇怪地看着我，他好像听不懂我说话，他完全可以表示听不懂我说的话。谁都知道现在已经不是看桃花的时节，桃花确实已经开过了，桃树上可能已经结满青桃。可是只要有春天，桃花终会在春天里开，还是会有人说桃花，说桃花自然就有人在桃花树下遇见。

不要在我面前说春天，不要在我面前说桃花。

讨厌春天。

讨厌桃花。

讨厌有人说桃花。

还讨厌桃花树下遇见的人。

我是想这样说出来的，可是我没有说，没有说又确实在心里很厌恶。我想起我之前摸起一手好牌的时候，有人说春天没了，春天果真如她说的那样没有了吗？

"不去西安?"

我没说西安去不了，松哥还在问我去西安的事。

"睡觉。"

重重地把自己摔在大床上，床垫把我弹起来又落下去。

"哦，不去了。不去就不去吧。"

他怎么会不知道我去不了西安的原因，那么爱看新闻的一个人。成都的新闻大事小事都说，谁家的下水道堵了也说，西安去不了的事比下水道堵的事更有看头，新闻里更是要说的，他怎么可能不知道？他希望我能去西安，可是我就是去不了。

"听说是路不通，你可以坐飞机去西安。"他还是希望我去西安。

调过头不搭他的话，什么都不想说。

"去吗？要去就订机票，我可以送你去机场。"

他断绝了我对经费的考虑，还对我作了大力的保证，这无疑是在迁就和纵容我。我就想不明白他为什么非要我去西安，这大概和那个说不清楚的电话有关，他得和某某人有个交代，我不去西安他没法交代。这一次松哥表现得心急了些，他自以为知道我找不到去西安的路，他在给我说怎样去西安，可是他确实越来越不了解我了，他不知道我这回就是想自己开车去西安，这样我才能找到去西安的路。我不想坐火车或是飞机去西安，固执在这个时候表现出极端，又与我平日的固执表现出很大的不同，他不知道我看重的不是目的地，而是到达的过程，这个他没想到。他还没想到一切都准备停当又没能成行，没能成行又不买账有人买机票送我去西安。

我不去西安可能会让松哥陷入两难的境地，他以为我不知道，他甚至以为我不会察觉，因为他以为自己做得很小心，可是两个人在一起的时间久了，彼此已经很熟悉，事情就不好瞒天过海，可是他还是企图想进行到底。

我不得不把两个人的关系想成唱戏，一个是唱戏的角儿，另一个就是搭戏台子的人。看样子这回应该是我来搭戏台子，他不知道我现在的想法，我连拆戏台子的心都有，还指望我给他搭戏台子，我怀里揣着砍刀，我想砍了桃花树，再做一把桃木剑灭了那妖精。

人与人的相处要和睦，却又需要有事端出来促进彼此和睦相处。我在与松哥的相处中学会制造事端，然后又说生活犹如一锅白开水，人又不喜欢单一的味道，舀一杯出来放点盐，舀一杯出来放点糖。人还不能一直只吃一种东西，像我这样的还要再舀一杯出来吃西药，舀一锅出来煎草药，放一缸来泡澡……一直下去总觉得有的时候在挥霍，正如经常说时间不够，却又有大把的时间发呆和游离。挥霍水的时候预想不到干旱的情景，直到云南机场的跑道因干旱断裂，于是我不得不再次反省，反省的结果发现我并无什么可以挥霍。

制造事端的同时不停地制造生活的苦难，我试图睁一只眼闭一只眼，生活还是没有什么两样。只要睁着一只眼，就有可能看到。一只眼看到的情形和两只眼看没什么不一样，所以他们说的都是不对的。眼睛天生就是用来看人和看事的，就如人的脑子天生就是用来思考的，不管思考后得出的结论是对的还是错的，那起码是属于个人的。我不制造事端，生活中总会有人制造事端，事端一旦制造出来早晚就会显现出来，显出来就会让人不痛快，不痛快就免不了要挑起事端。这一切归根结蒂是因为有人制造事端。

谷雨

雨生五谷的季节，谚云："谷雨前后，种瓜种豆。"

"谷雨前后"是四个字，"种瓜种豆"也是四个字，前后加起来明明是八个字，我却念成：谷雨前后，种瓜得瓜，种豆得豆。反复念叨，一字一句地数，还是会把八个字变成十二个字，什么意思？我不得不重新念叨几回，结果又念成：谷雨前后，种瓜得豆。

西安已经去不了了，而松哥认定我是要去西安的，我要是不去西安好像是我不对了。

从一张床上起来，又从房子里出来，开着车从成都的一环路出来到二环路，然后是三环路，我向着三环路以外的方向一直往下走，走着走着就离开了成都。我不知道走的时候有没有和松哥说，其实说不说又有什么关系呢？他认定我是应该去西安的，那我就应该去西安，就算不是去西安也假装是去了西安。

驾着车以每小时一百三十迈的速度在高速路上跑，不知道这路是往哪里去的，其实去哪里已经不重要了，成都已经离我越来越远。我现在的心情突然就变了，早上那些乱七八糟的情绪陆续不见了，好像是都被我出来的时候丢在路上，或者说在我打开车窗的时候被风吹散了。我把不开心的情绪从心里掏出来，掏出来又当垃圾一样扔出去，变成一个完全没有公德心的人。我并没有想到这些没有及时处理的情绪垃圾，扔出去可能砸着对面不相干的人，我只图自己痛快，很少想到别人，还从不为此惭愧。

放一张很 high 的 CD，把音量调得很大，我知道自己在远离成都的时候也远离了西安，现在去的方向和西安无关，一副信马由缰的样子。不知道要去哪里，也没有办法打算去哪里，前面的路往哪里我就去哪里。高速路走没了，就走大路，然后还有山路，往哪里都没有后顾之忧，后备箱里有的是吃的和喝的，还有御寒的大衣和被子。想着备好的东西，我又想到西安，感觉这就是去西安。

车开到山头了，离太阳近的地方风景都很好，山格外的青，看不到农田，树和灌木连成一片，一条盘山公路蜿蜒而上，大大小小的汽车爬在路上像虫子。那些春天里应该开的花都开了，白的、红的、粉的、黄的、紫的……满眼是春天的颜色。路边的树上结着一些青涩的果子，也不知道能不能吃，总想伸手摘一个下来瞧仔细。

前面的车在前面，后面的车在后面，感觉大家都是一路的，都是约好了出来的，心里为对方有了些牵挂。前面的车在路边停下来，后面的车也停下来，我也把车停在路边。大家都停下来，有人拍照，给风景拍照或是和风景一起拍照，有人跑树后面方便去了，有人就是下来舒活一下筋骨，也有人下来坐在路边晒太阳吃东西……大家相互点头微笑，有人叫我帮忙按快门，我给别人照了很大一座山，却只有一个小小的头在左下角，大家都在笑我，说这照片有点意思，我不好意思了，别人摆了很大的一个 pose 被我辜负了。

风景一路都有，看看走走，我把丝巾栓在后视镜上，迎面的风吹起丝巾，打开窗户让新鲜的空气横竖进来，和着好听的音乐，突然就有点恍惚，觉得有点醉了，想跳舞。

我真的跳舞了。

太奇妙了，我从来没有想过会是这样来的康定，而且是来了才知道这里就是康定。

我很多次想象康定的样子，想着草原的风，想着草原的云，想着草原的雨，想着溜溜的城，剽悍的男子骑在马背上，姑娘在草原上唱歌，身边是洁白的羊群，还有那自由的鸟在空中飞翔……

早就听说康定是溜溜的城，现在看来果真如此。不大的康定城在一条夹皮沟里，一条不大的河从城里穿过，河堤两边用汉白玉砌成栏杆，房子都拦在河两旁，河水是高原的雪融化来的，夏天看着清澈凉爽，冬天应该是冰凉透骨。

坐索道上了跑马山，跑马山完全不是我想要的样子，一个水泥筑的坝子，场子边上挂了一些供游客租用的少数民族的衣裳，劣质的音箱不厌其烦地重复着一首歌——《康定情歌》，三五个身着藏装的女子懒洋洋地在跳舞……这就是跑马山，没有骑马的康巴汉子，没有放牧的卓玛和羊群。

有人说：去了康定不去跑马山遗憾终生，去康定去了跑马山终生遗憾。

可是不来康定本身就会觉得遗憾，来了康定至少知道为什么遗憾。事实上来了也没有太大的遗憾，起码我看到康定的样子，看到跑马山的样子，我也知道想象和现实总是有差距的，差距若是明白了，臆想要么终止，要么就是更完美。

我还是会欢喜，因为我终于找到一个可以跳舞的地方。一路上我就很想跳舞，一路上我也在跳舞，我用手指合着音乐的节奏在方向盘上旋转，现在我可以着一身艳丽的藏装跑到太阳底下跳舞。很快乐地跳舞，着藏装跳藏族舞，有人拿着专业的相机对准我不停地按快门，我想他是搞错了，可是又懒得说话，我只想跳舞。

说出来让人难以置信，我在跑马山上跳舞，鞋子不停地旋转，抛出去的水袖如霓虹。时间从中午到晚上，我从这里旋转到那里，又从那里被水袖抚过，时间也被阳光明媚着，忘记自己是从哪里来，忘记成都海拔四百多，忘记康定的海拔已经是两千五百多，旋转突破了时间地点和情绪的隔膜，一起跳舞……

跑马山下来往左拐出去大概有两公里是二道桥宾馆，早就听说二道桥宾馆的温泉不错。终于可以把自己放在温暖的水池里，水没过胸到脖子处，空气里弥漫着淡淡的硫磺的味道，我半躺在水里，疲惫在水下面迅速漫延，又想睡觉。我好像是睡着了，又有点透不过气来，感觉到热，感觉越来越热，胸口闷闷地，泳衣从身上扯下来丢在一边，一下子舒服了许多。小木屋里泡

谷雨

097

温泉穿泳衣是累赘，一个人的单间，门从里被我栓上，自在地挣脱捆绑的感觉，自如伸展的身体，浑圆的乳房在水下晃动，手可以触摸到的草地柔软而潮湿，有一块湿地在中央，我一不小心就滑进去……

在去木格措的路上，一个小姑娘在路边卖向日葵。

我停下车探出头问她："向日葵怎么卖的?"

"六元一个。"

停下来我才看到小姑娘皮肤很黑，但是很健康，年龄应该和我女儿差不多。"八元两个行不?"

"六元一个。"向日葵摆在小姑娘前面的地上，我也不知道她原本是蹲着还是坐着的，听我问价就站起身来，眼睛里很快就充满期待。

"八元两个。"我自己都不知道因为什么，竟然为四元钱和一个小姑娘讨价还价，而我并没有打算买她的向日葵。可是，如果她愿意八元钱卖两个向日葵，我还是会买。

"我妈妈说的六元一个。"小姑娘执拗地反复说明她要六元钱一个，在反复的过程中说出妈妈来强调原因，已经表示自己的立场，表明她的态度，也许她并没有因为我说要买两个而动心，可是她的眼睛里分明又很期待，期待我下车来走过去，事情就可以往下进行。

我并没有下车，也没有走近小姑娘和她的向日葵，我没有买她的向日葵，又继续向前走。不知道为什么要问别人的向日葵怎么卖的，本来就没有打算买什么向日葵，可是我还是问了，问了又没有买，表面上是因为意见没有达成一致，于是我顺理成章地走了。走了又总是回想起一双充满期待的眼睛，那是一双很清澈的眼睛，就连欲望都是那么单纯……

有一种隐隐的不安在内心里蠢蠢欲动，有东西想让我调头回去，我也差点就调头回去了，可是我又没有，一直往前，一直往前就把先前的那些都变成了内心世界的活动。

我在去木格措的路上。

在去木格措的路上，我几次把"木格措"投影成"嘎木措"，路牌上清清楚楚地写着"木格措"，别人也和我说的是"木格措"，我还是会出错。突然感觉到脑子不好使，我总是会把这三个字的地名弄错，错又错得不算离谱，至少三个字中有两个字是对的，只是顺序不对。我不知道自己为什么会几次三番地想到"嘎木措"，也不知道这三个字从哪里来，可就是根深蒂固地出现在我脑子里，也许木格措原本就应该叫嘎木措，又也许真有一个叫嘎木措的地方在别处，我架错了时间和空间。

我原本就应该调头回去的，可是我没有调头回去，走着走着前面有车堵着，后面的车也来了，大家都堵在这里，听说前面景区在修路，大家的车都开得很慢。我想我真的应该调头回去的，可是现在已经没法调头了，如果之前调头回去，我终归还是要来这里，还是会堵在这里，只是堵在前面一点还是后面一点的问题。有人说不巧得很，我以为活该是要遇上的，就比如我原本是要去西安，可是我去不了西安，所以我必然这个时候要来康定，来康定又必然要来木格措，终归必然是在这个时候遇上木格措在修路和维修景点，一切都是早就安排好的，只是我不知道，现在知道了所以就坦然了。

木格措就在面前，一个很大的天然湖泊，湖水清澈见底，从面前一直延伸到远处拐一个弯就不见了，看到了山的尽头却看不到水的尽头。山在木格措与水相依相生，水有山的影子，山有水的流动。山在湖两边还显出截然不同的样子：湖泊左畔寸草不生，山和石显出黛色，很像是用废弃的矿石堆砌而成，兀自挺立，很像男性的生殖器；没有积雪，太阳光秃秃地照在山上，看不到一点阴凉的地方；湖泊右畔树木繁茂，鸟语花香，还有精工雕刻的亭廊和长桥，山上白色的积雪压着青山绿水，像一个侧卧的美妇……左右的景色形成鲜明的对比，显现出自然界的阴阳两面，让人目睹了大自然的阴阳平衡和谐调。

枯枝老树卧于湖底，错综复杂，又相互连接，连成一片看不出它们各自的样子，水深深浅浅地在其中流动，纤长的水草柔软地随着水纹波动，阳光映在水面上折射出不同的光波，晃动在岸上的树叶和花瓣上，看花了眼。我看到成群结队的鱼儿从老树中间游到叶子和花瓣间，它们从我面前游过，尾巴扫到我的鼻尖，有水珠钻进鼻孔，我闻到了木格措的味道。

林子里有鸟在叫，许多的蘑菇长在草丛中，我忘记了自己的年龄，误以为自己就是采蘑菇的小姑娘，把外套脱下来铺在草地上，欢快地在树林里唱歌。一只又一只叫不出名的小鸟从我头上飞过，一只又一只的小松鼠从这棵

谷雨

树跳到那棵树上，松果从树上掉下来滚到脚边，有无数地小东西躲藏在背后看我。

采了一堆的蘑菇从木格措回来，在回来的路上又看到了那个卖向日葵的小姑娘，我把车停在路边，拿了我才采的蘑菇放在她面前，和她并排坐在地上。

新鲜的蘑菇夹带着几根青草，小姑娘显出心里的欢喜，她笑的时候露出两排洁白的牙齿。她好像不记得我早上从这里经过的事，不记得我因为向日葵和她讨价还价的事。

"等我卖了蘑菇买你的向日葵。"

"咯咯咯……"小姑娘笑了，她笑起来声音很清脆，样子也很好看。

向日葵和早上我经过的时候一样多，看样子她今天一个都没有卖掉，她早上的时候如果八元钱两个，我就已经买了两个了，但是她坚持要六元钱一个。

"你就不会卖五元钱一个？或是八元钱两个？"

小姑娘摇摇头说："妈妈说要卖六元一个。"

"那你卖了几个？"

小姑娘又摇头。

"如果是四元或五元一个，现在可能已经卖完了。"

小姑娘没有摇头，我不确定她有没有听我说话。

"向日葵是自家地里种的，可多可少地卖，也可多可少地种，你今天回家问妈妈可不可以。"

小姑娘没说话，我还是不能确定她是否在听我说。

她盯着我从木格措采回来的蘑菇："你的蘑菇不能卖。"

"……"

小姑娘快手快脚地把我采来的蘑菇扒成两堆，指着其中一堆对我说："这些是不能吃的。"又指着另一堆说："这些可以。"

……

有人路过，有人问："向日葵怎么卖？"

"六元钱一个。"听到有人问向日葵，小姑娘的眼睛就会亮晶晶的，就像早上我问她的时候也是这样。

"可不可以便宜一点呢?"过路的人只是坐在车里摇下车窗。

小姑娘摇头。

"六元一个贵了。"

小姑娘还是摇头: "六元钱一个。"

"现在的小孩还真会做生意,都是家里的大人教的。"

车开出去的时候听到还有人在车里说话,我转过头去看她,我知道她也是听到了的,可是我还是没看出她会怎样难过,眼睛里亮亮的东西没了,她又在看路的两头有无车来,看到有车停下来,眼睛又亮起来。

这个下午我们都没有遇到诚心的买主,问的人觉得小姑娘的向日葵六元钱一个贵了,又害怕我的蘑菇不能吃,所以我们都不能如愿。没人买我的蘑菇,可是我不能不买她的向日葵,我没好意思再给她讨价还价,我打算六元一个买她几个向日葵,她不肯卖给我多的,只卖给我两个,收了十二元钱。也许她早就看出我并不是真心买她的向日葵,我又把蘑菇一并送给她,她也欣然收下。

一个真实又很有原则的小姑娘,她的出现像蜻蜓点水,我没问她几岁,没问她叫什么名字,我们应该不会再见。

在康定吃地道的藏餐,我在想这么一位小姑娘,突然就改变了主意,把已经打算带走的纯手工制作的银碗又放回桌上。在这个揣和放的过程中我同时得到了两种需要和满足。当我把银碗放在包里的时候,我已经满足某种需要,然后掏出来放回去,又满足了我另一种需要。我应该还有别的需要,那是什么样的需要?我现在还不明白,只是一杯接一杯地喝藏族的甜酒,一个人醉倒在用小刀切牦牛肉的精致中。

谷雨

立夏

夏季已经开始，万物至此皆长大。明显感觉气温升高，炎暑将临，雷雨增多，农作物进入旺季生长的一个重要节气。

夏天无端地兀自徘徊，身体也是时冷时热，如此反复多次，我在季节交替的时候表现出无所适从，分不清楚季节与季节的交界，就如找不到它们之间的接口。许多年都是这样过去的，时间的长短并没有让我有所长进，现在的我就像被它捏在手中的玩偶，它要我举右手，我没法动左手，而那些不能说清楚的仍然是说不清楚。

每一次出走都悄无声息，每一次回来都是大张旗鼓。我会在回来之前电话告知松哥我要回来的事实，还有回来的时间，这样一来我打开家门的时候松哥都在，之前他去了哪里我不问，他自然不说，就像他也不问我去了哪里，问了我也不会说，我是说不清楚。

说不清楚离开康定我又往哪里去。

前面的路看不到，后面的车也看不到。天黑的时候，前不着村后不着店，看到路边有一户小院，屋子里亮着的灯从窗户里透出来，我犹豫不决，可是如果错过这户人家不知道还要走多远才有人家，已经是晚上十点过了，还是敲开了小院的门。

"我想在你家住一晚上。"

"进来吧。"

对方好像知道有人会来借宿，径直领我进了一间屋子。屋子里就一张床，再没别的家具，看起来也还干净。

半夜，我听到外面有脚步声，有人在外面走走停停，又停停走走，中间的间隙时间不会太长，声音听起来远远近近，又近近远远。突然就没了声音，脚步在房间门口停下来，有人站在屋外，我开始紧张。有人推门，有人使劲地推门又推不开，门是我从里面闩死了的，可是我还是害怕，又不敢支声。有掏钥匙的声音，有钥匙插进锁孔的声音，还有钥匙在锁孔里旋转的声音。我想问外面是谁，可是张开嘴又发不出声音，嗓子眼空了，只能屏住呼吸。钥匙在门锁里扭了几回，外面的人又一直没有说话，在外面折腾了好半天，慢慢地没了声音。

一个晚上不敢睡，一个晚上都睡不着，裹着被子坐在床上，手里拿着车载手电筒，不敢开灯，稍有响动就盯着门口那里，如果有人进来就用手电砸过去，然后就冲出去开车逃跑。

一个晚上好不容易熬过去。

天刚麻麻亮，打开房门轻手轻脚地出来，觉得还是应该和主人家打个招呼再走。院子里没人，我冲屋子里说话也没人回。院门、大门和房间的门又都是开着的，好像是没人，又好像就在附近没有走远。

我放了五十元钱在堂屋的桌上，出来发动汽车开出院子上了公路。

车开远了，回过头去已经看不到那个农家小院。我松了一口气，恍惚昨天夜里借宿的事像梦境，我竟然想不起来其中的细节，那个给我开门的人是男是女，长什么样子，是老还是少……那些纷乱的脚步声，还有我空空的嗓子眼，现如今我又能对屋里屋外大声问有无人在，这一切实在令人难以置信，仿佛一切都是幻影。

我以为还是时间在顺序上出现了问题。

某些需要停止下来的事情，原本就应该停止下来，可是我又不能确定是否已经停止，我甚至怀疑事情不但没有停止下来，还在接下来的日子里有所发展和变异，我便因此多了一份焦虑，开始不断掂量其价值取向。我把这一系列的行为归为更年期综合症的表现，除此以外我找不到合理的解释。如果我过早进入更年期的假设是存在的，那么这种持续的现象是因为时间颠倒了生活顺序。

回到成都的生活一如以前，松哥没有问我这一路出去的事情，我也没有说。还是会感觉到难过，他又不知道我难过，生活进行得很有条理，我又不能再挑三拣四地对他进行挑衅，只好难受也自己受着。

忍耐还在我的极限范围内。

松哥好像什么都没有察觉，他现在的注意力都在别处。他是一个工作认真的男人，除去和我吃饭睡觉的时间，大部分时间都用在工作上，所以他有理由和前提忽略我现在的糟糕情绪。此刻他又坐在电脑前，他以为我躺着就是睡着了，他还以为我合上眼就是睡着了。可是就是我快要睡着的时候有事情发生了，我发现空气中多了某种味道，一种奇怪的味道，好像是若隐若现，又好像已经滋生成一股暗流在涌动，在纠缠松哥的同时又不时探头偷窥我的反应，在我翻身弄出动静的时候就迅速藏匿起来。我把看到的说与松哥听，说看到她就藏身于鼠标、键盘和显示屏中，用网络为媒介，企图离间我们的关系。松哥说我是子虚乌有，我感到极大的委屈。情绪被激化到一种近似疯癫的状态，趁他不备把电脑抢过来摔在地上，一声惊呼，事情变得一团糟，我甩门冲出去……

天黑了。

天黑着。

城市的灯还亮着，我不知道应该往哪里去。

开着车一个人在狂奔，遇上红灯就往右拐，一刻都不想停下来，城市的灯光隐在身后，点点的星星镶嵌在偌大的一块黑布上，月亮冷冷地挂在空中，面目全非。

不知道走到哪里，不知道在哪里停下来，停下来又在河边。什么河？我不知道。

熄火坐在车上，周围死一般寂静，听不到风吹树叶和草丛的声音，就连虫子都没有叫的，感觉有些无可奈何。

手机一直在响，不断地有电话进来。

不想接任何电话，不想与人对话，我不知道要怎样与人对话。我相信电话是松哥打来的，他肯定有话对我说，可是很多话已经说过了，已经说过很多遍了，再说就没有了意义。可是谁看着都没有意义的事偏偏还在重复发生，又没人阻止得了。我不知道自己在其中的角色和位置，我需要衡量和掂量所作出的努力有无价值。

事情显然不是一道数学计算题，也不是选择题，内心极其矛盾。

我想：或是这样做，或是那样做……

其实怎样做都好，怎样做又都不好。

事情需要现实化，具体化，自己的角色并不单一，生活让我在不同的时间和地点表现出不同的身份，任何一个身份都有自己存在的理由和价值，所以事情要么这样，要么那样的想法不切实际，生活的随机性不能用公式来论断，我目前需要的是一种态度。

我应该回去。

已经是凌晨。来的时候一路上脑子和情绪都是乱的，现在要回去又找不到方向。没有路标的道路纵横交错，走了好长一段路都没有遇上过路的人，前面的路好像越来越宽敞，感觉路越走越宽才是对的。车转过一个小弯道，车前灯照亮了路边一根柱子支起的白色板子，好像是路边的汽车招呼站，看不清是哪里往哪里的车，却看到有一个穿白色裙子的女子站在那里等车。

车已经开过了，我才想这么晚一个女子要去哪里？这样一想不免对她有了担忧和牵挂，好似已经看到危险就潜伏在周围随时会吞噬她，想想还是把车倒回去，摇下车窗想问她去哪里，顺便打听去成都的方向。

车倒回来，汽车招呼站牌下空荡荡的没有人，我想是自己看花眼了，还以为看到一个穿白色裙子的女子。

再往前走，有一个很大的弯道，我不记得来的时候有没有走过这条路，转过弯前面有了灯，还有了指示路牌，前方就有高速路入口，我找到回成都的方向了。上了高速路，放一张快节奏的 CD，把音量调到十，听一个人的音乐，路也变成一个人的，看不到前面车的尾灯，也看不到后面的车，心情略感舒畅。

心情在短短几小时内已经有了漫长的经历，现在又归为宁静，好像之前我的行为举止像是无病呻吟，可是如此又是我的真实状态。我还是想到了时间的顺序和倒序，想到女人所要经历的更年期。我提经历的更年期可能有其特殊性，长则三五天，短则三五个小时，甚至可能是三五十分钟和三五分钟的事。现在，那些纠葛的阴霾心情已经不在了，它们恶作剧似的作弄于我，又消失得无影无踪。我自然也不想再作纠缠和计较，我突然想念酒吧，想摇头晃脑地唱歌跳舞。

正在我兴奋欲起的时候，突然感觉到后座有人。我想起那个独自在路边等车的女人，她还是上了我的车。她是什么时候坐上来的？我想不起来，我记得我有把车倒回去，那么她应该是那个时候上的车。也许事情又不是那样的，她在我路过的时候已经上来了，她根本不用我停下车，甚至不用我倒车回去。想想就觉得滑稽，她已经坐在后面，我还倒车回去。

我很想转过去问："你去哪里？"

我又没有问，她应该不会和我说话，就像她上我车的时候也没和我说话。

我也没有转过头去，突然就觉得不应该转过头去看她。她既然不想让我看到，就算是我转过去也不会看到有人在。但是我万一转过去又看到了，哪怕我不说也已经表明已经看到，可能会因此惊吓了对方。

我没有说话，我也没有回头去看，我甚至不看车内的后视镜，假装对此毫无察觉。看似事情没有发生任何变化，但确实感觉到先前在路边遇到的那个女子，她在后面盯着我又不说话，也不听我放的 CD，她甚至把脊梁挺得直直地。我感觉到她的紧张，从整个事情看来，她有什么好担心的？根本就是她自己上的车，她没问我去哪里，我也没问她去哪里，我甚至不知道她是从哪里来的，我还没问她是怎样上来的，这就应了从来的地方来，到去的地方去……

很多事都没有和松哥说，很多事松哥都不知道。

没有和松哥说的事都有不说的理由，或者更准确地说是没有任何理由，我以为是没有说的必要。有时候我在想事情当不当讲，事情在被揣摩当不当讲的过程中变得复杂。

记不得第一次是因为什么要离开家，离开了又回去了，一直都在重复一样的动作，松哥对此肯定不理解，但他最大限度地表现出男人对女人的宽容和迁就，他就是这样对我的，事情做出来大家都看到了。我看到的又没有说出来，我只是一直在重复一个出走和回来的动作，毫无新意，慢慢地成为相互的习惯。习惯让记忆变得混乱，让自己莫名就陷入一种怪圈中出不来，仿佛中了某种魔咒，需要我不断重复相同的动作。

任何人都可以怀疑我说不清楚的缘由。

天气越来越热了，都说有四季不分明的地方，成都突然就没有了春天。季节开始在冬天和春天交替处徘徊，已经是五月了，春天应该来了又过去了，可是我竟然不知道，棉衣短袖又短袖棉衣，让人无所适从。我只是简单地感知天气的冷暖，我不知道这和季节有多大的关系，感觉自己像玩偶，被它捏在手里，一起不停地摇摆，悬着的脚就是踏不上成都的春天，也不知道是谁用一块大花布把季节直接从冬天缝合到夏天，我看不到也摸不到之间的接口，就直接从大花布上滚过去，滚过去应该是夏天了吧？

我在梦中迷糊着，觉得应该起床了，上班要迟到了，坐起来才想起是休息日，倒下再睡。好像是不大一会儿又坐起来，还是觉得应该起床，小孩长身体不能不吃早餐。我还是睁不开眼睛，努力睁开眼睛看时间也才是九点过一点点，隔壁女儿的房间也没有响动，她大概也是没有睡醒。我再次躺下想接着睡，可是还是觉得应该起床，我又坐起来。坐起来的时候我想起一件事，又躺下去。

"你干吗？"松哥大概是被我折腾醒了，已经睡不着了。

"我想睡回刚才的梦里。"

松哥把手盖在我的额头上，拿回去放在自己额头上又放回来，又拿过去，和我起床又睡下的样子是差不多的，异曲同工。

"你就别打扰我了，我想快点睡着，睡着就可以做梦，然后我就可以回去了。"我拉开松哥放在我额头的手，放在他张成 O 形的嘴上。可是我自己已经折腾得睡不着了，醒过来就无法再睡了，这让我着急，越着急就越睡不着，心里开始为此烦躁不安。我尽量安抚自己的情绪，让自己放松，给自己制造入睡的可能环境，可是我已经无法入睡了。

"为什么要睡回去？"

"因为有人找。"

"谁？"

立夏

107

"不知道，电话没有接上。"

"看手机的来电显示就知道了，再把电话打过去。"松哥在笑。

"对哦。"松哥说得不错，所有的来电都会在手机里，都会有显示，我怎么就没有想到这一点？在手机里查找所有来电未接电话。我才想起事情这样做是不对的，松哥说的是醒着的事，我说的是梦里的事。

我得回到梦里才行。

在梦里，手机一声接一声地响，我没有接。我正在忙着处理一些事，我想等处理完了再接。那电话又响了几回，我还是没有接，事情还在处理中，事情处理完我就回电话过去。电话还是不断地进来，不知道是不是同一个人找我，但我肯定有人急着找我，可是事情还没有处理完，我腾不出时间和手，再给我一点时间就好。可是我仿佛是醒了，于是和那个急着找我的人分别在醒着和梦里，我们彼此已经找不到对方，找我的人在梦里，所以我得回去。我做出了多种可能入梦的样子，没有想到事与愿违，之前还觉得没有睡够起不了床，现在想到有人在梦里找，想睡也睡不着，无法入梦。

"回不去了。"两者间可能的联系突然被掐断，所有的努力都是徒劳无功，什么都做不了，什么都不做了，便开始懊悔为什么就不能放下手里的事接一个电话？

"回不去了？"松哥显然对我的行为产生了好感。

"回不去了。"我重复着一样的话，说话时的神情应该像是做错事的孩子，我难过又觉得无辜，因为我不是故意为之，可是打了那么多个电话我都没有接，谁会相信我的委屈？

"那你想想看，觉得谁最有可能打电话这么着急找你？"松哥大概是懂了我其中一点心情，感受到我的难过，他是想给我一些启发和帮助，最后还躺下来陪着我。

"……"我无法想象对方会是谁，可能的存在只是多个假设，我不能假设这样的人和事，所以松哥对我的启发和帮助是没有用的。

"打电话过去问，所有的事情就明白了。"松哥说这话的时候没有笑，我不觉得他是认真的，可也没有打趣我的意思。

"那还不如你帮我睡回去，睡到我梦里去，事情明白后回来对我讲。"

"那我睡你梦里去?"

松哥笑了,是我让松哥笑的。

我也笑了,这是活生生一个神经病和另一个神经病,先是一个醒在梦里,接着另一个跟着进来,两个人醒着说梦里的话,一个与自己有关,一个与自己无关,梦里的那个人还不知道两个人的担心,要是知道了还不知道要怎样感动才好。

想想松哥说的话也很有意思,如果我按他说的那样假设对象,再把电话打过去,事情会是怎样的情形? 会不会真有人醒在别人的梦中? 我很想试试,拿起电话又放下,觉得这样的事情还是留点空间给人回味的好。

松哥把我搂在怀里说:"傻瓜。"

"我是傻瓜,你目前还是傻瓜的男人,简称傻瓜男人。"我又突然指着他问:"那个电话是不是你打的?"

松哥一脸愕然。

不是所有的梦我都能记得,有些梦在生活中想起,有的梦又是在梦里想起,梦里想起的梦是回去了,但大多数梦都是回不去的。能够回去的梦应该是有一条通道往那个地方,相同的梦境和不同的情节让梦再次延续,仔细想它们又好像只是场景相同或类似,人物和情节可能又都不同,但还是会被人为地关联起来,因为延续,所以连贯起来类似电视连续剧,只不过其中的情绪多是不温不火,没有跌宕起伏的情节,显得故事没有高潮,剧情也就显得过于平铺直叙,情绪不能层层递进,整个进展平淡而缓慢,剧情太长又拖泥带水,又还没有进行到高潮部分,也许根本就不会有高潮,也根本不需要高潮。

说梦境感觉像是在说婚姻,说婚姻有别于说做爱,做爱就必须要有高潮,有高潮的做爱让人身心愉悦。婚姻不需要高潮,婚姻一旦有了高潮会陷入某种纠结,纠结让人心上心下又或左或右,其结果往往是让人不能很好地把持自己,做出许多不好的事情来,很大程度阻碍身心的愉悦。

我无数次地进入相同的梦境,我并没有找到通往梦境的路径,可是我还是不止一次地回去。梦里那些人的样子一如既往,大家都没有变,可是我一个人在一天天变老,醒过来的时候我会想,再过几十年回去,我也会像外婆的样子，外婆和妈妈会怎样和我说话？许多的假设会成为多种场景在脑海中演练，每一次都会有不同，可是令人费解的是，这样的假设中梦里一次都没有出现。我只说这是假设，但后来发现还是有一点点担心，担心比自己的妈妈老，还担心比自己的外婆还老。当然这样的担心是多余的，梦里我看不到自己的样子，我在梦里没有照过镜子，好像我的梦里没有镜子。

想起二○○八年的梦，我在想要不要说那个梦，我怕说出来没有人相信，可是我在"五一二"地震前一晚就做了那么奇怪的一个梦，我当时醒来就想笑，笑自己做了一个传奇而又略带神话的武侠梦：

在舅舅家的大院里，一个家族的人都聚集在一起，说有一个无形的杀手要灭了我的家族。大家聚在一起想把危险减到最小程度，大家在一起出谋划策。院子里灯火通明，可是大家又都想不出更好的办法，老人和孩子在角落的地上睡着了，歪歪斜斜地靠在一起。看到眼前的情形我也是束手无策，院子的门紧紧地从里面闩死，可是我们仍然是暴露无遗，再说对方又是无形的杀手，我们是防不胜防，甚至不知道它会从哪个切入点杀进来，危险无时无刻地存在并威胁着一个家族的性命。我极度的恐惧，抬头看院子上空的夜，我听到狞笑："没有用的，你们并不能看到我。"一道光过来，站着的人倒下一片，有人递给我一把没有箭的弓："拉开它，只要你能拉开它，就可以打退无形杀手。"我接过来用力拉，开到一半就怎么也拉不开，我一次又一次地尝试。又有人倒下，那个声音仍在狞笑，我手握着一把拉不开的弓，作了许多的努力，已经是筋疲力尽，我瘫坐在地上号啕大哭，前所未有的伤心，无能为力，感觉自己像一个废人，眼睁睁地看到一片又一片的人倒下，沮丧让人觉得生不如死。

这是一个真实存在过的梦境，可是这样的场景很像五月十九日在天府广场躲地震时候的场景，很相似。那天，我一样是无能为力，一家人睡在汽车里不知道往哪里跑。

我无数次想过，如果在梦里我拉开了那把没有箭的弓，是否情形会是另一种样子？可是我现有的力气不足以拉开那把弓。我要怎样才能够拉开那把弓？我跑了无数个游乐园，我玩了所有的弓箭游戏，那些弓我都能拉开，可是在那个梦里我怎么就拉不开那把弓？害怕时间倒回去，害怕再回到那个梦里。如果时间真的要倒回去，那么我希望事情不要落到我头上，递过来的弓是从我手里传过去给别人，而不是我，这样我就不用担心自己力气不够，但是最后握住弓的人一定要有足够的力量才行。隐隐的不安还是牢牢地盘踞在心底，不说出来不表示不存在，如果真的回到梦里，一样的场景在面前，没有箭的弓从很多人手里递给我，我说我没有足够的力气，可是那么多眼睛望着我，我又不能不接，结果我仍然什么都做不了。

我在想为什么梦里没有镜子？也许那些人误解了力量，事实证明我拉不开弓，可他们却还是认定我可以，于是乎我又想到了镜子。

立夏

小满

大麦、冬小麦等夏收作物已经结果，子粒饱满，但尚未成熟。

这个时候的桃树应该结果，可是桃花在开的时候已经变成了妖精，成了妖精就不能结果。不说桃树，不说桃花，也不说妖精，但是事情早已经开始，事情一旦开始势必会有结果，那是什么样的果？看不到摸不到，它总是若隐若现地在那里，还让人快乐不起来。我又快乐了，因为我或者变成妖精，或者从哪里得来一把桃木剑，把除我以外的妖精斩断在桃花林。于是乎，我双手紧握并高高举起。

我把一面镜子挂在家里，就对着进门的地方，不知道有没有人发现。

没有关于镜子的对话，我不相信松哥没有看到，我不相信进门的人没有发现。我在进家门的时候有亮光从镜子射过来，还能从镜子里看到女人的样子，那应该是我的样子，如果不是我的样子又会是谁的样子？

卫生间的洗面台前还有一面更大的镜子，我在这面镜子前面洗脸，我又在镜子前浓妆艳抹。我想把自己扮成桃花，扮成妖精，结果把自己打扮得像个妓女。其实不像妖精没关系，是妓女也没关系，我招摇过市地进了九眼桥的一家慢摇吧，我突然想做一回婊子。

酒吧里满满的男人和女人，还有震耳欲聋的音乐和暧昧的灯光，酒瓶高高矮矮地挤在一起，男人借着酒精的作用在女人身上磨蹭，眼睛盯着露了一半的酥胸，恨不得把装在衣服里的另一半也掏出来揉搓。女人却在装腔作势，如假包换的纯情趴在男人的耳根子边上说着悄悄话……

没人知道他们说的是什么。眼光追逐着斑驳的灯光，游离在人群里，我跳过那些露脚露背还露胸的女人，我在寻找男人，希望有男人过来搭讪，希望有人成全我做婊子的愿望。

我是因为身体的原因不能喝酒，要了一杯果饮，眼睛肆无忌惮地全场扫描。我跳过那些看不清楚面容的女子，在男人之间游离，其实灯光若有若无，我也根本看不清楚任何一个男人的样子，想必他们也看不清楚我的样子。

许多身体随着音乐在晃动。DJ 换上 Lady GaGa 的 Poker Face。有一个长得并不香艳的女子和一个男子在中间跳舞，一招一式都极夸张地表现出男人和女人身体的缠绵，很多动作缺少含蓄，一种仅限于男人和女人之间的动作，却旁若无人地表现在众人面前，情景直白，无空间给人回味和想象。

催化剂的作用，抑或这也是催化剂。

有人喝彩和注目，有人显出舒服和受用的样子，不知道嗨了药是不是这个样子，我当就是现在这个样子。

头不停地摇晃，身体也随着摇摆，头发散开甩起来，停不下来了，一个人从躯壳里释放出另一个人，大家一起就释放出更多的人，大家一起摇摆。

我一口一口地喝饮料，我竟然有点头晕，我把饮料当酒来喝，果然就有了酒的味道。

有人在看我，我看到了，有一个长得不难看的男人在看我，而且还是一个年龄不大的男人，我管年龄不大的男人为小男人。小男人看我，我看小男人，我们这样应该算是眉来眼去，甚至可以说是我在故意诱惑或者说是暗示。最后，这个小男人走过来坐在我身边，我听不清楚他说的话，但我知道他是过来搭讪，他想接近我。我笑着不说话，或是点头或是摇头，我也停不下来。他想和我喝酒，可是我已经不喝酒了，不管是啤酒还是红酒，我从来就不喝陌生人的酒。

不喝酒我也没有赶他走。小男人长得很时尚，穿得很中性，人也就看起来很中性，这让我不得不把手放在他胸前摸了一把，确定是如假包换的男人。我笑了，我听不到自己的笑声，铺天盖地的音乐淹没了我的笑声。我故意笑得很放荡自己又听不到。小男人也笑了，他的笑看起来很腼腆，眼睛却一直没有离开我的脸，我看出这个小男人喜欢我。

我和小男人甩筛子，他喝酒，我喝果饮，他再没说让我喝酒的事。我又要了一杯饮料，小男人抢着付了钱。我喝水，小男人喝酒，我趴在小男人的耳根边说话，我闻到小男人的味道。小男人说闻到我的味道。其实他闻到的并不是我的味道，是化妆品和香水的味道，可是他以为是我的味道，也可能是从别处来的味道也当成是我的了。酒和化妆品相互的催化反应，让小男人离我越来越近，他试探着想握住我的手。

我感觉到他想握我的手，我也默许他握我的手，我想两个人就可以这么顺理成章地握在一起。可是事情突然有了变化，我看到桃花开了，看到桃花变成了妖精。

右手突然跳起来："媚俗的小妖精，我要灭了你。"

左手从小男人的手心里抽出来，在桌子上拍了一巴掌说："你拿我奈何？"

桃花妖精和不知道从哪里招惹来的女子，两个人你来我去的争吵，看来彼此有冤孽。我夹在中间不知所云，看两个人扭在一起，其中一个是恼羞成怒，另一个逞能逞强，谁都想灭了对方。桃花妖精临危不惧使出百般解数，还不时分神挑逗我面前的小男人，我坐在其中左右不是。女子和桃花妖精一左一右地相互折腾，同时也是在折磨我。小男人伸出手分别握住我的左右手，我筋疲力尽地靠在这个小男人的肩上。小男人把我搂在怀里，我亲了他的耳朵，我感觉到他轻微的颤抖，接着有东西从下面顶到我，然后又没有动弹。

桃花妖精和女人短暂对峙，小男人夹在中间也是欲罢不能，唯有看着我，我也看着他，我清楚他现在需要我的帮助。他不知道我已经抽手出来了，我逮了桃花妖精的手给他握住，又逮了那女子的手给他，然后从裙子下面把丝袜脱下，我把丝袜挂在他顶起的部位，手看似无意又触碰到他的凸起。我看到他在克制自己舒服的表情，他大概也知道无法克制，然后显出几分羞涩。

从酒吧出来在回家的路上，桃花妖精和女子喋喋不休地跟在后面，一起上了我的车，今天晚上两个人在我面前纠缠，随便也把我给纠缠进去，我没心情管她们之间的恩怨情仇。

我可能还是醉了，我在楼下打家里电话。松哥问我在哪里，我说在楼下。我又在楼下按了家里的门铃，门开了我又走不动了，我完全没有了力气，瘫坐在楼下的花台边上。松哥大概是听我声音不对，又久久不见我上楼，就下来看我，结果是直接把我扛回家。松哥关门的时候并不知道还有人和我一路，我也不知道她们是不是已经进来了，即便是没有进来，大概她们一个能飞檐走壁，一个能穿堂入室。

松哥把我平放在床上，帮我脱去脚上的鞋子，拉被子过来盖在我的身上，他又俯身闻我身上的味道。他还能闻到什么味道？我身上只有化妆品和香水的味道，不过头发里肯定有酒精和香烟的味道，是不是还有男人的味道？

"你没喝酒吧？"松哥说话的时候脸上有些不悦，他应该是以为我喝了酒的。

我没有喝酒。

这话说出来不会让人相信，松哥一个"酒"字才出口，我的胃里就翻腾得厉害，就是那种酒喝多了想吐的感觉。我爬起来跌跌撞撞地冲进卫生间，翻江倒海地吐了一地，这情景只能让人相信我喝了酒，还喝了不少的酒。我又看到她们一个追着另一个满屋子跑，那样子相当地滑稽，可是松哥是充耳不闻。他认定我喝了酒，他关心的是我为什么喝酒，又喝了多少酒。

一个妖精和一个女子一晚上的纠缠，乱了我的心情，没人知道我想做婊子，可是我又没做成。我不知道怎样才极像婊子，我经常听到有关于婊子的说法，也许是因为有人喜欢就有人做。都说千人千面，其实一人还不止一面，我不愿作更多的解释和假设，我还是把穿在腿上的丝袜脱下来给了一个素不相识的小男人，此刻他可能正躲在酒吧的厕所里自慰，我变成了他性幻想的对象，他把精液射到我的丝袜上，他想象并抚摸着我的身体……

"啪。"一个巴掌打在松哥的左脸上。松哥本能地往右边闪。"啪。"又一个巴掌打在松哥的右脸上，松哥终于对我发火了："你喝了多少酒？"

怎么就不能相信我？他还是以为我喝了酒的。无辜的眼泪几次三番想涌出来，我还是硬生生地吞回去了，我不相信他真的看不到眼前有人在纠缠我，可是他好像真的就看不到。看不到，我就指左边的妖精给他看："桃花。"又指右边说："女人。"

"啪啪。"松哥又挨了两巴掌，他忍无可忍的举起巴掌，对着我。

我惊恐地望着松哥，我没有力气躲过他的这一巴掌，唯有闭上眼睛，心里有委屈还说不出来。因为两个原本和我不相干的人，事情有点本末倒置，我发誓要一并灭了桃花妖精和女人。

松哥的巴掌举起来又放下了，我听到他叹气，然后柔声问："遇到什么不开心的事？"

我说："我看到桃花开了，我看到桃花变成了妖精，她们纠缠着我不放，可是我又没有桃木剑。"

松哥说："那我去砍了桃花树给你做桃木剑。"

我对面前这个说要给我做桃木剑的男人半信半疑，我宁可相信是因为我喝醉了，我看不清楚他的脸，也看不清楚他脸上的表情，我不知道他是不是认真的。

"相信我，请你相信我。"

这个男人在恳求我相信他，我不是不愿意相信，我也相信过，可是桃花开的时候桃花树下的人还未遇见。现在想来并不是桃花开的时候才遇见，只是我一厢情愿地认为就是桃花开的时候才能遇见。

我摇头，眼泪在摇头的时候甩落下来，先前还在一旁争吵的桃花妖精和女人看到事情闹大了，两人都躲起来了。之前是我睁一只眼闭一只眼任她俩相互诋毁，她们坏了我的心情，我还任她们在一旁胡作非为，现在她们用同样的态度对我，任我被人误解，还躲在一旁静观其变，实在是极其恶毒。也可能她们听到松哥说要砍桃花树给我做桃木剑，桃花妖精怕了，她俩从声色中已经看出我有一并灭了她们的意思，现在两个人都不吵了，说不定此时两个人正各自打算，照此情景看，原本水火不容的异类有可能携手对付我。

有没有喝酒已经没有关系，喝多少酒也没有关系，我已经醉得不轻了。面前的一张脸离我很近，却又遥不可及，我伸出手去以为摸不到，却又摸到了。我不确定这张脸是松哥，我不确定这个说要砍桃花树给我做桃木剑的人会是松哥。

桃花已经开了，桃花树下的人遇见了，桃花树应该结果了。可是桃花开了，桃花树上没有结果，桃花已经变成了妖精，她随时都有可能像今天一样出来坏我的心情。松哥知道桃花开了，也知道桃花变成了妖精，所以才说砍了桃树给我做桃木剑。

都说什么样的花结什么样的果，桃树开的是桃花，结的是桃子，可是桃花成了妖精就结不了果，果真是如此？

我推开眼前这张变得模糊的脸，偏偏倒倒地走到镜子前，撕下假眼睫毛，挤了很多的卸妆油抹在脸上，又用两种洗面奶一遍一遍地轮番洗脸，我洗出了另一个女人的样子。想起酒吧里那个可怜的小男人，他说闻到我身体的味道，其实他连我的样子都没有看到，就用他坚挺的东西顶着我。或许是因为我的行为过于放荡。还说桃花坏我的心情，弄得我婊子都没有做成，我现在的行为已经比婊子有过之而无不及，其根本就是存心而为，然后用一双女人的丝袜把事情打结，就此做个了断，我应该多少有一些歉疚和不安。

不知道是不是有人真的要砍了桃花树？我不确定妖精是哪棵桃树开出的桃花，我又只说了桃花变妖精的事，砍与不砍还是他的事，做不做桃木剑与我也是他的事。

不明白种瓜得瓜的道理，更不懂种什么样的花结什么样的子儿，我只知道已经结了果子在这个季节，但尚未饱满。

我已经怂恿松哥砍桃花树做桃木剑，大概也是得逞了。

那个说要砍桃花树的人安静了，桃花妖精和女人也安静了，终于可以睡觉了。

我说："我想睡觉，出去的时候请把门帮我关上，谢谢。"

芒种

　　适合播种有芒的谷类作物，如过了这个时候再种有芒的作物就不好成熟了。

　　不能延误时机，我想做爱，我想和时间做爱。这事我蓄意已久，终于觉得时候到了，我得种点什么，也应该种点什么了。我还是会想：在这个季节种什么好？想了许久，要种的有很多，可是又不知道种什么好，眼看时间就要从我面前溜过去，我得揪住他。

　　"哪张牌大？"

　　夜半三更，这话完全没有来由，我听得清清楚楚，一下就醒了，醒过来以为又是我做的梦。

　　哪张牌大？当然是大鬼大。

　　对已经判断是梦的事情，我还是得出了这么一个答案。自以为这是一个基本上不用思考的问题，指向是非常的清楚，就是哪张牌大的问题。由此想来这是一个非常弱智的问题，一副牌里当然是大鬼大。

　　已经是大鬼大了，也肯定是大鬼大，我翻过身接着睡觉。

　　"是你那张牌大还是我这张牌大？"这回我听明白了，还是我醒着的时候听到的，说话的人就是睡在我身边的男人——松哥。

　　"你那张牌"和"我这张牌"加起来就是两张牌，我迅速得出结论。

　　"你的是啥子牌？"我也以为我手里有张牌，这么黑我是看不清楚我手里的牌，但却很想知道他手里的那张牌。而且直觉告诉我，这两张牌就是两张鬼，一张大鬼，另一张是小鬼。

"你那张是啥子牌？"我再次问睡在我身边的这个男人，并且用大腿蹭他光溜溜的屁股。没人回我，吧嗒两下，嘴里嘟噜的什么，我听不清，睡在我身边的这个男人背过身，从一个梦直接翻到另一个梦里去了。

一个平日梦话从没说清楚过的男人，却毫不含糊地把两张牌哪个大的梦话说得如此的清楚，我不得不引起重视。因为重视就成了问题，问题之所以是问题就需要结果。

哪张牌大的问题困扰着我，让我睡意全无，睡在我身边的这个男人冷不丁丢这么个问题给我，他睡了，我无法入睡。

原本是一个无需思索的问题开始为难我，让我想想，再让我想想。睡在我身边的这个男人平日都在玩什么牌？对了，想起来了，两张牌的问题应该是扑克牌的问题。关键是我在这个时候突然聪明了，就两张牌的范围其实远比一副牌的范围还大，那么两张牌中大的那张就不一定是大鬼了。从打乱顺序的一副牌里抓出来两张鬼的几率显然是很小的，也几乎是不可能的，所以我对这两张牌得出的结论已经不是大鬼和小鬼了。

所以我推翻了大鬼最大的结论。

睡在身边的这个男人问两张牌哪张大，我想的是怎样的两张牌？

百思不得其解，然后我自己就坐在麻将桌上了，也不知道是和哪些人在玩麻将。其实我已经很久不打麻将了，前几天那个姓李的女人打电话说打麻将，我竟然想不起来麻将要怎样打。她说摸着麻将就会了，这话说得极有道理，就像做爱摸着就会。我已经坐在麻将桌上，面前碰了一堆的牌，手里单吊九条，接着自己摸了一张九条要和牌，如此说来不奇怪，奇怪的是我自己喊出来："天啦，我竟然摸了第五张九条和牌。"所有会打麻将的人都知道没有这种可能存在，可是我就真的在一副牌里摸了第五张九条和牌，太神奇了。

我企图纠正这个错误，给一个合理的解释，我甚至假设手伸到麻将机里拿了另一副麻将的九条，如此说来我应当具有强大的能力。我如若已经具有这样的能力，那么我可以从麻将机里摸出第六张九条，第七张九条，甚至是

第九张九条……这样的设想大胆却缺乏实质性，可是我摸起第五张九条和牌的事实已经存在，已经发生了，那一瞬间的震撼力极强，时间停止下来，我的麻将打到这里就醒过来了，醒来还觉得手里捏着第五张九条。

已经摸了第五张九条和牌，心情却有些不好，也不是很坏，这个样子已经有好些天了。我突然变得很不想说话，不是没有话说，而是找不到说话的合适对象，然后我把自己搞得很忙。我把全部的精力都投入到工作中，把之前没做完的和之后还没有做到的事情都整理出来，很快我又没有事情可做了，我才发现自己过于精明强干，又陷入无所事事的状态。

我说："心情不好。"

没人理我。

我说："心情很不好。"

还是没有人理我。

说话的时候松哥在加班做事，他总是有做不完的事，总是有加不完的班。我俩的工作方法和方式截然不同，所有的工作我会在下班前处理妥当，下班以后我不说工作，我甚至不说同事。松哥不知道我办公桌上的电话号码，不认识我的同事和搭档，他甚至不知道前不久我才换了公司和工作。我没有刻意这样做，可是已经形成了这样的固定模式，我们各自活在自己的世界里，所不同的是对于变化的生活场景我比松哥更有免疫力，这样显得我是一个很慢热的人，很多事就要发生了，我不知道；很多事情正在发生，我不知道；很多事已经发生了，我不知道。

不知道说心情的时候有没有人听见，我一次一次地重复说心情，又没有人搭理我，这太奇怪了。事实上就是没人搭理我，这样就显得关于心情的话我没有说出来，可是我以为自己是说了的。

我不知道要不要再说心情，再说我心情不好的事实，害怕话一说出来就变了味道。我庆幸自己再没继续往下说。松哥现在用不着考虑用怎样的态度对我，我也不用考虑用怎样的态度回应他。

松哥可以把自己的工作和人际关系处理得四平八稳，但他不太会处理和我的关系，甚至是不加处理。也许他是对的，两个人在一起睡觉的时候已经叠合成一个人，其中一个就是另一个的一半，一个又是另一个的影子或镜子。我在他面前用不着装扮，可以蓬头垢面。可是，一半和一半，影子或是镜子都不过是十全九美。为了力求十全十美，有人需要相互粉饰，那样的关系又应该怎样处理？

我的脑子里装了一些乱七八糟的东西，我不敢给松哥看，男人不喜欢自己的女人太聪明。可是我已经很聪明了，还很敏感，这些都是天生的，我不得不用少说话来掩饰自己的聪明和敏感。我假装生活在自己的世界里，对外面充耳不闻，假装不能察觉那些快要发生的事，假装看不到事情的发生，假装不知道事情已经发生，可是我还是会被伤害，会心痛。伤害被人忽略，难过了又看不到，我以为松哥是假装不知道，假装不知道我心情不好，我觉得他也是故意的。他觉得我心情不好就是想找他的岔，他害怕我找岔，所以我心情一不好他就假装很忙，忙工作，忙应酬，就是不应酬我。

其实事情完全可以不是现在的这样，可是事情的发展要取决于两个人的态度，然而事情就是因为两个人采取的不同态度变得一发不可收拾。

松哥觉得我不是单纯地表达情绪的快乐与否，他觉得我在挑起事端，觉得整个事情具有明显的针对性。在他看来，我所有的对话都会回到一个主题，他觉得事情不管怎样我都不能再对他纠缠下去。

生活像一本账本，我翻了它的盈，又翻到了它的亏。我需要把账本做平，然后在下一次翻阅的时候显出更多的平衡，这要求我应该学会原谅，再不能简单地重复掂量自己的难过和不快乐。可是事情还是在往不太好的方向发展，而且已经进行到如此糟糕的地步，他还要要求我不能表示难过，显然这样的要求对我来说太高了，我做起来感觉到困难。

现在，事情还有往危险关系的方向发展的苗头，他采取的是忽略和回避的措施。我像一头蛮不讲理的牛，他正在我的鼻洞穿绳子，想牵我到别处去吃草。我还是以为他才是有所谋划，企图剥夺我思想和说话的权利，这个时候我是不是可以觉得这就是一个可恶的家伙？是不是可以指出其恶劣行径？

心情越来越不好，事情就要变得不可收拾，我和松哥在情绪上相互蒙骗，其实各自心里跟明镜似的。

芒种

　　放任生活中，两个人各自忙碌，又害怕就此麻木，于是我还是会在其中的间隙里继续制造事端，尽干一些自己给自己找麻烦的事，果然就是麻烦不断。而且我还发觉还有人在一旁不动声色地帮我制造麻烦，帮我制造了麻烦还假装什么事都没干。我也试着从事情中跳出来，出来了就成为旁观者，再回头去看，怎么看都会觉得可笑。也有跳不出来的时候，那感觉像是遇上鬼打墙，情绪找不到出口说什么都没有用，变得像极一个白痴。

　　"谁是白痴?"松哥停下手里正在做的事情，突然就转过来问我。

　　之前，我无数次说心情不好是有意和他对话，他假装没听到，现在我并没有和他对话，他却突然拦中拿腰地抢了话过去，还想把话题继续下去。我只是说自己像极一个白痴，而且我也就只是在心里这样说，并没有真的说出来，他却听见了我说白痴，听到了又不知道我说的白痴不是针对他，好像是因为我说话打断他做事，他不得不回应我的"白痴"，又好像他刚做完手里的事回过神来刚好听到我说"白痴"，然后故意和我搭讪。

　　事情为什么会是这个样子? 好像我的感知出现了严重的问题。

　　这一次是我不想对话，是我假装很忙，忙着看湖南台的娱乐节目。我张大嘴哈哈大笑，假装没听到他的问话。他还不知道那句"白痴"却是我没有说出来的话，现在被他说出来，他已经把自己在我面前暴露无遗，让我不得不小心提防。可是我还是会想，事情会不会真的像现在的样子，心情不好我没有说，"白痴"是我自己说出来的，他想继续白痴的话题又只是个人的内心活动?

　　事情一再错位，显出与原来不同的样子。

　　我笑完了又笑，我害怕他重复问我："谁是白痴?"

　　我原本是说自己是白痴，但是现在我又不能说自己是白痴，我也不能说他是白痴，两个人看起来都不是白痴的样子，可事实上两个人又都是白痴。

　　不知道从什么时候开始变得如此有心计，事实上在松哥看来，我已经显得很有心计了，只是我故意没有察觉。他总是觉得我想做什么，所以会问我想干什么，一旦说出这样的话，我又被他诱导了，然后我觉得自己是有目的的，或者说我应该有目的才行，要不然每一次谈话都是徒劳，那么我首先要列出他的过错，然后再说出我此次的目的。

唉，要命。

事实上心情不好与目的无关，也与婚姻无关，却还是又一次想到婚姻。

人分成男人和女人，大多数男人是要和女人睡的，大多数女人也是要和男人睡的，有的人睡了就成了夫妻，有的人睡了变成情人，有的人睡了什么都不是。换一种角度来说，所有的人都是要睡的，只不过有人是自己睡，有人是与别人睡。与人睡是注定的，哪怕是事出有因，哪怕是纯属偶然，但睡在一起是因为终会遇到，不管是谁先提出来，可是终免不了要睡，而且是从不同角度都是一个在上一个在下。

松哥是和我睡过的第一个男人，不知道我是不是和他睡的第一个女人，但我肯定不是和他睡的唯一的女人。想不起两个人最初是以怎样的心情走到一起，大概也是因为幸福和需要，结婚以后我还是怀着一颗忐忑不安的心，现如今我要用怎样的路径和方式来表述婚姻？还有婚姻中的两个人？我又找不到合适的文字来表述，我从一种困惑陷入到另一种困惑之中，感觉力不从心又有点无从下手。

我还是会莫名其妙地思考婚姻，思考婚姻里外男人和女人的关系，总是成为对垒的矛盾。婚姻需要旗帜鲜明地高调说出立场，可实际上处理起来又是另当别论，说断不断，理还乱，有人在婚姻里拖泥带水，使不上劲，也没人帮上忙。

还是会有人问这样或是那样的问题，我将此一意孤行地理解成为惺惺作态。是谁说的感同身受？这是文字上的纰漏，一个永远不能到达的境界，被人为捏造成共用谎言，聪明的人什么都不问，坐在那里假装看不到别人走过来又走过去。

还是会觉得累，我也想睡，我想找个男人和我睡。

我变成一个没有头脑的女人，我张大眼睛在寻找可以和我睡的男人。这让人看起来像受了某种刺激，其实我只是觉得有人破坏了游戏的规则，破坏了相互之间原有的平衡，我不可能相信这样的关系只有一个平衡点，但是原有的平衡点已经没了，我需要寻找新的平衡点。我以为平衡就是支撑，我需要这样的支撑。

我在成都的春熙路，这里是成都最繁华的市中心。步行街上过往的人有很多，这里有很多种多样的男人，成熟的、青涩的、有钱的、长得帅的……

站在这里，看着来来往往的人，我看不清楚他们的脸。我还看到很多的美女，难怪先前有人说成都的美女——两步一个林青霞，三步一个张曼玉。

没人理会我，大家都假装看不到我，准确地说是不看也没有关系，我就想找个男人睡，一个就行。

我还是看不清楚过往的脸——

"你要和我睡吗？"这是我和第一个男人说的第一句话。关于男人和女人睡的事我竟然可以说得这样大胆又直白，我有点不敢相信，可是说出来就没有什么不能信的了，事情就变得无所顾忌。男人诧异的眼神把我从头到尾打量一遍，问："多少钱？"我说："不要钱。"难以置信，男人摇摇头走了。

"你要和我睡吗？"遇到第二个男人，话已经说得比先前顺畅。男人头摇得跟拨浪鼓似的，手心里握着女人的手，眼睛停留在我的身体上。女人拉紧男人快步走过，还回头说："有病吧？"

遇到第三个男人，问："你要和我睡吗？"男人迅速夹紧包包，警惕地看着我，说："我没钱。"我说："我不要钱。"男人说："我真的没钱。"我突然发飚："我不要钱，我要人。"男人抱紧他的包包落荒而逃。

第四个男人从对面过来。"我想和你睡。"男人说："美女，你怎么了？"我说："我睡。"男人把手放在我的额头上摸了摸，又放回他自己的额头上，他对我表示出关心还有一些同情："我送你回家吧。"我说："我不回家，带我去你家睡觉吧。"男人无可奈何地摇头走了。

路过很多的男人，我张牙舞爪地在大街上找男人开房，没人敢跟我睡觉去，他们中间为什么就没有人想和我睡？这也太奇怪了，我没有林青霞漂亮，也不敢比张曼玉，可我的姿色也不平常。一直以来，那些对我表示好感和还想关系深入发展的男人都跑哪里去了？我已经想找男人睡觉了，可是又都躲着不出来。

我还是要找男人睡觉，我一定要找男人睡觉。

事情变化得太快了，眼前的情景很为壮观，一群男人主动找上来了，我想跑。一群男人我可消受不起，我只需要一个就够了。可是我没有跑，没有找到可以睡觉的男人我是不会跑的，我被一群男人带走了，这是一群穿着制服的男人，他们要看我的证件，问我年龄，家庭住址，工作单位……我对答如流，在回答他们问题的时候，我知道他们以为我是一个不正常的女人，于是我在想我是要表现出正常还是不正常。可是就在考虑这样的问题的同时我竟然是对答如流，不出一丝一毫的差错，显得天衣无缝又无懈可击，事情干得真 TM 漂亮，我心里极为得意。好像已经足以证明他们判断有误，不得不用另一种态度来对我。在接到他们双手递上来的热开水时，我突然有点感动，原本有可能湿润的眼眶在听到后面的话时所有的感动荡然无存："男人敢和你在大街上睡去，还要我们警察做什么?"

芒种

夏至

阳光直射北回归线上空，北半球正午的太阳最高。这一天是北半球白昼最长，黑夜最短的一天，从这一天起，进入了炎热的季节，天地万物在此时生长最旺盛。

我把这一天和冬至作了比较，南北半球的季节刚好对调，可是我不清楚喜欢白昼长一点，还是黑夜长一点。

不知道危险所在，我在摆弄着一把手枪。我手里摆弄的手枪，看起来跟真的没什么两样。

"把枪放下。"警察用枪对着我。

黑洞洞的枪口对着我，让我惊慌失措，生的本能让我像一个缴械的俘虏，乖乖就范。两把枪都在警察手里了，左手一支，右手一支，两支枪竟然是一模一样的。

警察左掂量，再右掂量，说："假玩意。"

接过手枪，我瞄准警察，扣动扳机，子弹从前面对准我飞过来，打中了我的心脏，身体轰然倒塌。

身体漂浮在红色的液体里，警察呆若木鸡。从身体里爬起来，我伏在警察的耳朵边说："你打死了你的老婆。"

警察说："我没有开枪"。

看着脚下红色的液体慢慢变成了紫黑色："枪是你的。"

警察再看看手里的枪，不确定哪支枪是自己的："怎么可能？"

警察在问自己。

"要不重头来过？"我看着躺在脚下的身体。

回放——

我在摆弄一支来路不明的手枪。

"把枪放下。"警察用枪对着我。

黑洞洞的枪口对着我，让我惊慌失措，生的本能让我像一个缴械的俘虏，乖乖就范。

两把枪都在警察手里了，左手一支，右手一支，两支枪竟然是一模一样的。警察左掂量，再右掂量。

呼——

子弹还是飞过来了，又是打中心脏，打在同一个地方。

身体又一次倒塌，砸倒了我，我站起来拍了拍衣服上的灰，再一次伏在警察的耳边："你还是打死了你的老婆。"

"不是我干的，是手枪走火。"申辩，无力地申辩。

新鲜的血液和先前已经凝固的液体交融在一起了，两个身体的温度都没了，拍拍警察的肩，我走了。

我一走就走到了宁波，而且是我在说去大连的时候去了宁波。

谁都可以大胆想象我的地理知识有多糟糕。我上学的时候就不喜欢上地理课，我自己也不知道为什么，上地理课的时候我看小说听音乐，把耳塞从衣袖里穿出来用手心捂在耳朵上。地理老师一直没发现我在听音乐，抑或已经发现又没有说出来。我的地理书上全是漫画，我把地理归为一张地图，铺开来把自己放进去就好，没有用心听过一堂地理课，我甚至不知道老师是怎样讲这张地图的，又是怎样把一张世界地图分成很多板块。我倒是觉得他应该站在天文台上，讲地理的时候把自然科学一并讲了。他面前除去有地图还应该有天文望远镜、幻灯片、电影，我希望他能随手把地球的任何版面抓过来在我们的面前演绎。可是没有一个地理老师能做到，这门课让他们上得极枯燥。

当然我也想过，我的厌烦情绪怪不得我的地理老师，他自己都不知道自己被捆绑，先前的智者和学者已经界定了知识的区域，大家都在大言不惭地讲要学有所攻。青春期的叛逆突出地表现在对地理课的厌倦，却没有影响我从大学顺利毕业，但是，我还是必须坦白，我的地理知识仍然是一塌糊涂，直到现在也是如此。用我个人的理解，我们都在一张地图上存在，或是人或是物，或动或静，动或静区别了人与物的存在方式，但又和地球一同悬浮在空气中，只有这样的形态说明我或是以人或是以物的真实状况。

我不能让大多数人同意以上的说法，谁都可以批评我的无知。事实上，是我把自己放在不同的位置，又找不到当下的位置，我不知道上方是哪里，下方是哪里，更不要说左方和右方。找不到位置不表示没有方向感，我喜欢到处走，却不主动了解相关的地理知识，甚至不看地图，一副信马由缰的样子。

行走是可以享受的过程。想我在坐公共汽车的那些年就开始享受这样的过程了，随便跳上路边的一辆公交车，它去哪里我就去哪里，途中又从一辆车下来再上另一辆车，仍是它去哪里我去哪里。去哪里在这个时候显得无关紧要，去哪里在这个时候又显得随心所欲，可以找不到当下的位置，可以因为要回家才关心自己在哪里，然后一路找回去。这样的过程让人有一种说不出来的舒服，把自己放出去又收回来，每一次的心情都有所不同。出去可以看到不同景致，遇到不同的人，回来又是熟悉的样子，整个事情就像是看不同的书睡同一张床。

如果是出远门，还是会有一些打算和策划，其实不过是做做样子，当然那也只是做给自己看的，就像我的车里放着 GPS 和全国各省的地图，可是我几乎不用，只是都放在那里就安心了。我好像还没说过不太会看地图，我只说经常找不到自己所在的坐标，其实那就是在地图上找不到自己。找不到自己的感觉是一种迷失，迷失的不仅是方向，有时候是一种享受，有时候也是一种恐慌，不是主动遗弃就是被弃。

虽然不看地图，虽然不知道地理位置，但我还是能区分白昼和黑夜，知道一年里什么时候白昼最长，什么时候黑夜最长，但我并不因此就知道自己喜欢白昼长还是黑夜长。就像一年里我知道冬天和夏天，其他的两个季节是不能用温度来区分，所以变得概念模糊。

一些景致出现在面前的时候，我要么是模糊了季节，要么就是混淆了地域的温差，显得行走仓促，又显得行走是随心所欲。一路上的衣服边走边脱又边走边穿，也许可以这么理解随遇而安。一种自由的行走，没有路线和方向，可以人为地迷失和寻找，一路上会遇到什么样的事和什么样的人都是一种悬念，这样的悬念有很大的偶然性，但都会因我而相互关联。

我明明是打定主意去大连，却没想到我现在会在宁波，我来宁波做什么？我不知道。

小天鹅宾馆前面有一个很大的水池，我却一头扎进旁边的一条小巷子里。天色已经很晚，走在巷子里我遇不到行人，斑驳的青砖院墙长出的青苔已经枯萎，附在青砖上变成了黑褐色。那些洞开的院子里听不到声音，也看不到人的身影，空荡荡的巷子和院落，仿佛这里已经与城市隔绝，仿佛这里又与城市相望。时间和空间在这个时候分出层次，我不知道自己走在哪一个空间里。

太阳出来的时候，我已经在天一广场。其实我之前并不知道这里有天一广场，只不过坐车的时候我给出租车司机说找个地方把我放下，他就自作主张地把我丢在天一广场。这是一个有水流动的广场，除去喷泉还有地面的循环水。我也是从有山有水的四川来的，府南河水质被沿途的各种工业污水严重污染，尽管现在逐渐有所改善，但仍是不能与这里相媲美。

我来得早了些，广场边上商铺的门紧闭，偶尔匆匆走过几个赶着上班的年轻人。我坐在广场的长椅上，太阳轻描淡写地照在身上。我眯着眼睛看着浅浅的蓝色在面前流动，心里突然有了一种倦怠，生命在这个时候仿佛直接进入了下一个阶段，恍惚我已经进入了老年，大清早坐在这里只是关注更年轻的生命。这是有点不太正常，可是我已经置换了一种更为成熟的心态，觉得生命如此也是意味深长。

环卫工人牵着水管过来冲洗地面，有人提着水桶拧毛巾擦椅子和栏杆。这和丽江的早上有点相像，只不过感觉还是有所不同，这里没有丽江的茶马古道，更为现代的气息远离了丽江的古朴。四围的高楼像极一块块的魔方，人仿佛置身于魔方间。而天一广场就是这个城市的T形台，很多人从这里走过，观众就只有我一个。

离天一广场不远的地方有一幢小楼，其院门紧闭却还是能从院墙看到楼上挂的匾——天一阁。趴在门缝往里看，我以为能看到些什么，可是门的间隙太小什么都看不到。还是有点不甘心，我用手拍打院门，希望有人听到过来开门。实际上门是从外面锁起来的，里面根本就没人，我还是努力跳起来想从院墙往里看，院墙看似不高却也不是我跳起来就轻易可以看进去的。天一阁是藏书楼，里面不仅能藏书，可能什么进去都可以藏起来。我想把自己变成一条虫子从门缝里钻进去，钻进去就可以藏起来，可惜我变不了虫子。

从天一阁又回到天一广场，想到天一生水，想到物还生物的众多原理。我想起几年前与女儿的一段对话。

"妈妈，我们看到的车轮是圆的吧?"

我说："嗯。"

女儿又说："楼房是方的吧?"

"应该是。"我当时就觉得这样的回答不知道是不是对的，楼房又不全是方的，但楼房通常情况下还是方的，对话因此变得简洁又不是很认真。

"我在想狗狗，你说它看到的东西是不是和我看到的是一样的呢?"女儿说这话的时候有点忧心忡忡，她应该不是第一次在思考诸如此类的问题。

"嗯?"一只狗和人看到的东西不一样，我好像不太明白。

"是谁说车轮是圆的? 楼房是方的?"

"……"这是她刚刚问过我的，是我说车轮是圆的，也是我说房子是方的，可是又都不是我说的，我也是听别人这样说的，那到底是由谁先说起的?

"为什么说车轮是圆的? 又因为什么说房子是方的?"女儿的问题看似简单，却是在层层递进，难度也在逐步加大，越往后我可能会有点招架不住。

"那应该是人与人之间通过某种理论达成的共识，开始有人说车轮是圆的房子是方的，然后被认可，再然后就是大家都习惯说车轮是圆的房子是方的。"

"事情有可能不是这样的，我们看到的车轮是圆的，狗看到的就是方的，或是梯形的，还有可能是别的什么形状，可是因为它们不会说话，所以我们不知道。"

　　女儿的话让我震惊。我毫不怀疑她的想法,我也觉得完全有这样的可能,只是我们已经习惯屈从现有的事实。别人指着月亮说:　"今天晚上的月亮好圆。"我们就以为今天晚上的月亮是圆的。所有的东西来源于诱导,而我们甘于被诱导,就像小时候老师诱导我们解答问题一样,我就是这样在一次次的成功的诱导下长大成人。

　　对于女儿独到的思考,我觉得她是一个天才儿童,然后不得不重新反省自己平日生活的态度,都说父母是小孩最好的老师,我觉得自己有愧于这样的角色。上天给了我一个天才的女儿,别的事情已经不重要了,我就是这个天才女儿的妈妈,所以我无所不能。

　　前不久女儿又说:　"妈妈喜欢白色,很多人都喜欢白色,都说白色是最干净的颜色,其实到最后也是最脏的颜色……"她明明说的是颜色,说的是白色,我由颜色想到小时候根深蒂固的一个错误,那时候我总会把无色的自然光说成白色,明明知道错了还是这样说,其结果就是我在表述分离自然光的时候也发生了错误,我说白色的光可以分离出七色,其中包含了三元色:红黄蓝。女儿画画的时候按一定的比例用三元色调出黑色,我想用七色会调出什么样的颜色来? 同时我又想到光的颜色,我们可以让其分离或还原出不同的颜色,那是不是也可以排排放在那里,就像画画的颜色那样有序地摆放在一起,然后为己所用? 如果可以,我想每天取不同颜色的光自由组合成不一样的彩虹,这样的彩虹可以挂在窗前,挂在花园里。

　　因为年龄的原因,我和女儿在对问题的思考和答案上是截然不同的,她的思考来得简单,答案会很复杂,而我的思考过程会很复杂,答案却很简单。

　　女儿问我的问题:　"一加一等于多少?"

　　我说:　"等于一。"答案源于松哥和我叠加在一起的结果是有了女儿。

　　女儿说:　"对的,但是一加一等于二,一加一还可以等于三,一加一还可以是十一……"

　　答案被一一罗列出来,她可能觉得我这个妈妈太简单,我的一加一只能等于一。我自以为聪明地忽略了许多的可能性,还表现得相当地固执。其中有一个答案是相同的，当一加一等于一的时候，我们都一致以为这个女儿是我的，就不能是别人的，我这个妈妈是她的，就不能是别人的。这也算是自然达成的共识，或者说是一种默契，我们相互习惯的如此霸道，还彼此维护这样的环境，谁都不愿放开对方，唯有这样我才不去伤害那些只有天才才有的奇思妙想，伸出大小手指拉钩钩说一百年不许变。

提及女儿，我把两个毫无关联的梦放在一起，事实上这是同一个晚上的两个梦，它们是一前一后，中间有多长的时间间隔我不清楚，但是既然我说是两个梦，那就应该是有间隔的，总还是一前一后的，只是我还是把两个一前一后又无关联的梦放在一起，它们就有了关联。

不知道是什么样的危险在后面追逐，我拼命地逃跑，原本是有两个人和我一起逃跑，这两个人我又都不认识，跑到路上有一个不见了，另一个坚持要和我一起。我想不出有什么理由让他和我一起，只不过当时的感觉是并不是多一个人会少一份危险，哪怕他是男的，我是女的，他很想保护我的样子。可是我的感觉是只有我一个人的时候可能就没有了危险，这样想来危险好像都是冲别人来的，并不是冲我来的，已经这样觉得了还是在逃跑。因为我只是感觉危险好像不是冲我来的，可是我又不敢肯定危险不是冲我来的。我还是有想到这个对我的好，那又是怎样的好呢？好像是在什么时候背过我。这让我想起我的哥哥，他背过我许多次，每一次变成记忆就是他对我的好。我不知道这个人是不是我哥哥，可是他好像也背过我，他为什么背我，又是什么时候背过我，我真的是想不起来，只记得有这么一回事在里面，所以我默许他和我一起，我们在一起是因为危险在后面追逐。两个人一起逃跑，我在跑的过程中发现右边有一条小巷子，这条巷子窄而长，仅能容一个人出入，明明已经闻到有恶狗的味道，还是一头扎进巷子。是我自己和别人分开，我遇到了两只恶狗，它们分别俯在我左右肩上，用尖利的牙齿从两侧锁住我的喉咙，看情形随时就可以"咔嚓"掉我的小命，如此情形我已经不用逃了。

有声音对我说："不怕，这狗是有密码的，现在还不能对你怎样，已经有人去问设置密码的人，密码会解开的。"

这话说出来还是有点让人费解，虽说密码已经频繁地使用于我们的生活中，可是我和两只狗的如此造型实在是有点滑稽，我被它们锁定在危险时刻，彼此都不能动弹的样子看上去是一组行为艺术。我还活着，狗是不是活的我不确定，危险会不会继续下去也是未知。身体的僵化不影响我大脑的灵活运转，我在思考一个很具有先进性的科学问题：原来科学已经进行到可以给危险设置密码的阶段，那还有什么可以担心的呢？如果可以，我再不能简单地对家里的狗狗呼来唤去，我下一步就是探究密码的问题。等了许久，那个设置密码的人没有来，没有人对我进行实质性的帮助，我和两只狗用定格的肢体摆在那里等待命令或是进行，或是撤销。危险没有消除我还是有所担心。一定要找到那个设置密码的人，万一那个设置密码的人来不了，密码总是可以来的，说不定还可以遥控……

我不知道那个传说中可以设置密码的人来了没有，也不知道危险是怎样解救的。

危险接二连三，我不知道又是为了什么在逃跑，我逃跑的方式有别于任何一次，这一次是出其不意的大胆：我有一把会飞的椅子。

椅子是用帆布做的，便于携带，现在想来好像女儿外出写生带的小椅子。我坐在会飞的小椅子上在空中飞，看得见下面的山和公路。可是椅子飞得越来越慢越来越低，有点负荷不起我的重量，我感觉到有随时可能会跌落下去的危险。

"重新换一把椅子吧。"

话是椅子对我说的，那意思好像是要离开我，于是我担心因此失去她，然后再也不能和她一起飞。"不换。"

会说话的椅子绝顶聪明，她好像完全明白我的心事："别担心，换的只是我的外形，我还是你的椅子，你的新椅子，我会跟你一起飞。"

她这样说，我可以放下心来，但还是觉得事情太玄奥了，让人不可思议。

她又说："我和你在一起已经三千年。"

松哥在一旁笑，我也不知道他是什么时候出现的，只听他说："你不要听她的，三千年？你一共才活了多少岁？"

我今年多少岁？我掐着手指开始算自己的年龄。

"你还真以为有三千岁啊？"松哥按下手不让我掐算。

我都不知道自己有多少岁，他怎么就这么武断地以为我没有三千岁？也许他是知道的，但他又不想更多的人知道，所以想就此把年龄按下。

椅子也笑，她并不着急申辩，说话也不紧不慢，说话的时候又是对着我一个人，好像当松哥不存在。但从话语中又听出她并没当他是透明的，她继续的话正是接着松哥的话来的："但是我真的跟了你三百年了，这三百年我一直和你在一起。"

三百年之说让三千年的事实可能不存在，但我不能因此而断言，也可能我们真就有三千年，是前后三千年，其中三百年是和我在一起……我怎么可能对三百年那么长久的事完全没有记忆？她带着我飞这是第一次，才开始的事情怎么就是三百年了？我很努力地想找到关于三百年记忆的蛛丝马迹，可是我确实是找不到路径。

松哥在一旁的笑有点诡异，据我对他的了解，再从他的神情我可以断定，他应该知道些什么，可是他又不往下细说。

我不知道他在奈何桥有没有喝孟婆的汤？还有人说我吃了忘情丹，说的好像是真的。事情让我惊骇的是，这个会说话的小椅子是我女儿，至少是她长着和我女儿相同的模样，她说我们已经有三百年的缘分了！看样子这以后我们还会有三百年或者比三百年更长久的缘分在。一想到事情有可能是这样，我觉得事情显然是必须如此，好在我喜欢事情这样发展。

事情有点盘根错节，我趴在天一阁门缝往里瞧的样子，让我想起我出现在另一个场景里的样子，这里和"西城"的情景那么类似。

没人说过西城，至少我没有听说过西城，没听说过西城我却去了西城。

我在整理一堆照片，其中有一张照片我想不起它的现场，也就是说我把照片和现场不能匹配，而这张照片又是一张再平常不过的照片，照片上是阁楼的某一角。一根圆木柱子和精工雕刻的房檐和屋角。从照片呈现的角度看，照片是从楼外面仰拍的，好像还有走廊的扶栏，已经黯淡的朱红色隐隐显出年成的久远。

我在找这张照片的现场，有人说："这就是西城。"

有人说西城的时候，恍惚间我已经不是在看照片，而是在看电影，在影片接近尾声的时候突然出现了西城。我觉得影片故事情节的铺排出现了问题，观众已经无多的时间走近西城，事情的真相眼看就要淹没。

我已经站在西城的门外，整个西城大门紧闭，这里是传说中极为恐怖的空城和死城。我趴在西城的门外，想从缝隙里看到西城的粗略样子，我感觉到西城在扭动，看到的东西都和西城一起扭动，可是我并没有站不稳的感觉，好像是因为幻觉，此刻西城的门在我面前扭动。我宁可相信这是幻觉，如果是幻觉就应该有别的角度或方法来看西城，凭直觉这些扭动都是有原因的，还有扭动更为厉害的门，它们扭动为的就是不想我看到事情的真相。我退后眯着眼再看西城的门，事情果然就有了变化，西城的门不是方形的，也不是圆的，我不知道它之前是什么样的，但它现在是梯形。好像还没有什么门做成梯形，至少我从来没有看到过如此形状的门，可是西城的门就是梯形的。这样的形状让我感觉自己是站在棺材的一端看另一端，那样的位置看到的也应该是梯形，就如眼前西城的门。

不知道是怎样进的西城，我已经在街边喝茶，一起的有我写小说的师父，有松哥，还有一个或是两个其他的人，只是我现在已经记不得他们是谁，可能是我认不得的人，那应该是和师父同行的，也可能是我认得的，只是记忆已经将他们模糊。

安静的街道，没有卖茶水的人，可是我们还是在街边喝着茶，阳光明媚。整个西城除去我们几个喝茶的人，再没看到有其他的人在，如传说中一般空旷，可又不像传说中那般阴霾。

独自从喝茶的地方走开，好像就是信步走开，没有方向和具体的想法。第一次来西城发现它还真是空城，说是死城又不是。放眼望去，西城斑驳却是一尘不染，我又怀疑西城根本就不是空城，自然也不是死城，只不过有人故意营造氛围给人以错觉。从景象看来，在这些年成久远的古老建筑堆里，我看不到一丁点儿的蜘蛛网，甚至在瓦缝和石板台阶中间都看不到苔藓。仔细看来整个景象不是人间凡景，这太不正常。

有一大群的人从阁楼里出来，大家携家带口拖着大大小小的行李，如潮水般从对面涌过来。好像没有人看到我，就要撞上他们中间有的人，来不及躲避已经撞上了，可是彼此都没有察觉，而我是眼睁睁地看到有人直接穿过我的身体过去了，我不知道为什么不会痛，也许是因为在梦里的原因，也许是因为我不再活着，索性就让许多人撞过来，然后像活着和醒着时候的样子倒下。又有很多脚从我身上踩过去，我看到各种材质的鞋底，它们的尺码大小不同。我在数大码的鞋子多，还是小码的鞋子多。还没来得及比较，一大群人就这么过去了，如潮水般从我的身体上淹过去，顷刻之间就消失得无影无踪，还不留任何蛛丝马迹。

西城又一片安静，我从躺着变为坐在地上，刚才遭遇的一切有如从未发生，我在想大码鞋多一些，还是小码鞋多一些，还想我应该是灰头土脸的样子。师父在叫我，松哥也在叫我，他们都在叫我回去，我们又坐在街边继续喝茶。

从西城回来就再没有去过，我一直想西城的样子，想怎样才可以再回西城去。成都有很多仿古街，也有很多可以喝茶的地方，我和松哥在很多地方喝过茶，如果单单从喝茶的景象来说，我没法找到西城在哪里。我和师父也在很多地方喝过茶，我和师父又没有在成都以外的地方喝过茶。回想在西城的时候，有松哥，还有师父，以这样的线索判定西城还是在成都，可是它又是在成都的哪里呢？会不会就在成都的西边？

我开车从市中心出发，路经西门车站一直往西出去，我在看路两边的房子和门，我在找西城，在找梯形的门。我打电话问师父我们喝茶的地方，师父说喝茶的地方多了。可是我说西城的时候，师父说好像没有去过，也可能是去过又忘记了，说完还嘿嘿地笑，好像他知道与之相关的西城，却又不肯说。一旁的松哥也是嘿嘿地笑，他从来不如此含蓄地笑，现在竟然也和师父一样嘿嘿地笑，发现他俩因为西城笑得如出一辙，好像两个人已经串通一气，而我又还不知情。

松哥说："那是你的思想和灵魂在漂浮。"

我说了一个流水账一样的梦，然后想在生活中找到类似的地方，然后和松哥以及师父一起在街边喝茶，对了，还应该有一两个认识或不认识的人一起。松哥把事情上升到思想和灵魂的高度，我一方面觉得很受用，可是另一方面又觉得松哥是在诱导我，然后事情就变得越来越好。

136

因为有人将梦上升到了前所未有的高度，我一下子就得到了某种暗示，觉得自己具有这样的素质和修养。那么这样的梦境和什么有关联？唯一有的关联就是想起天一阁，当时我也从门缝里往里瞧，总想看到点什么，又什么都没有看到，是不是我把未能踏进的天一阁变形为西城？这我也不得而知，可是天一阁的门应该不是梯形的，所以我固执地以为西城就是西城，西城不是天一阁；天一阁也不是西城，西城应该在离我很近的成都。

突然就觉得自己上了某些人的当，我差点就中了松哥的奸计。如今的松哥已经不再是当初的松哥，现在的他情感已经变得粗糙，而他自己还不知道。松哥已经看不到和听不到我的表现和表述，我甚至把内心活动都变成慢动作演绎给他，他还是忽略我情感上的细腻。可能是他已经不喜欢我这样的表述和表现，因为不喜欢就觉得成为一种负担和一种压力，所以他与我的相处已经越来越不真实。我应该检讨自己的行为，是我怂恿他对付我，也是我教会他怎样对付我。在与松哥语言的往来中，他偏执地认为我这个人做事说话很有目的性，而我所有的目的又都是冲他而来，好像它们都长有手和脚，撞上来就会劈头盖脸地与他拳脚交锋，显得我是有意加害于他。殊不知事情不是这样的，所以我任他转换我许多的话题，任他用发散性的语言把事情转述成另一番样子，也任他对我进行各种疏导。在这样的过程中我经常会说到这句话就忘记上一句话，甚至想不起我们原本发起的是怎样的话题。长此以往，我们之间要么不说话，要么说的都是扯蓝天盖白云的事。他大概觉得这样对话可以避免或减少彼此的伤害。我猜他也是不喜欢这样，可是既然他执意这样，我也这样。

我们还是会争吵，倒不是因为西城，西城还不至于导致我们争吵，只是已经在婚姻中的两个人会不可避免地发生争吵。有时候只不过是意见上的分歧，虽然不能统一，但是也并不能发展为争吵。可是他要么是表现出粗枝大叶，要么就是如临大敌，结果就变成翻天覆地的吵闹或是相互冷落。其实，婚姻里两个人的争吵也可以理解为取暖过程，还可以理解为女人没有受孕危险射精过程，每一次都让人精疲力竭。我也知道不会有人喜欢这样的射精过程，可是事情发生分歧，处理不当就有争执，如果有更大的分歧处理不当还会有争吵，不可避免的事可能要发生和已经发生都取决于两个人的态度，他应该用射精时候的态度对我，让我也体验这样的过程。

对于"西城"，松哥觉得我话中有话，其实我不过是话中有画，事情不是他担心的那样，他还是不够了解我。

松哥说："你怎么会做那么多奇怪的梦?"

我是做许多乱七八糟的梦，梦里有许多身边的朋友和亲人，还有已经故去的亲人和朋友。我不知道不做梦的生活会是怎样的，应该没有这样的人，大家都是要做梦的，只是梦的多少和长短，还有的人是做了又不记得，但我还是问松哥："你不做梦的?"

"我都没有梦到家里的亲人，可是你经常会梦到他们。"

他没有正面回答我的问题，但他应该还是要做梦的。松哥几乎不跟我说他的梦，不说梦的原因可能梦里根本就没有我，所以没有说出来的必要，如果说出来有可能让人难过。松哥对我有许多不明白的地方，我任他对我的不明白，但是他应该已经感觉到许多东西频繁地活动在我的梦里，生活中的那些人可能不在了，可是又一直和我在一起。他说故去的人走远了，生活中没了，梦里也没了。我和松哥不一样，所以如果他做梦肯定也是和我不一样的。我会想，难道说他那边故去的人比我这边故去的人过得好? 不然这些人怎么会频频出现在我的梦里? 这样是因为对我的牵挂? 还是我对他们的惦念? 我原本应该好奇松哥的梦里都有哪些人和哪些事，但因为他不说，我也不便问，如果问了他又会由此想到我有何目的，这样会显得我这人有太强的占有欲，所以我不问。不问还有另一个原因，如果那些已经故去的人不能安心地去，因为对我的惦念，害得他们不能放心地去，我应该为此惭愧才对。这样的心情也就无心过问松哥的梦，由他这样对我，由他深藏不露的样子在我面前说别人的梦。

我只说找地方喝茶，找到地方再电话师父，让他带一两个认识或者不认识的人过来。也许几个人找个清静的地方坐下来，坐在那里我们就已经在西城，如梦里一般。

一个写诗的朋友发短信说："一个人在山上。"

我回短信过去："好风景。"

他回我："风景好，人不好。"

他是在说他不开心，我不知道他因为什么不开心，可是我又高兴有人对我说不开心。我只是觉得有人对我说不开心，那么我可以成为这个人不开心的倾诉对象，可是我不能给予他任何实质性的帮助，还让自己不自然，我尽量避免做这样的事。

　　"风景好，人就好。"我又以为朋友并不是真的不开心，这是诗人的气质，可是我还是犯了疑惑，我一个不会写诗的人说出这么生僻的话，自己都没明白什么是诗人气质就说出来，一张嘴两张皮还真就是这样信口开河。

　　"人好，风景更好。"不等他那边回过来，我又一条短信接着过去。我记得有人说诗人是同性恋，写长篇小说的是双性恋，写中篇小说的异性恋。我想起我有一个写作的朋友，他写诗，写长篇小说，也写中短篇小说，按此说法应该怎样来判定他是同性，还是双性，或者是异性恋？因为说到诗人气质，我竟然说到一个人的性取向，还真是滑稽得可爱。

　　"风景好，人还是不好。"

　　我想风景好，人会慢慢好起来："看到仙女树了吗？"

　　"仙女树？"他可能是第一次听说仙女树。

　　"嗯，仙女树。"我应该是第二次提到仙女树。

　　"有吗？"他还是会有一点不相信。

　　"有。"我肯定。

　　"在哪里呢？"他显然有点忘记先前说的不好，开始对仙女树的事刨根问底。

　　"我也记不得，但是肯定在的，而且离你很近。"我说的是真话，我也是莫名其妙就想到了仙女树，而且觉得离他很近。

　　"是吗？"

　　我可以想象他张大嘴合不上的样子。从交往的情感上来说，他应该相信我说的话，可是这话显得很没有来头，他在哪座山上我都不知道，我竟然给他说山上有仙女树。我在那一瞬间想到的就是仙女树，说的就是前面章节里我有提到的仙女树，那树说出来的时候有人问我是不是在张家界，我说不是，肯定不是。我连张家界都没有去过，可我现在说仙女树在朋友那边，在离他不远的地方。

他又回短信过来："好，我去找。"

他都没问长什么样子就相信有这样的树存在，我就没有再回他的短信，他也没再短信我，想来应该是找仙女树去了。因为仙女树，我一个晚上都没睡踏实，天已经黑了，已经很晚了，天又快亮了，不知道他有没有这样的缘分可以找到仙女树。

看来我的担心是多余的，尽管他没有问我仙女树是什么样子，可是我又怎么能判定他不知道仙女树的样子？仙女树在我心里是我的样子，在他的心里就变成他的样子，问不问我又有什么关系？我不知道为什么因为别人不开心我就说仙女树。现在是我有一点不开心，我知道这以后的仙女树已经在别处了，原本是我的，现在已经给出去了。难怪从那以后我再没有见到仙女树，还真是在别处了，我自己都找不到了。我也想过应该是有许多的仙女树，一个人一棵，我的在我这里，别人的在别处。可是我不想继续仙女树的话题，我这个写诗的朋友也是极聪明和敏感的人，他知道两个人关于仙女树的对话应该到此为止。

一位多愁善感的诗人，他为一个并不深交的身患绝症的女孩而痛哭流涕，还写下许多关于她的诗句在自己的博客上。我在电话里表现出让他不能理解的淡然，我说："发现时间不够用。"我不想继续病痛的话题，这个话题远不如说仙女树让人舒服。

已经不用精心打扮，我已经是一副没肝没肺的样子，没有同情心，爱猜疑，爱制造事端，还爱战争，而我又表现出阳光的模样，我不知道这算不算是欺骗和伪装。我很赞成有人说，生命对一个人进食的东西是有定数的，可以吃的东西吃完了这个人就可以终结了。

如果生命只剩下三个小时，我会做什么？

女儿说："妈妈，要是生命只剩下三个小时给你，你肯定是玩。"

她说的是对的，人因为开心所以玩，人也因为玩所以开心。这个女儿很了解自己的妈妈，我还是对其作了补充："除去玩还有睡觉。"

三个小时我都还要分成几块，这足以看到我如何贪心。世上的万物都有一个定律，生命也有一个生死链，一种结束就是另一种开始，生命一样可以用量和质来表示。在我不能改变量的情况下，我希望通过努力改变质，就像只有三个小时的生命给我，我还是玩和睡觉，在睡着的时候毫无察觉地结束三个小时。

　　生命可以从多方面来阐述它存在的意义，也可以从另一方面否定它继续存在的意义，生命多存在一天，就要多消耗一个人一天所需的能源，产生一个人一天应该和可能产生的废气和垃圾，从某个方面来说这就变成了对其他生命的掠夺和侵占。我给足理由放弃自己的生命，可是我还是会想到生命存在的意义。我是把存在的理由说成了意义，我不得不纠正回来说成理由，我需要这个理由来否定之前的理论，那就是一个曾经三百年和三千年的缘分，这个缘分依然还在，生命应该继续。

小暑

小暑，还不十分热。

如果不是十分热，应该是适合睡觉的季节。到了应该睡觉的时间，总是感觉不到困倦，我又没有把这样的情况与人说，但是关于睡眠还是有一段对话，还是希望有人看到我现在的样子，我说我睡下了，我说我睡着了，我说我做梦了……

"先生，你踩着我的脚尖了。"忍住痛，我对前面的男人说。

男人没有听我说，他不停地拨打电话。

"先生，你踩着我的脚尖了。"我再次说。

男人冲我笑笑，示意他在打电话，歉意地对我笑笑，他是表示已经听到我说话，可是仍然踩着我的脚尖。

"先生，你踩着我脚尖了。"这一回我大声说。

男人很不耐烦地转过身来，眼睛里冒着火星，说话的声音比我还大："别吵，我在找人。"

"可是，你踩着我的脚尖了。"我的眼泪快从声音里哭出来了了。

"我找不到人了。"

我不知道这个男人在找什么人，可是他已经踩痛我了。我还没有哭出来，男人率先哭出来了，把我吓坏了，泪水硬生生地给睊回去了。我以为，我的眼泪流他脸上了。

"你说，她为什么不理我？为什么不接我电话?"

从这个男人的话语中，我知道他要找的是一个女人，那是怎样的一个女人和我没关系，我对这个伤心的男人哀求："你踩住我的脚尖了。"

　　"你可以抱我吗?"男人无助地望着我。

　　"可以。"我试图去抱面前这个男人，却发现他还踩着我的脚尖，"你踩着我的脚尖了。"

　　……

　　被人踩着脚尖应该算不上倒霉，可是被人一直踩着脚尖算不算倒霉呢?我不知道，可这样的事还是让我给遇上了。遇上一个男人莫名其妙地要我抱他，我是因为他踩着我的脚尖所以没有抱。

　　好好的天气说下雨就下雨，而且还下起了瓢泼大雨。雨伞放在车上，我需要找一个避雨的地方，街边正好有一个小茶坊，我三步并做两步地跳进去，还是弄脏了我的白皮鞋。

　　茶坊里人不多，可是我一进来就发现大家都在看我，好像我很惹眼的样子。其实我知道不是因为我长得好看，当然如果一个长得不算难看的年轻女子连跑带跳地从外面进来，样子肯定有点滑稽，其情形就连我自己都想到猴子，这样的出现显得和别人不一样，大家自然是要转过来看稀奇。我觉得多少有点失礼，可是又不能申辩和解释。他们大概也是知道外面下大雨，只是屋子里又不下雨，我在一群人面前显得没有了女人的矜持。

　　有人对我招手，我看到了，那是一个很好的朋友，他在招呼我坐过去。

　　"真是巧。"我说巧却不认为巧，世界说大就大说小也小，所以总会有些人在意想不到的地方和时间遇到。

　　"嗯，我和朋友约了在这里谈事，事谈完了，朋友走了，我慢一步出去就下大雨了，又回来了。"

　　这个人就是和我说女用避孕套和喇叭花的男性朋友。他递过纸巾过来给我，我接过来放在面前，水珠从头发和身上滚下来，我稍作整理又拿了纸埋头擦鞋子上的污渍。

　　"我都没来你怎么能走。"皮鞋上的污渍已经弄干净了。

　　"是啊，所以又回来了。"他一直在看我。

　　"说得跟真的一样，我当真了。"

"哈哈。平日还真没时间约你出来，没想到现在就坐在对面。"

这是一个说话很有机趣的男人，我可以和他谈论女用避孕套和喇叭花，而我们之间目前还没有任何的暧昧，这相当不容易。就单单是这样的对话就会让人了解他是一个很适合说话的对象，至少我是这样认为的，所以他被我归为无话不谈的对象。

他问我喝什么，我说柠檬水。

在说话的中间，不知道我前面说的是什么事，我接下来一句话突然就变了："女人在床上都是一样的。"

他想笑，我明明看到他想笑的，但事实上他没有笑。他特别认真地看着我，看我说话的表情，仿佛也在揣摩我这话的来头。

"有人这样和你说？"

我摇头。确实没有人这样对我说过，但肯定有很多人这样说过，现在我也这样说，说了还找不到来头。突然引出一个关于男人和女人上床的话题，而且这样的话题还是由我引起，我倒没有觉得尴尬，之前女用避孕套和喇叭花都聊过了，现在跳到说上床显得也很自然。我也是看出他为人的坦诚，他可以毫不避讳地阐述自己的观点，或是正确的，或是不正确的，这都是一种对话和交流，这样的对话和交流与别人不容易进行。

"没有人和你说不一样吗？"

我还是摇头。还真是没有人这样说过，通常情况下这样的对话容易让人误会有所企图，但今天这样的对话是我首先切入的，如果硬要说有企图也应该说是我的原因，这事和他无关，而且估计这个男人不会有这样的担心。

"怎么不一样？"

"……"

看上去有点欲言又止的样子，能感觉到他还很认真地看我，好像在探究其中原因。我有一点点不自在，一个知识面广泛渊博的男人，作为朋友他这样仔细地看我，好像之前一直没有把我看清的样子，现在他将要把我看清楚。我有一种错综复杂的心情，不知道要不要让他继续看下去，我是不是应该惶恐。他大概看到我的心理活动，也可能我表现出些许的紧张。他笑了，笑得简单又含蓄，可是不管怎样他在笑，我觉得他一开始就要笑的，我也觉得他一开始就应该笑的，所以他终是会笑的。而他的笑没有让我觉得不舒服，相反是让我很舒服，然后我心里就释然了，再不考虑清不清楚的事情，也用不着惶恐。

"是高矮胖瘦的不一样？还是各人体味的不一样？"我刨根问底，相信他会用很正确的态度对待我的问题，哪怕我是愚昧无知，这个人也绝不会讥笑和嘲弄我。

"那是因为你没有睡过。"他绕过我的问题，却又算是回答了我。

"我怎么就没有睡过？"早明白女人和男人是要睡的，早也说过大多数男人和女人注定是要睡的，还说我没睡过。我不知道对话在哪里出了问题，等我问了这话才发现他的话果然是有问题的，话里他把我当了男人，可是我是女人，我要睡也是和男人睡，既然是与男人睡就不会知道女人在床上是不是一样。

"那你也是只和一个男人睡过。"一个自然的过渡把上一句话的含糊纠正过来，他拿起桌上的烟盒，从烟盒里抽出一支烟。

"给我。"我一只手抓起先前放在烟盒边的打火机，另一只手向他伸过去要烟。

他就要送到嘴边的烟停下来了，又没有马上放下："你要吗？"

他是在问我能不能抽烟，他知道我不抽烟，也知道我不能抽烟，可是我现在对他手里的烟产生了想法，还有一点小小的任性。我把打火机死死地捏在手里不放，我等他给我烟，然后我把打火机给他。

"好吧，只能一支。"

他屈从了我的要求，不过他好像是暗地里下了很大的决心，因为他拿着烟的手还在犹豫，是我自己从他的手里把烟抽走的。打火机还给他，他不得不给我点上。

一支香烟如愿以偿地点上了，就夹在我的食指和中指间，放在嘴边吸一口马上又吐出来。他又笑了，他看到我抽烟的样子就笑了，他这样的老烟鬼一看我抽烟的架势就知道我确实是不抽烟的人，现在不过就是贪玩，还假装老练地抽一口又慢腾腾地吐出来，样子让他看来还真是滑稽。

一口烟从嘴里慢慢吐出来，嘴里有点涩，一口柠檬水喝下去："你睡过很多女人？"我知道问题有点冒昧，我无意窥视他的隐私，但是因为一直以来和他的对话无所顾虑，所以对话就显得大胆些，而且我觉得与他这样的对话也是有必要的，这仅仅是一种感觉，说不清楚，我就想把与他的话题继续下去。

"我和好几个女人睡过。"

我的问话让别个看来已经很冒昧了，他的回答还让我发现文字的颠倒意思在这里相差甚远，我把"睡"字放在一句话的前面，他回过来放在后面，这样一来意思就有了变化，这样看，他的为人坦荡得很。

"哦。"不知道对话要怎样继续，我还在想我的话语里是他主动睡，好像过程只需要他一个人来完成，不需要配合。

"嗯。"一副若有所思的样子，他大概也是在想与自己睡过的诸多女子。

"你爱吗？"我把话题无端就扯得很远了，我把睡觉和爱情扯上了关系，其实我也不知道这中间有没有关联。

"……我曾经专门针对爱情作过讨论……"

他的话听起来有点费劲，我只看出他的努力，但我没有得到事情的真相。"爱情是什么样子？"我问。我马上接着自己的问题往下说："爱情一天一个样子，我不认得。"

"你认不得爱情没关系，但是爱情认得你。"

"可是我还是老样子，越来越老的样子。"

"哈哈，你还要不要我们活？"他一直觉得比我大，所以我不能在他的面前说老字。

"我想和你睡。"

我果然是能让他猛然活过来，还让人目瞪口呆和不知所措。没有继续爱情的话题，我直接就进入到要和他睡觉的话题，关于和他睡觉的问题我还真没有事先预想过，更没有设计过，今天的对话就是进来避雨遇上的，完全是偶然。

"丫头。"

他就坐在我的对面，离我很近的地方，叫我丫头的时候用手勾着我的脖子往他面前拉拢，我看到他离我越来越近，能感觉到他呼出的气息暖暖地扑在我的脸上。我随他拉拢我，想着两张脸可能贴在一起，嘴对嘴地贴在一起。结果他只是勾着我的脖子让我离他更近些，更方便他用手摸我的后脑勺，他不知道弄乱了我的头发。

这个比我大几岁的男人叫我丫头，我想和他睡，我突然就想和他睡。我说想和他睡，他没有说可以，也没有说不可以，隐隐感觉是我把他推入了两难的境地。他不作任何表示，我就不能获悉他心里真实的感受和想法。他应该是和很多个女人睡过，他有一双火眼金睛，他已经洞悉我的始发点，他要比我想象中还要了解我，他看出事情的不确定性。我以为这么一个说坏不坏的天气，我们意外在这里相遇，又说了这样的话题，而且我对他一直都有好感，不管从哪方面都应该具备可以睡的条件，那么我可以和这个男人睡。现在的问题是眼前这个男人的态度表明，或者说是暗示我们两个不适合睡觉，至少现在的关系还不适合睡觉。可能这样的暗示根本就不是他的本意，可是我却赞同了这样的态度，由此推理出他应该不是和我睡的男人。

作为女人，我愿意一厢情愿地想：也许我们都又想睡的，但我们又不能睡。害怕睡了以后事情的发展不被控制，如若事情的发展方向发生了变化，就极有可能往我们都不会喜欢的方向发展。他不是那样的人，我也不是。

走在路上的时候，我不知道自己在哪里，可是当某些熟悉的情景出现在眼前的时候，我又知道自己在哪里了——

前面有一望无垠的水田，水田才犁过，还没来得及插秧苗，隐约看得到水面下的麦秆。三五个孩子在水田里捞鱼，年龄大概在六七岁的样子，有男孩也有女孩，其中个子最高的那个男孩头顶还留着一个茶壶盖。以茶壶盖为首的一群孩子彼此大呼小叫地在水田里嬉笑。看到我来，男孩就端起捞鱼的家什对着我憨厚地笑，边上的几个孩子都看他家什里的鱼去了。

我来过这里许多回，每次来又都是这样，别人都看不到我，别人都看他家什里的鱼去了，唯有他看到我，还对我如此憨厚地笑，情节和情形如出一辙。我想早些时候来这里的样子，那个时候的我如他们一般大小，中间我又来过几次，如今我已经长大成人，他们还是老样子，我却是越来越老的样子。男孩对着我笑，我又不知道他为什么要对着我笑，看情形我们好像早就熟识，就算最初不相识，如此来过几次，我们也应该熟识了。我们会在相同的地方遇见，以不变的时间和地点等我的瞬息万变。一切表象好像早就知道我会回来，而且知道我什么时候回来，我自己也是知道会回来，好像是因为有某种引力在牵引着我，让我不得不回来。回来的情节简单到如一幅画，我就站在这幅画的面前，可以站在外面看，又可以走进去，走进去了还能回来，如此反复多次，记忆依然是既清晰又模糊。生活中并无这样的场景，可就是这样的场景一次次出现在我的梦里，显得他们一直在，而我又不得不回去，只是我看到他们的时候从来都没有看到过鱼儿的影子。

我决定停下来，这个看似没有悬念的梦境为什么会反复出现？思考成为一种困扰，如今我想转个弯或是倒个拐，我是不是可以从分岔处出去，然后就不再见他们？我果然也是转了一个弯，又倒了一个拐，还从岔路出去了，结果出来的时候我醒了，我想如果我再转弯再倒拐，我还是又会回去。

下班打开车门的时候，我那只开车时候穿的平底绣花布鞋搭在刹车上——我以为是刹车，把鞋穿上脚的时候才发现是搭在油门上的。车停在那里我就分不清楚刹车和油门。车已经熄火了，鞋子怎么还搭在油门上？为什么不是搭在刹车上？上车就把脚直接放进鞋里，放在油门上，车开出去了，车又开回来停在楼下的停车场，又把脚从鞋子抽出来，低头一看，鞋子又搭在油门上。邪！我现在的状态很像随时要出发，停下来也是在准备下一次出发，既然是这样，我任其放在油门上，不刻意改变这样的格局，或许这也是我不能改变的格局。

大暑

大暑，很热，热得受不了。

人都在往不热的地方跑，不热的地方又是人满为患，人与人的密度加大，很容易就擦出点什么，也容易撞上某个人，你说认识他，或是他说认得你。大概是因为太热的缘故，所以这样的话可能就是胡说八道，可以不当真。就在我和你说这些话的时候，我身上的衣服变成了花瓣，一片一片地褪下来，双臂变成了金色的翅膀……

不是因为热才说海，是我喜欢海，喜欢往有海的地方去。我认为有海的地方就有蓝色，海是蓝色的，天也是蓝色的。到了北海我才知道自己的认识是错误的，理想状态和现实状态总是或多或少存在误差，我不得不再次调整自己认知事物的角度和高度。

北海的银滩还不如它的停车场大，密集的游客三五成群地嬉笑，吓得那些小螃蟹躲藏起来，我看不到任何一个胆敢探头的家伙，只有一群人穿着花衫花裤在那里自娱自乐。海水浑浊不堪，根本就和蓝色不沾边，整片海显出灰色，天空却是如此明亮，整块的天空都是蓝色，有几抹淡淡的白云飘浮在空中，远远地看云像海面的波纹。这很容易让我产生某种错觉，我现在就觉得空间发生倒置，面前的海有如成都的天空，天空又如大海，我站在成都顶着蓝色的海，我用倒立的姿势站在这里，影子在天上……

海非海。

我已经在北海的银滩，再没别的地方可去。找一个离银滩不远的地方，五十元钱租的沙滩椅，边上撑一把大伞，尽管对阻挡紫外线没有实质性的作用。坐在离海已经很近的地方仍是酷暑难耐，看别人滑溜溜地泡在海水里，我脱去脚上的鞋子把脚深埋在沙坑里。

这样的天气要怎样才好？这样的天气再热我要怎样才好？远远看到有身体在海里纠缠，是人和鱼吧？我可能是热晕头了，仔细看又都是人。那是两个人在相互示好，动作大胆还旁若无人，而我们就算看到了也只好不去看的好。不看和已经看到并不矛盾，一种忘我的投入和兀自亢奋，一切显得既迫切又从容，其节奏有如来去的海水进退有序。

我惊奇我坐不坐在这里丝毫不能影响他们事情的进展和完成。故事的情节和发展本身和我没有任何关系，就像电影的编导早已经编排好会如期上影。两个人在海里纠缠够了，终于上岸来了，上来的时候脸上的红潮还没有褪去。他们坦然地看我坐在这里，他们应该早就看到我在，现在因为要从我面前不远的地方走过。我倒是被看得有些不自在，他们却看不到我的不自在。那女的还边走边整理自己的泳衣，她是有意在掩饰刚才的亢奋，显得自己就是游泳回来的。我自己把头埋下，看到有小东西从沙堆里探出头，然后又从沙堆里爬出来，留下许多大小不一的洞口在那里，我突然想起水母和喇叭花，这个时候我把水母和喇叭联系在一起，看她们如何遭遇精虫……

就在水母和喇叭花就要遭遇精虫的时候，我听到快门的声音。其实在想水母和精虫之前，我已经听到快门的声音，因为思想投入到一定的程度，我忽略了身边许多声音，现在快门在正对着我的地方接二连三地发出声音，这样的声音打断了我的思想，我不能再说听不到和看不到，只是我没有心情对其作出配合，只是把脸别一边看别处去了。

"喂。"

随着声音看去，一个男人撅着屁股，两条分开的腿中间伸出相机对着我"咔嚓、咔嚓"。我是感觉到北海的天气很热，用手抹去额头淌下来的汗水，却让人觉得我是因为遭遇的情景汗颜。一种通常的人与人之间的搭讪，没什么特别之处，我也没看清楚他的样子，相机已经挡住他的大半个脸，整个五官还是倒置在两条腿中间，我想这又是何必呢？人完全可以端端正正地站在那里，再把相机和镜头倒过来，景象一旦由相机变成照片放在面前，照片可以任意旋转，不需要相机倒置。所以这样的姿势是多余的，无非是男人想讨好女人的招式。

"记得吗？"撅着屁股的男人站起来，相机和相机后面的那张脸从两条腿中间出来用正常的状态在我面前。

我在脸上打了一个大大的问号，确实不知道他在说什么。

"不记得了？"这个男人走过来盘腿坐在我面前，他还是觉得我应该记得。

他觉得我应该记得什么？我和他之前有什么呢？我还是觉得和他之间并无瓜葛，也许是他认错人了。

"真不记得了？"这个男人仍然不相信，他先前还明亮的眸子暗下来，显出些许的失望和失落。

我还是觉得他是认错人的缘故。

尽管如此，我又不得不承认，这个男人长得比较好看，黑白分明的眸子和橄榄色的皮肤，还有舒服的笑容。如果我有这么一位朋友应该是一位很好的朋友；如果我没有这样的朋友，我愿意有这么一个男性朋友，可是我不能因为愿意就冒昧地应承下来。

"看来是搭错线了，我们并不认识。"我以为真是搭错线的问题，这也是男人主动找女人搭讪的种种表现之一。

"怎么会呢？"男人就坐在我面前的沙滩上，手里的相机一直对着我，他的样子认定我们是认识的，所以一直在试图唤起我的记忆。

我对着他手里的长焦镜头仔细地端详，想这样的镜头可以把图像拉近多少倍。显然到现在我们的思想还不在一条线上，他在用言语引导我，我却往别处想。若事情果真如他说的那样，他应该给我一些更为明确的提示，让我想起些关联的场景。

他把相机放在我手里，然后自己跑到前面远一点的地方，他撅着屁股从分开的两条腿中间往我这边看，还用手指我手里的相机，示意我把镜头对准他。

在这个男人的诱导下，我端起相机对准他摁下快门，在摁下快门的一瞬间，我恍惚记起某些事情，恍惚记得有那么一天，镜头就是这样对着我，只是此时的两个人位置发生了对调，所以他说的应该是对的，我们遇见过，就像桃花树下的人那样，我们又遇见了。

我开始觉得这个男人说的是真的，我们应该是认得的，我想不起中间的细节，我只有些许的片断，若有若无地在那里，记忆里连他的样子都没有。现在说记忆已经不重要了，有没有遇见也不重要了，重要的是我不讨厌面前这个男人。他还不是让我讨厌的那种男人，我并不反感被这样的人搭讪。

"想起来了。"他还是以为我已经想起来了，他对我的回应表示欣喜，觉得自己一连串的动作和暗示已经起了作用，又高兴地跑过来坐在我的面前。

我们这样一高一矮地坐着，海阔天空地说一些不着边际的话。他给我说丽江，说一个又是太阳，又是下雨，又是冰雹的天气，我用心地听他说话。他说的情景和我对丽江的记忆是相关的，好像他看到我在丽江的样子。他说我们就是在那里遇见的，我也以为我们应该是在那里遇见的。

如果我们真在丽江遇见过，那么我和这个男人再次的不期而遇算是邂逅，陌生感在三言两语间就消失得无影无踪，相互的距离很容易拉近，这样的距离让彼此都可以闻到对方的气息，两种雌雄不同的气息在空气里迅速就发生反应。

在关上房门的一瞬间，欲望挣扎着从心底里爬出来，身体像八爪鱼一样张开寻找可以攀附的对象。有人用力扳过我的身体，死死地钉在墙壁上，舌尖和舌尖碰在一起便热烈地相互缠绕，不由自主的扭动，对欲望作出积极的配合，身体严重扭曲和变形，衣服在空气里像花瓣那样一片一片地褪下，散落在地上，露出白皙的皮肤和坚挺而圆润的乳房。舒展身体的同时，感觉到世界开始旋转，墙壁、地板，还有雪白的大床也在旋转。世界是平的，任我肆意地从这里到那里，欲望与欲望活生生地叠加在一起，身体与身体上下左右的重叠，彼此的穿梭与纠结，起伏跌宕的情绪让人不能自已，仿佛是光着脚在海边沙滩上奔跑，海水温柔地抚过脚背，精神和身体感觉无比的舒适和轻盈，背臂在舒服的间隙长出金色的羽毛，逐渐丰翼的羽毛变成了一对硕大的翅膀。

有人在欲望里快乐得将要死去，如果真有人会这样死去，比之前任何种种死法都让人愉快，我从来没有这样死过，也从来没有人给我说可以这样死去。如果真的可以，我用不着三番五次地从通往死亡的道路上逃跑，如此看来我三番五次地逃跑又可能是为了这样的死去。

这不是水母和精虫的遭遇，这是喇叭花和精虫的遭遇，我没有想结果会怎样，也不知道结果会怎样。事情从开始就没有人做精心的安排，我自己无法左右事情的发展和进程，我甚至到现在没有想起我们之前的遇见有无故事发生，可是事情发展到现在的关系，我们仍然叫不出对方的名字。也许他不止一次和我说过有关他的种种，包括在吃饭的过程中我们聊过的，可是那些说的话一旦转换了场景，我就统统忘却，就像某种确实存在的东西被风吹散，我就什么都看不到了，甚至还忘记了它原有的样子。我没有说，他不知道我叫什么，不知道我从哪里来，即便他问了，我也没有说，我身上大部分的信息是关闭的，我以为信息关闭应当是通常状态。

从一个男人身边逃跑。

不知道这个男人现在是怎样的情况，我不知道他是否睡着了，是否在卫生间洗浴，还是别的什么状态，我没有说一句话就从这个男人身边走了。我甚至在走的时候把床上可能是我的毛发捡干净，我要造成从来没有来过的迹象，然后我就从一个激情四溢的房间里走出来，在关上门的一瞬间，我一调头就不知道自己是从哪个房间出来的，然后就再也回不去了。

漫步在北海的大街上，迷失在北海的道路之间，我不知道什么人在给我开玩笑，怎么就把北京、上海、四川、西藏都挤在一起了。走过北海就走过中国所有的直辖市和省份城市，那些人从四面八方走出来，遇见了可能遇见的人。面前的北海就是一张缩小的地图，我就实实在在地站在这张地图中间，我不知道自己是从哪里来的，又要往哪里去。目光游离在城市与城市之间，却往不同的方向走着。从城市里走出来是海，很多的小船泊在路边的小港湾，那应该是一些小渔船，很破的船，大概在那里已经停了很久。有人家

大暑

在船上生火做饭，还有女人在船头洗衣服，已经洗好的衣服晾在船与船之间拉起的绳子上，或是搭在船舱的顶篷上。

我再次把身体张开来，像晾一件衣服一样，把自己四仰八叉地放在海边的沙滩上，光着的脚还浸泡在海水里，涌进的海水从裤筒里冲上来，尔后又顺着腿流出去，被海水打湿的裤脚紧紧地贴在腿上，还能感觉到高温天气让水分丝丝蒸发。身体因此处于两种不同的感觉，这是一半和另一半的感觉，我依据感觉把身体分裂开来。空气中浓浓的海腥味千方百计地企图浸入身体，让我散发出咸鱼一般的味道，海水打湿了裤筒又想打湿我的衣裳……

感觉仍然是在逃跑，不敢在北海作长时间的停留，我坐上了从北海到南宁的大巴车。大巴车快速行驶在高速路上，青山绿水和肥田整个拧在一起呈带状从窗外跑过，仿佛车和我在高速路上被静止不动，睡着的人看不到这些。我有一种说不出的复杂心情，用不同的角度去审视北海的遭遇，怎么看都显示出北海的一切缺少真实性。为什么会这样？仔细想来，是我自己打的封条和贴的标签，我整个表现像一个仓库管理员，又有别于仓库管理员，我总是在虚化和模糊很多事情，这样的行为可能源于心底的惧怕，害怕哪一天发现自己的存在也是虚假的。其实我不想去南宁，早先我在一个连锁商务酒店看到有陌生的男人睡在我的床上，又看到陌生女人睡在我的床上，我害怕回来看到自己在房间里，看到自己睡在床上。尽管不想，但是我好像是不可避免地又来了这里，这一次我有意避开上次的地方，直接把自己放置在南宁最热闹的地段，住进南宁宾馆，对面就是大型的商场和购物广场——财富广场。

不管是因为什么，一年的时间我已经两次来南宁，而且现在我走在往南宁的路上。

我到南宁的时候，天空中飘着小雨，不知道是我来之前已经在下了，还是我来才下的。我想南宁大概对我的再次到来不想做任何姿态，它原本今天是要下雨的，不管我来不来还是要下雨。我也是突然走到这里的，不管是否下雨我都会来。

从房间的窗户望出去，淅淅沥沥的雨还是没完没了，稀稀拉拉的行人撑着雨伞走在街上，雨薄薄地淌在伞篷上，总会有从合适的角度反过来的光让我想起小时候玩的小镜子，还有另一些角度折射出光的不同明暗度，我用不同的角度和光线选择外面的风景。

不知道雨还会下多久，不管这雨是否继续，我还是会从房间里走出来。

想起上一次来南宁，我在财富广场某家银饰店买的波西米亚风格的银项链，看样子是一家很正规的银饰店，不想买来的项链戴过几次就成片地掉色，然后再不敢戴，不过是几百块钱的东西，好像也不算什么大事，可是因为我又来了南宁，来了南宁又是下雨天，有点无所事事，我决心给自己找点事做。在随身携带的大包包里，我竟然找到了那条项链，以为之前已经丢了，没想到它还在，而且就在我随身携带的包包里，简直有悖于我的一贯做派。项链已经找到了，只是我当时没有向老板索要发票，别人还主动给维修卡我也没有要，我当时就觉得短时间内不可能再来南宁，如果再来南宁也不知是猴年马月的事，而且我想能承诺一定期限的维修和终身清洗的商品还能有什么问题？没有发票也没有维修卡，我不知道店铺的准确位置，会觉得有可能找不回去。不过反正也就是没事找事做，能不能找回去已不是很重要。找寻那些若有若无的记忆，在星罗棋布的店铺中左拐右转，五花八门的店铺并没有分类排列，中间的通道是四通八达。随便在哪里提前或推后拐一个弯，我都没有办法找到那个银饰店，可是事情的进展和结果又是出人意料，我很快站在一家银饰店门口，尽管有点似是而非。

我把项链放在玻璃柜台上又没有说话，没有说话是因为我不能确定东西是不是这里的。

一个三十多岁模样的男人迎过来，一旁想说话的年轻姑娘自己走到一边去招呼别的客人去了，看样子这个男人应该是这里的小老板。他拿起我放在柜台上的项链在灯光下来回看了几遍，然后抬起头来："有发票和维修卡吗？"

我摇头。

老板把项链还给我。

从他之前看东西的样子，还有他对我说的话，他大概也是认出东西是从

大暑

这里卖出的,但他还是把项链给了我,整个过程简单明了,双方都显得不温不火。可是我已经认准东西就是从他这里卖出的,而且这个东西有品质问题,他怎可以用这样的态度对我?

项链又放回柜台上,我用行动表明东西就是他们的。

老板说:"你下次把发票或者维修卡带过来才行。"

"下次?我不可能为了一条项链再来南宁。"我以为这已经不是发票和维修卡的问题,事情不应该这样解决,已经确定了东西的出处,手续不过是一种相互约束的形式和手段,而我省略这些繁多手续源自我对其品质的信任,也许我这样做事不符合程序,可是我觉得事情并不复杂。

"你不是南宁的?"老板并没有看他面前的项链,他在看我,他觉得应该可以从某些特征看出我来自哪里。

"不是。"我还是没有说我从哪里来,又是哪里人。

"成都的?"试探的语气,他也不能确定。

"成都的。"

这样的对话和上次如出一辙,感觉是对上次的回忆和反复,只是卖东西给我的人好像不是他,可是对话却是惊人的相似。

"哦,想起来了,你是成都的吧?我记得有这回事,我给维修卡你没要,你说不可能为一条项链来南宁。"

老板恍然大悟的样子,让我不得不再回想当时的情景,看样子项链是他卖给我的,我却记不起来。一条不能说明地域的东西在很多地方都可以买到,维修卡是我自己不要的,是那句话"我不可能为了一条项链再来南宁",老板知道我不是南宁的,然后就大胆猜我是从成都来的,估计他是因为某种特征,看我长得很成都。

笑容大块大块地堆在脸上,老板的态度转变很快,马上忙着给我处理项链,其实我之前是想退给他,或者重新给我换一条,但是因为老板对我的态度一下子就变得非常好,我不知道是不是要坚持,所以我现在的态度变得有点暧昧,我对事情的发展已经不能掌控,其结果我已经不能预见。

我因为种种原因先后两次来南宁,两次来南宁又都来了同一家银饰品店。我先后两次满满地说不可能因为一条项链再来这里,可是这话第一次说的时候我确实没想到今天会在这里，可是我真的就来了。现在站在这里我又说了相同的话，说完才知道错了，好像我现在就是因为一条项链从成都来南宁，事情的整个表象显示出我做人的虚假，让我的虚荣表现得淋漓尽致，让人无地自容。

是我把话说得太满了，尽管我不是故意这样做的，但我对事情的发生和发展缺少预见性。相同的对话都是真诚的，如此真诚的违背又是任何人不能左右的。不安和难过让我的心隐隐作痛，让我发现对自己的期望过高。

从财富广场出来，雨已经下小了。走过马路就是南宁宾馆，我可以回房间呆着，可是我没有回去，房间还是有别于家。我把自己扔进出租车里，让出租车师傅随便把我扔到一个清静的地方。出租车师傅为人老实，找个地方把我扔下，我看到自己在南湖公园的门口。

南湖在南宁市的东南边。雨中的南湖碧波潋滟，湖岸上绿树红花芳草萋萋，南湖上的拱桥跨度很大，气势不凡，拱桥两头高高的椰子树将景色分廊划亭，与那些亚热带的植物相辅相依，呈现出一片亚热带风情。公园里没有游人，撑着雨伞坐在租来的电动船上，我在南湖上画圈圈。水面上跳出大大小小的鱼，那样子就是在和我捉迷藏，可我不知道自己又在和谁捉迷藏。

大巴车票、宾馆出示的发票、公园的门票，我照例把这些可能说明我行踪的东西都扔进了路边的垃圾桶，习惯性的行为动作，有意淡化和模糊记忆，项链安然放在我随身携带的包包里。

松哥不知道我去了哪里，也不知道我从哪里回来。他对我那些随便哪个城市都可以买到的饰品也不会特别留意。我一回到成都，一回到家，记忆力就迅速衰退，之前那些记忆变得若有若无，还有点似是而非，记忆为此变得相当不可靠，我仿佛是中了某种魔咒。

放满满一浴缸的热水，我把自己泡在水里，甚至钻到水下面张开眼睛，我看到的事情并没有改变。所有东西还放置在原来的位置，它们并没有从这里换到那里，又从那里换到这里，一切并无变化，一切都不是我想看到的样子。还是觉得哪里不对，又不知道是哪里不对，反复潜入水底，希望的事情还是没有出现，浮出水面还是沐浴露的味道，生活一如昨天。

女儿周末看到我在家里，她不知道我出去又回来了，如若知道我出去，会以为我是出差。其实我才换的工作几乎不需要出差，我也不喜欢出差，我是没有任何理由就不喜欢出差，但我喜欢无端出走，一种没有目的和方向的出行。

生活因此一如既往。

我从冰箱里拿了一张面膜敷在脸上，一种经常用的品牌，对着镜子将面膜平铺在脸上，对准不同的孔露出眼睛、鼻子和嘴巴，仔细调整位置。

"妈妈，好像有点不对。"女儿突然出现在我的身后，她是从镜子里看我，我也是从镜子里看她。

"是有点不对。"我也觉得不对，不知道我们说的是不是同一件事。

"那天电视里说一个巴掌大小的脸是中国古典美女的标准，你看我们的脸。"

我的脸在前面，女儿的脸在我的后面，镜子里也是这样的，所以我首先是看到自己的脸。这是一张照过上万遍的脸，还是不如女儿的脸熟悉，闭上眼我能想象她的样子，可是我就是想象不出自己的样子。我看自己的样子，一张面膜挡在镜子和脸的中间，我粗略地估计了一下自己的脸应该是两个巴掌大。

"我有四个巴掌大的脸，怎么办？"女儿说话的时候把两个巴掌分别放在脸的两边，又分别放在脸的上下，她如此比划出四个巴掌的大小。

我看不到面膜后面的那张脸，怎么努力也想不出样子来，女儿不知道我在她之前已经把自己归为两个巴掌的脸，这要比她四个巴掌离一个巴掌脸的美女标准近很多，我现在更不能说出来，若是要用她的小手来比划，很有可能给我比划出六个巴掌大小的脸，这样离美女就越来越远，可是不说不表示我不会惭愧。

就之前和女儿的对话，脸有大小的型号之分，那么面膜也应该有对应的型号与之匹配。不知道是我的疏忽还是别的，面膜在我的意识里没有型号，如喇叭花和男人一样。如此看来，我说的不对和女儿说的不对是不一样的。我先前说不对是因为面膜，同样品牌和大小的面膜贴在脸上，它不能很好地和我的脸叠合在一起，好像相互的尺码和型号对不上，让我看不到原有的样子。已经感觉到不对，却还是说不出哪里不对，是因为面膜不对，还是脸不对？

　　生活不能缺少细节，生活中也不缺少细节。

　　女儿对着镜子照了又照，用手在额头挤压，然后把整齐的刘海从左边梳到右边，又从右边梳到左边，最后还是让刘海整齐地排在额头前，听到她对着镜子里叹气："妈妈，我长痘痘了。"

　　"让我看看。"撩起女儿才梳理整齐的刘海，额头上果然长了很多小痘痘，摸起来鼓鼓的有点硬手。

　　"疼。"女儿的大眼睛巴巴地望着我。

　　我从后面把女儿搂在怀里："这就是传说中的青春美丽痘。"

　　女儿撇嘴说："还美丽呢，再长下去就要变成地图了。"

　　"那也不能挤，挤了会长疤，那样就不好看了。"

　　"什么时候才能好呢？"

　　她在镜子里做出各种痛苦的表情，我忍住没笑。我不能说她因为几颗青春痘就如此夸张，我也是从她这样的年龄过来的，我曾经也长满了青春痘，也有和她一样的苦恼和担忧，所以我能理解她现在的心情。可是我早已经不长青春痘了，女儿让我怀念和她一样的日子。曾经偶尔也会在镜子里仔细寻找有关青春的足迹，希望发现意外的惊喜，可是这样的惊喜已经不复存在，仿佛是昨天和前天的事情："老了就不长了。"

　　"啊？要那么久？"

　　显然我的话吓坏了她，我才发现那话不是对她说的，是对我自己说的，我不得不纠正过来："这就是说你已经长大了，没什么好怕的，如果你觉得不好看，我可以带你看中医，喝点中药就没事了。"

　　"又吃药？"女儿显出不情愿。

　　"如果你愿意。"

　　女儿用手不停地把刘海压在额头上，让头发紧紧地贴在额头上，痘痘好像都看不到了。

　　"你把它们藏在刘海下面也不是办法，藏起来不说明没有，它们还是有，而且头发上还有很多细菌，容易让痘痘感染，还不如用漂亮的夹子把头发别起来。"

女儿使劲地摇头。

她还是不愿意把额头亮出来，她觉得把长着痘痘的额头亮出来不好看。我也发现自己还是不能完全设身处地为她想，我才说了也是从她那个年龄过来的，其实我已经忘记自己和她一般大的样子了，那些日子离我越来越远了，已经变得模糊了，但是我现在仍能想起和青春痘关联的东西——纱巾。我从长青春痘的时候开始喜欢纱巾，在镜子里反复包裹自己的脸和青春痘，但又从来没有用它遮挡过脸上的青春痘，可是一说青春痘的时候我还是会想到纱巾，或者说面纱。女儿不愿意把额头亮出来，她的表现和我小时候的表现应该是一样的，我自己不能做到的事情就不能强加于她。这样一来我又显得很没主张，我不知道是否应该带她去看中医，问题是我自己的处境已经很危险了，我不愿意同样的危险给女儿，让鹰爪一样的手再扣在我女儿的脉门上，让别人破译女儿的密码，作为母亲我有责任保护她。

我和女儿一般大的时候和母亲没有这样的对话，我同样把青春痘藏在刘海下面，我以为别人看不到就表示我没有长过那些讨厌的痘痘，可是我自己心里很明白，那些痘痘就藏在我的刘海下面，我也会使劲挤压它们，直到它们消失。我也忘记自己的青春痘是什么时候消失的，一切都在应该来的时候来，在应该去的时候就去了，以为已经不在了，结果它们都又长到女儿的额头上去了。一段时间我和女儿的对话都是有关于青春痘的事。每一次她的担忧和焦虑都会感染我，好像这样的担忧和焦虑让我重新回到以前，让我变得和她现在一样，眼睁睁地看着痘痘一颗一颗地从光洁的额头上冒出来，我对自己毫无办法。想起那些青春痘与纱巾关联的往事，我又谁都没有说，我不知道女儿的青春痘和什么关联，她不说我也没有问，或许她现在还不知道怎样关联，可是关联已经存在了，我们又都不知道。

不知道大多数的母亲在这样的情况下是怎样的，我会因为女儿的痘痘而担忧，看它们总不消下去，我有点忧心忡忡，却又不能说出来，我害怕这样的情绪感染到她，我还不知道怎样安慰和引导她，我对她将要来临的青春期毫无准备，不知道这以后我们应该用怎样的方式相处和对话。这个时候脸的问题和面膜的问题已经不重要了，面膜仍然给我留出孔来呼吸，还留出孔让我看到女儿额头的青春痘，完全不影响和女儿的对话。我无端地就给自己生出些事来，于是开始难过，又无法找到路径安慰自己，看到镜子里的我们，我看到还有另外一个人，那人就躲在面膜后面，三个人的对话，会是怎样的关系？

女儿说："妈妈，你的面膜到时间了。"

"哦。"我恍然大悟。

立秋

秋天开始，秋高气爽，月明风清。

都说已经是立秋的时候，没人和我说是哪一天，我就以为是今天，才知道不是；我又以为是明天，结果也不是明天，说是后天立秋。大家都想夏天早点过去，我是从夏天一开始就眼巴巴地等待秋天的到来。有人希望秋天快点到来：立秋吧，不管这天是太阳还是雨，早晚的空气里都会吹来一丝清凉。

都已经是要立秋的天气了，太阳光还像金箭似的从头上射下来，密密地落在地上，想象土地变成金属材质，这会儿应该发出"叮咚"的声音。看我家对面阳台的那些花，从春天开到现在，一直都没有停下来过，花盆上方的晾衣杆上挂着花裙子，恍惚看过去就有花悬挂在空中。

八月的成都，天气变化莫测，好像很长一段时间都是这么怪怪的。

我一不小心就感冒了，还找不到感冒的原因，我在感冒以后仍然回想不起在哪个细节上出的错。感冒的滋味真不好受，头痛发烧全身无力，什么都不想做，什么都做不了。睡不着，感觉相当难受，躺在床上辗转反侧。

松哥不在家，说是出差了，说是在很远的地方，我在想要不要和他说我感冒发烧的事。

夜深了，屋里屋外都很安静，对面楼上的窗户的灯也三三两两地灭了，大概都睡了，大概已经睡着了。持续的高烧让人有点迷糊，头还是痛得不得了，想睡也是不能很好地睡。听到对面的楼道里传来猫叫，声音撕心裂肺，凄惨之至，如饥渴难耐的婴儿啼哭，一声接一声让人不得安生。

我挣扎着起来想去关上窗户，才发现身体软绵绵地完全没了力气，已经起不了床。体温一点一点升高，已经从三十七度五升至三十八度四，然后又是三十九度七，温度还在上升。难以忍受的灼热让我恨不得能多长出几张嘴来呼吸。头痛在加剧，大脑皮层下面好像有很多只蚯蚓在爬行，钻进血管又盘绕着大脑神经。血液在有限的空间里被堵塞，切断我所有正常而有序的思想。血液和思想被堵在一块，拧在一起，好像被架上火上，放在锅里沸煮。头越来越痛，我想到如此下去要么是体温表爆炸，要么就是我的头会爆炸，前者散开来的玻璃成为碎屑，汞液会消失无影踪，后者有如花开的样子。

猫的叫声越来越近，不知为什么，那声音听起来撕心裂肺，又好像已经窜到哪家的阳台上，弄出许多乱七八糟的声音。再仔细听那些声音好像不止是一只猫，接着就传来彼此厮打的声音。

一阵你死我活的厮杀在外面进行，有花盆摔破的声音，还有许多的声音，听起来外面热闹非凡。没有人起来吆喝，花盆都打碎了也没人起来过问，我巴巴地躺在床上，任凭那些声音肆意进行，虽说没有看到，还是能想象爪子是如何锋利威慑。任它们在外面胡作非为，夜已经被爪子撕裂成条状，像破布条似的挂在那里，风从间隙中吹过，声音也从间隙中间传到很远的地方，我闻到夜晚的黑色味道。

外面的架势好像不如先前激烈，开始缓和下来，声音越来越小，最后只有一只猫有一声没一声的叫着。也许所有人都睡着了，大家都活动在自己的梦里，都听不到外面的声音，听不到由一只猫弄出来的动静，也听不到一只猫和另一只猫的厮杀。都听不见的声音给了我一个人，他们都睡得很好，那只猫还兀自在外面叫着，它知道我睡不着。我想它何苦这么纠缠我一个人，那么多的梦在许多的房间里，它可以从这里到那里，又从那里到那那里，顺便还可以纠缠更多的人。

我头痛得要命，那该死的猫还在外面叫，显得不依不饶的样子，也许它上辈子或下辈子是一个音乐家，它懂得用什么分贝的声音干扰我的睡眠和思想，它还在不断地变换声音的分贝，显出它有调琴师的一面，让替伏在我大脑皮层下面的虫子听命于它，或动或静的兴奋让人苦不堪言，所有的活动被这只猫掌控着，分分秒秒地纠缠着我。痛死了，我把身体蜷缩成一团，手指伸进头发里面，想伸进头皮里把那些钻进血管又缠绕着神经的虫子一条一条地揪出来，然后把它们撕成一段一段地扔出去喂那只死猫——毒死它。那只猫全然不知道我的歹毒心肠，全然不知道我是想如何对付它的，如果它知道我是如此用心，也不敢这样对我不依不饶。

有没有人听到一只猫发疯似的在外面叫？有没有人听到厮杀声？有没人听到花盆打碎的声音？

我还是认为大家都各自在自己的梦里，那些梦或是这样或是那样，梦和这里不交叉，没人听得到这里的声音，没人知道这个夜晚是这样。

我一直睡不着，也就没法做梦，醒着就不能在梦里这样或那样。感冒让我头痛，还让我高烧，我睡不着，怎样都睡不着，所以活该是我醒着，活该我听到那些声音。

我听到一只猫在叫，还听到两只猫的厮杀。

除此而外，这个夜晚安静得再无别的声音。

不合时宜地想起西城，并且由西城想到了空城，西城今天晚上应该很热闹，人都跑那里去了。

今夜的成都是空的，所有的人装模作样就不在了。没人知道他们去了哪里，也没人知道他们在做什么。我想起蒲松龄故事中的人物，也许我们都是他故事中的人物，也许我们在睡下的时候只是把皮囊放在这里，自己跑到很远的地方去了，回来的时候也就是应该醒来的时候，醒来前应该穿上自己的皮囊，还有一张画好的脸面放在床头，抓起来往脸上一抹就装扮好了。可是我还是会有这样的担心，担心有人走错地方，穿了别人的皮囊又抹了别人的脸皮，如若真是有这样的情况发生，是不是要等到下一次睡着又醒来的时候才能换回来？

如果是这样，我现在不能给松哥电话，不能说我感冒，也不能说我头痛，更不能说我发高烧，他应该也是睡着了，也应该是打着睡觉的幌子不知道去了哪里。因为我这样想了，事情改变了原有的样子，我怀疑自己陷入某种困境。

也许大家真的就是睡着了，大家都还在自己的皮囊里，都没有跑到别的什么地方去。也许我也睡着了，也许窗外还真有一只猫，它在对面的阳台上睡觉，又有一只猫来了，它也在那里睡着了，两只猫依偎着睡觉，没有厮杀，也没有花盆打碎，我们都在做梦，我们的梦在某个地方交叉在一起……我以为应该是这样的，然后开始安抚自己，感冒是做梦，头痛是做梦，发烧也是做梦，梦里什么都有，所以这不算什么。我也以为是睡了的，我也以为是做梦了的，可是我还有力气伸手出去，我想拿床头柜上的水杯，我口渴想喝水。水还没来得及送到嘴边就被打翻在床上，水泼在睡衣上很快就渗漏到身体上，一缕流动的凉意掠过身体的灼热，随即又迅速离开我升腾到空气中，我还能看到它们丝丝扭动的影子，想必也是不敢过于亲近我。持续发烧除去让身体滚烫，还一直在消耗我身体的水分，没有水分的身体会变成风干的肉条，甚至最终会变成现代的木乃伊，在变成肉条和木乃伊前我感觉自己像一片纸，风往哪里吹我就往哪里去。

早上，楼下有隐约的哀乐传来，还有很多人说话的声音，麻将声是此起彼伏……一时间所有的声音都回来了，所有的人也回来了。但从外面的情形看来，昨天晚上有人没有回来，好像是再也回不来了。

我想是不是有人真的在回来的时候走错地方，不是穿错皮囊就是没得皮囊可穿，所以回不来了。

有人在楼下面的通道中间搭起了灵堂，哀乐连续放了三天，我不知道什么时候起来把窗户关上的，外面的声音因此小了很多。

也许是因为窗户关上的原因，接下来的几天我再没听到猫叫，我甚至连猫的影子都没有看到。事情又用另一种样子呈现在我的面前。一切好像未曾发生，松哥回来的时候，我头也不痛了，烧也退了，感冒症状几乎全部消失，唯有一身无力。我不曾给松哥说感冒，不曾给松哥说头痛，也不曾给松哥说发烧，这一切从开始到结束他都不在，等到他回来的时候好像都已经结束，说和不说都没什么关系。即便是说了也可能让人难以置信，感冒症状如若真是那样，我早已经被送往华西医大附一院了，可是松哥回来的时候我躺在床上看书。

立秋

"死人了？"松哥说话时在卫生间放洗澡水。

"哦。"我随口答应。

"死人了。"松哥大概对我的反应稍感意外。

"嗯。"我其实没认真对待松哥的问题，简短的对话有点所答非所问。所有关于死亡的对话我总是显得不以为然，甚至是麻木不仁。我对于死亡的理解就是人进入了另一阶段，那是人必然的阶段，或者也可以说那是某种路径，通往另一种不可知的地方。对于一切不可知的东西我都好奇，但我不能把这样的好奇真实表现出来，我总不能说："很好，又去了一个地方。"我还不能说："我也想去。"虽然我确实没有说出来，但是他还是听到了的。他听到了却没有说出来，他知道这些话是我对自己说的，由他说出来那是很没趣的事情。

"可惜。"松哥坐在床沿上，我躺在床上都能听见卫生间浴缸的水"哗啦啦"地流，已经放了很久了，浴缸应该放满了，水还有可能溢出来，他却坐在这里突然就情绪颓废。

应该是有事发生，可是我不知道出什么事了，不知道松哥说可惜的人是不是就是楼下那个走错地方又回不来的人。那个人是谁我现在都不知道，当然任何生命的消失都应当感到惋惜，在感叹和惋惜的同时也是对自己生命的珍爱。

松哥坐在床沿上，我躺在床上。这个样子我不能再看书，也没法再看下去，我把书合上压在枕头下面，我还是在想要不要和他说猫叫的事。此刻的松哥关注点不在我身上，他不知道我有话想对他说，更不知道我又在犹豫有些话要不要和他说，他关注的可能是和我无关的事，所以他埋头坐在旁边又不看我，抑或他根本什么都没有看。我突然就看到一个长发女人坐在松哥坐的地方，他们并排坐在那里，他们是用一样的姿势坐在那里，一样地埋着头，头发挡住了脸，我看不清楚她的样子，又好像女人是从松哥的身体里分离出来的，松哥坐着的姿势没有变，女人缓缓地起身又慢慢爬上我的身体，一头直发像清汤面条一样挂在面前，隔在我们中间。大概她也是看不清楚我的样子，发梢麻酥酥地从我的下巴到脸再到额头扫过，然后整个人从我的头上爬过去，直接进入到我后面的墙那边去了。

我又一次有被淹没的感觉，全身瘫软不能动弹，眼睛张得很大，脑子里一片空白。我眼睁睁地看到事情的发生，但我又不知道事情要怎样发生，一个女人就这么出现又消失，好像和我也没什么关系，可她从我身上爬过去，她全然不顾及我的感受。我是不是应该伸手到墙那边拉她回来问问清楚？

"怎么了？"

不知道松哥什么时候抬起头的，也不知道他是什么时候转过来看我的，显然他已经看到我现在的样子，但不知道他有没有看到我把手伸到墙壁那边去了，就在我快要抓住女人的脚的时候，松哥在用力摇晃我的身体。

"女人，一个女人从我身上爬过去，到墙那边去了。"我本来是想这样说的，也应该是这样说的，结果我说出来就变成："猫——猫——"

"猫？"松哥一脸的迷惑，他好像还是让我吓到了，尽管我没有说感冒的事，也没说头痛的事，还没有说发烧的事，但他很快认定我病了。

"猫在外面叫，猫一直在外面叫。"我想起没有人的夜晚。

松哥起身看了一下房间的窗户，确定都关好的，然后回来握着我的手说："可能外面太吵了，你没睡好，下面已经在拆灵堂，晚上再不会有人吵，今天晚上好好睡一觉就没事了。"

他又坐回我旁边，手放在我的额头上，他没有说猫的事，他肯定没有看到猫在，也没有听到猫叫，他这样站着肯定也是回不到那个晚上，再说他本来就不在成都，只是以为我因为生病或是精神状态不好，他把这一切归于没休息好。如此看来我又错了，之前我有想到，有些事一旦说出来，他就会误以为我哪里出了问题。因为猫叫，我不能说自己感冒，不能说自己头痛，不能说自己发烧，这些事搅在一起，像一锅粥那样相互胡搅蛮缠，我怎么描述都是枉然，所以我还是不应该说出来。

我之前对于猫叫作出了一种设想，设想我和猫在同一个梦里，现在我又不得不再设想，我和猫不在梦里，我们都没有睡觉，我感冒发烧躺在床上，它们就真是在外面胡作非为，我认定是一只母猫在深夜里发出求偶召唤，其散发出来的暧昧气息招惹来两只或者两只以上的公猫，他们因此在争风吃醋，然后在厮杀的过程中打破花盆，最后自然是胜者留败者去，尔后就是胜者的欢悦。

立秋

167

原本八月的猫是不应该叫的，要叫也应该是春天才对。我开始怀疑那不是一只普通的猫，那是一只非凡的猫，它可以不受季节的制约，可以在自己想叫的时候就叫，可以在自己想欢悦的时候就欢悦，它在享受欢悦的时候还享用了因此而挑起的战争，有胜者就有败者，还有亡者，但是这个亡者没有参与这样的战争，但又确实在这个晚上再也回不来了，我想不清楚中间有何关系。

松哥说可惜的是另一个生命，松哥的同事在我听到猫叫的第二天不在了，当然不是楼下不在的那个，相信这一天不在的人还有很多，松哥只给我说他的同事，一个年轻的女同事，一个很能干的女同事，因工作的原因被人杀死在办公室里……松哥也没管我有没有听，他一直在说这一件事，看样子他这些话也不一定是说给我听的，但他又想说出来，所以说出来的时候显得是自言自语。在松哥说话的过程中，我不好插言，他在说话的中间也没有停顿，所以不管我听与不听都要让他说下去，让他把想说的话说完，等到他停下来不再说话的时候，我才把心里想的说出来："人的一辈子活多长，从某种程度上说是运气。"

松哥愣了一下，然后突然就同意我的说法。

我又说："死是结束也是开始。"

"可是谁都不愿意过早结束，谁也不想这样结束，谁也没有权利这样结束。"松哥的情绪在此时已经陷入很深，说话的时候神情极为复杂。

"也没有人愿意这样开始。"我们好像是在说服对方，其实也是在说服自己。

他说的是对的，可是许多事是由不得我们选择的，但又终归是要结束和开始。生命的进行是轮回，看似日复一日的生活其实每天都在变，地球不停地在自转和公转，运动让生命的存在有很大的机缘巧合，变化在相对运动和静止中进行，我们都不能预见下一秒中要发生的事情，那些要遇上的终要遇上，哪怕是你提前转一个弯或是倒一个拐，也可能就是因为提前转了弯，倒了拐就遇上了，谁都说不好。

"其实换个角度来看，我们活着的人都会老，会老得越来越难看，可是生命定格在这样的年龄，也就是定格在年轻和美丽的时候。"我不知道这样算不算是在安慰松哥，安慰已经消逝的生命，可是这话说出来就不讨好，好像我是一个用心歹毒的女人，我为什么就不能挤两滴眼泪，再说一些大家都能说的话来宽慰别人。

松哥忘记洗澡的事，我也是才想起他之前放的洗澡水，不得不提醒他："水流了一地。"

松哥在洗澡。

我从床上起来走到窗前，我以为在对面的阳台上会看到一只猫，或者看到那只打碎的花盆，我看到的情景不是这样，对面阳台上有一个穿大花睡裙的女人提着撒水壶给花浇水，裙子上的花开得比盆里的花还要好。

那只猫跑哪里去了？

我没看到猫，我连猫的影子都没有看到，其实我站在这里就算是看到有猫在对面的阳台上，还有打碎的花盆，我还是不能确定就是那只猫。从头到尾它在暗处我在明处，我连它的毛色都没有看到，又如何能区分出是与不是？拉上窗帘转过身来，我又觉得它在对面阳台上了，它就蹲在打碎的花盆旁边，它在看我。看样子它知道我为何从床上起来站在窗前，那它大概也是知道松哥已经回来了，知道松哥正在卫生间洗澡，所以它现在是绝不会叫的，它原本就想把事情变得让我不能自圆其说。我不敢往深处想，害怕陷入太深失去自己，甚至怀疑自己，我不能这样落入圈套。往浅表的方向想，我还是觉得这是一只有预见的猫，它现在已经不发出任何声音，它还躲在暗处不让我看到，它又看得到我。

我想到了轮回，小时候看外婆养猫，她在给猫喂食的碗边敲一个缺口，说猫的下世就是人。如果这话说得没错，想必这只猫已经知道自己下世会变成人，那么它应该是知道自己的前世今生，它这样在暗地里盯着我不放，难道它还知道我的前世今生？或者说它知道下世可能变成与我有关的人？

就在松哥走进去从里面关上卫生间门的时候，我从窗户边走到卫生间的门口，我好像是想继续某些话题，可是又发现不是因为想和松哥说话站在这里，站在这里觉得离他很近，然后一个人傻傻地站在门外。听不到门里面有任何的声音，松哥把自己关在卫生间里，他现在应该是躺在浴缸里，他是不是在发呆?

"人要怎样死才好?"

低头从上面看下去,我只能看到睡裙下面露出的脚尖,因为没有穿鞋,所以看出无所约束,好像是因为我说话,也好像是因为我在看它,几个脚指头在这个时候同时想吸附在地板上,稍微显得局促不安。

"人要怎样死才不会痛苦?"

我在和脚指头说话。

没人与我说话,可是我还是认定有人听得到。我认定脚指头仅仅是现在表现出是我身体的一部分,其实它本来不是我的,即便是我的它应该还有别的样子。它以为我不知道事情的真相,不知道它还能变成别的样子来。已经把死亡说得和自己毫不相关,我已经知道自己还有别的形式存在,可是我还是不能说出来,它应该知道才对,它应该在必要的时候配合我才对,所以它不应该紧张。

我在心里暗自笑了。

没有说出来的话还是没说,看样子有时候需要相互蒙蔽,但求相安无事。

在一个前后话题很搭调的对话中,我对松哥说:"人在麻醉中死去应该不会痛苦……"

"……"

松哥对我种种奇怪的想法还是多少会表示出诧异,他不知道我在此把痛苦分成了痛和苦。自从身患 SLE 以后,身体就一直在经受这样和那样的磨难,大大小小的毛病接踵而至,病痛对我表现出少有的亲近。多种小手术来来去去,麻醉剂从玻璃针管缓慢地注入血管,意识很快就模糊,前半句还思维清楚的话说到后半句是怎样我已经不知道了,甚至不知道一句话是否已经说完整。其实我在注入麻醉剂的时候很不想说话,我知道一段话很难说完整,可是医生和麻醉师喜欢主动与人亲近,以为如此是让人放松。我不能不让人亲近,我拣一些无关紧要地来回答,感觉到凉丝丝的麻醉剂注入动脉的时候,我就故意放慢说话的语速,然后不知道说到哪里就打了省略号。其实我根本用不着这样费心思,四仰八叉地躺在那里,麻醉剂起了作用,后面就全是省略号。我想,也许是我的前世让人对我的今生好奇,所以会有 SLE 这样的借口让人在需要的时候召回我，这实际上是对我的约束，让我谨慎做人。

"醒醒，你在手术中两次停止呼吸，我们对你用了人工呼吸。"

有人在拍打我的脸，有人在给我说人工呼吸，有人想把我从熟睡中拉回来，我睡得正好，我不想有人吵，我也不想醒过来。

"醒醒，不要睡了，你两次停止呼吸，已经吓坏很多人了。"

我意识模糊又困顿，听到有声音远远地唤我。我真的很想睡，很想就这样睡下去。可是我听到声音越来越近，有人说我两次停止呼吸，我这是在哪里？我在做什么？什么是人工呼吸？为什么要给我做人工呼吸？难道有人把我的两条腿缝合回去了？我还不能醒过来，意识涣散无法集中起来，想说话也说不出来，语言和文字一起散架了，七零八落地破碎成横折竖勾，还有许多的乱码。我完全丧失了原有的语言组织能力，问题太多就显得分不清主次，我还在想人工呼吸的事，问题在这里停滞不前，我像一个自闭的孩子，找不到解决问题的办法。

难道我死了吗？难道我变回去了吗？想起在我面前显得局促不安的脚指头，它们是不是现在已经变成尾巴的样子？分不清楚死亡现在是用事实，还是臆想如此暗示我，让死亡与我彼此亲近，说不好这是对我的奖励，还是惩戒。

一个常见的小手术中我两次停止呼吸，医生都没想明白的事，自然不会有人能想明白。我问松哥："什么是人工呼吸？"

松哥正在削苹果，苹果皮在他手里旋转着拉出很好看的弧线："比如说口对口吹气，还有人工挤压和推压。"

松哥对问题的解答显得极为专业，我知道他知识面广，但我又不知道会是如此广泛，好像我所有的问题他都没有答不上来的，哪怕是往别处说也是有答案的。也许我真的不够了解他，这样的感觉让我觉得自己还没有醒过来，怀疑自己是把某个医生误认为是松哥了，如此情形我最好还是不要说话，我给自己说："安静。"

"医生说你两次停止呼吸，还给你用了人工呼吸，你刚才就一直在问什么是人工呼吸，我回了你无数次，你又问了无数次，我不得不在手机上上网查询，网上就是这样说的。"

看来我真的是醒过来了，削苹果的人不是别人，就是松哥。他说的人工呼吸除去口对口吹气还有别的，可以列举出很多。可是一想到人工呼吸就是口对口吹气，我自己大脑中认同的方法就是这样的，可是，可是这样一来两个人就是嘴对嘴，天！我突然就捂着自己的嘴，感觉被人强吻了，然后突然就找出让自己开心的理由：麻醉师是一个年轻的帅哥。

处暑

夏季的火热已经到头，暑气就要散了。

原本已经是立秋以后了，原本应该是秋天了，我因为离开成都，好像我是在气温下降的转折点走到一个比成都更热的城市，处暑变得离我越来越远的样子。

秋天来了，早晚的空气里果真是吹来了丝丝的凉意。我以为情绪会因此得到安抚，可以安心地坐在窗前，过着比夏天舒服的日子。可是生活仍是一如既往不由我左右，我心里或是这样，或是那样就来到了桂林。

十二年前我来过桂林，十二年后我又来了桂林。十二年的时间正好是一个年轮，仿佛又是一个轮回。

十二年的时间又新增了许多的记忆，那些原有的记忆就这样被时间一点点地挤出去，所以我想不起桂林是什么样子，或许就是那里的山像极女人的乳房，我不知道这样说对不对。

我又来桂林，找不到十二年前的影子，甚至不知道我十二年前住在哪里，只记得我去了象鼻山，然后匆忙回了成都。宾馆是在来之前就从网上订好的，就在桂林的漓江边上。出租车司机听我去宾馆，态度相当热情，他一直在给我推荐宾馆。我说已经订好地方，可还是没能让他放弃，最后变成对我百般阻挠，力图说服我住别的地方。我就干脆装聋作哑，就当是瞎子对聋子说话。

到宾馆住下了，我应该好好想想这一次的桂林之行要怎样安排在这里的时间。从驻宾馆的旅行社那里打听了桂林游，接待我的工作人员排列出种种方案在我面前，她努力想让我在中间作出选择。可是当如此种种摆在我面前的时候，我自己都不知道要怎样，感觉在她说话的中间我把自己给丢了。她不停地征询我的意见，没看出我心神恍惚的样子，她不知道我把自己弄丢了。我决定还是做一个自由的人儿，我没能给她一个期望的答复，给了一个抱歉的表情就落荒而逃。

原本应该是我最为积极的一次出行，我想把自己交出去，跟在别人的屁股后面看山看水。行程是在与旅行社的工作人员交谈的过程中了解到的，所有的地点由时间串起来，那样子像线穿珠子那样，它们中间是一环扣一环。其实她们不知道我有这样的担心，我怕把时间的线扯断，怕自己在中间哪个环节出错，怕自己给别人带来无尽的麻烦，思前想后还是做回自己，这样可以随时拆开线重新串珠，又不连累别人。与旅行社的交谈也不是一无所获，借旅行社的时间和行程安排作为参考，我打算第二天早起，从码头上船，沿漓江坐四个小时的船到阳朔，晚上游西街的小酒吧，观印象刘三姐，第二天再返回桂林。

行程大概已经这样安排妥当了，我想起了一个人，一个十二年前来桂林认识的人。说是认识，我们相互并不知道对方长什么样子，偶尔只是相互问候，这样的问候从传呼机时代就开始了，直到现在彼此还保留了对方的联系方式，这在我的人生经历中实在难得。

拨通电话，我说："我在桂林。"

"好啊。"对方对我在桂林没有感到意外，好像他早已经知道我在桂林。其实之前相互间的联系中，我并没有对再来桂林作过打算。

他在电话里只对我来桂林说好，又没说别的，我好像也没有别的话可以说，电话很自然地就挂断了。挂了以后想想也不知道是谁先挂的，可能是我，也可能是他，还有可能就是同时挂断电话的。

我的这位朋友是一家电台的节目主持人，现在仍然是在这家电台工作。我们之间的认识属于机缘巧合，却是以他的工作作为媒介。那年，我在桂林遇上一个富商，戴着十八万的钻戒和我谈生活，左一个司机右一个保镖站在他加长的豪车旁边，他以为可以吻我。我壮志凌云地说要奋斗，极力躲避对方的攻势，终于将此人打发走。我又觉得心里委屈，慌乱中拨了当地电台的节目电话，就大声在节目里说："有钱了不起啊？有钱就可以欺负人啊？"我说的话和节目内容无关，这个我自己也知道，可是我就是想这样说话，想这样吼出来，让情绪得到暂时的宣泄和缓解。一次和节目内容无关的对话就这样延续下来，对方问成都的那些事，我也问桂林的那些事，不经意间这种对话好像作为一种交换，彼此都有聊到自己感兴趣的话题。事情的开始看起来并不简单，可是事情如此以后的进行又很简单，可以说和暧昧毫不相干。

有电话进来："在哪里？我请你吃饭，晚上我还要去打球。"

"国税宾馆。"

"你在宾馆的大堂等我，我的车是绿色的，车牌号是……"

我并没有往下听，因为我知道听和不听是一样的，车牌号如电话号码，说容易记也不容易，而且我本身就不喜欢记电话号码，也不喜欢记车牌号，我只是在想颜色，在想他说的绿色，那是什么样的绿？我在想喜欢绿色车的男人应该长什么样子。我喜欢白色和蓝色，还喜欢紫色，可是我却开着红色的车，感觉开了一个红灯满大街跑，照此来说，马上就要见到的人就是开了一个绿灯在路上跑？想想就好笑，才说了不相关联，我还要把成都大老远地和桂林关联上。

已经站在宾馆门口，我在等车也在等人，可是我还是不知道是哪一种绿颜色，也记不得车牌号，可是我站在这里确实是在等一辆绿色的车。

已经在门口站了许久，并没有绿颜色的车驶进来，有人从我身边走过，走过的人在打量我，可是我没有回头，我站在这里就是等一辆绿颜色的车。

不知道谁的手机在响，手机一直在响，没有接就执拗地响着。是谁的电话呢？为什么不接呢？

有人走到我面前，指着我手里的电话问："是你?"说话的人个子很高，不胖也不瘦，一头微微卷曲的头发自然松散，很好听的男中音。

我忘记说话了，只是点头，我在点头的时候看到手机里有未接来电。

"进来的时候我已经看到你了，我也有想过是不是就是要见的人，可是我又不能相信，那么阳光又可爱的小姑娘站在那里，我简直不能相信就是我十二年的朋友……"他一连说了几个不相信。

他说不相信是不相信自己的眼睛，眼睛看到的和感觉没有对上号，他选择不相信，因为他过于相信时间，却不相信自己眼睛看到的。他说我是小姑娘和说我是妖精是一样的，难道他也以为我是妖精？

在去吃饭的路上，他一边开车一边问我："身体怎样？"

我说："还好。"

他又问："喜欢吃什么？"

我说："都可以。"

对话一如既往的简单明了，最后他自己说："我请你吃寿子鱼。"

我说："好。"

到了吃饭的地方，我下车的时候特别看了他的车，在听他说绿色的时候我想象的是春天的颜色，可是现在我完全看不出绿色的样子，但他说了是绿色就应该是绿色的，也许太阳落山了，也许是因为路灯亮了，许多颜色已经看不确切。

鱼和鱼一样，鱼和鱼又可能不一样，不同地方的做法和吃法都可能不同，即便鱼和鱼相同，做法和吃法都相同，但是时间和地点不同，坐对面的人不同，心境不同，吃出来的味道也不同。

吃鱼的时候，不知道是谁先说起十二年前的电话。

其实十二年前并没有人欺负我，有钱不是别人的错，有钱是可以了不起，因为别人为此付出过艰辛，即便是继承得来，那也是上辈人付出过艰辛。从某种程度上看，富有可以成为获取的一种资本，我没有理由骂人，我甚至没有理由乱拨电话。可是我骂了，我又胡乱拨了一个电话到对面这个人那里，电话还从他那里拨回来，它让两个陌生人成为朋友，而那个想成为朋友的人已成陌路。在回过去想当初，事情或多或少都有些变化，都有可能往不同的方向发展，比如当初有的委屈是因为觉得受到了伤害，现在想来什么都没有发生又何来的伤害？不过是我那些无谓的自尊心在作祟，试想，我当时如果主动把对方当十八万的钻戒吻了，结果还真是难以预料。

大概我们都已经老了，我第一次坐下来花这么多的时间去回忆样子。说话中我再次明白时间给了他长与短的暗示，他觉得我应该是比现在年长的样子，他觉得我应该是病恹恹的样子，所以即便已经坐在对面，他还是觉得没有对上号。

原来不只是我没对上号，他也是没有对上号，为什么会这样？我想可能是因为暗号不同，他给我的是颜色和车牌号，我一样都没对上；我却是没有给过他任何暗号，如果硬要说给过，那就是时间，我们认识十二年的时间，他以为我应该是他以为的样子才对。

寿子鱼吃了很久，锅里的水一直翻滚着，冒出的热气和旁边的空调吹出的冷风阳奉阴违地应和着，我感觉时冷时热，这很大程度让我们的思维跳跃增大，对话因此显得意犹未尽。

第一次如此贴切地理解什么是绅士。其举止优雅得体，上下车为女士开门关门，吃饭的时候对我照顾有加，说话不紧不慢又海阔天空，涉及的话题领域颇为丰富。感觉坐在你面前的不是人，是一本书，一本可俗可雅的百科书。我不禁为此暗自笑了一回，我竟然把一个活人当成了一本书，然后我对这本书进行着简单的阅读。我们相互愉快着，说了很久的话，从吃鱼的地方出来已经错过了打球的时间，他穿着一身运动装却忘记打球的事了，我也由他忘记，毕竟我不常来桂林，毕竟这是我们第一次见面，以后还见不见都不好说。

从吃鱼的地方回宾馆，下车我就给他道别，我忘记邀请他上去坐坐。

他问我："我可不可以上去坐坐？"

我说："可以。"

其实我也不是忘记邀请他，只是第一次见面就请对方去房间坐好像不太好，显得动机不纯，即便我们是十二年的朋友。进了房间，他把房门打开，我给他倒水喝，我们又聊了一些这样那样的事，我们大概是要把没有说完的话说完，也是要把应该说的话说完，某个时间他站起来准备离去，我站起身准备送他。

站在房门处的他问我："我可以抱你吗？"

我瞬间就感动了，却有点不知所措，稍微觉得有点唐突，僵在门口不知道是应该进还是出。他好像没有觉察到我的局促不安，也可能是我掩饰得过于严密，所以不容易让人察觉到我有这样的情绪。我也觉得我不应该有为难情绪，他可以这样站在门口说想抱我，应该也是和暧昧无关，所以我张开怀抱欣然接受了这样的拥抱，把头靠在他温暖的肩头，眼睛里有涩涩的东西涌起，既而一片潮湿。从来没有想到过有这样的场景，经常在 KTV 唱阿妹的歌——《我可以抱你吗》。今天终于有人这样对我说：我可以抱你吗？

"加油，你是一个了不起的女孩。"

怀抱宽大厚实又温暖，看似小小的幸福已经淹没了我。我唯有点头，不断地点头，没有说话，我怕自己哭出声来。

那个晚上我睡得很好，窗外就是漓江的水，我一夜无梦，醒过来已经过了上车上船的时间，我没有去阳朔和西街的小酒吧。太阳照例懒洋洋地挂在空中，忘记自己之前的安排，本来也不应该做这样细致的安排，时间在我这里本身就是无序的，地点也是无关紧要的，就像上次来了匆匆就回了成都，这一回也可能会是那样，但是两次应该是有不相同的地方。

从宾馆的房间走出来，一个人信步走在大街上，往人多的地方去，却还是找不到方向，不知道往哪里好，伸手拦下过路的出租车，我说："找个有风景的地方把我放下。"

出租车师傅说："来旅游的吧？"

我想应该算是，就点了头。

"带你去漓江坐船。"说话的时候车已经起步上路了。

我想起早上起晚错过上船的时间，要不然我现在已经在游漓江了。

出租车七弯八拐的把我带到了江边，是有一条江像绿色的水蛇一样蜿蜒在面前。出租车师傅说："只需要花八十元钱就可以坐一个竹排，船家要再多你不给就是。"

船家果然要二百元一个竹排。我说八十。船家又要一百元，我还是说八十。船家最后说吃点亏八十给我。有两个陌生男人要和我合租一个竹排，船家说看我的意思，我没同意。船家也就顺水推舟，八十推一个人的竹排比推三个人的竹排容易些。

我躺在竹排上的躺椅上，绿色的水蛇像一根绵带子把竹排从这头拉到那头，一问船家才知道这就是漓江，准确地说是漓江的一部分。顺水而下的竹排从宾馆前飘过，我看到我住的房间的窗户是开着的，原来是绕了一个大圈又回来了，风景就是我住的地方。

过了宾馆不远的地方就是象鼻山，还跟十二年前一样。十二年前我在象鼻山扮过刘三姐，还扮过俏书生，现在我什么都不扮，我又已经在扮了。我若要变回原来的样子，这绿蛇似的漓江也会变回她原有的样子，我担心她跟我回了成都，桂林的水就没有了。

　　我给朋友说："我在漓江上。"

　　他说："我一会儿要上节目，希望你玩开心。"

　　我想他肯定以为我正坐在往阳朔的漓江上。

　　他又说："我工作的单位就在离你住的地方不到五十米。"

　　五十米？天啦，五十米多近啊，而且还是不足五十米！一切显得我是处心积虑，可是我真不知道我住的地方离他那么近。好像我这回来桂林是因为来见他，事情让我自己弄复杂了。我不知道他是否觉得见和不见还是不一样的，他已经觉察到我一些非人的力量，他好像要说出来了，我觉得他还是不要说的好。我现在正在一条绿色的蛇上面，有些话不能说，说出来就会听见，听见了又会发生什么样的事……

　　两个人在亲热的时候，我问松哥："你去过杀场吗？"

　　"去过。"松哥这样回答我。

　　我心里有些不悦。

　　"我只去了一会儿就走了。"松哥对自己去过杀场的事是这样补充的。

　　可是我生气了，我对自己生气的事实也毫不隐瞒："去一会儿也是去了。"

　　……

　　亲热在断断续续中进行，又显得时有时无，没有高潮就醒过来了。醒过来我发现事情和梦里完全不一样了，不一样在对"杀场"的理解，这两个字在梦里好像很有含义的样子，醒过来就完全没有了含义。我甚至不明白这样的对话有什么来由，可是在梦里却显得至关重要，应该是大有来头的。

　　我掀开自己的被筒钻进松哥的被窝，用自己光溜溜的身体紧紧地贴住松哥。松哥在迷糊中紧紧地搂着我，手又随着我的身体摸下去，手还在身体上滑动的时候我问松哥："你去过杀场吗？"

　　"……"松哥的手停下来了，正好搁在我的髋骨上，没了再往下的

179

意思。

"你去过杀场吗?"我又问。

"……"松哥仍然没有回答关于杀场的问题,原本还放在髋骨上的手又动起来,开始往下探,因为我问他是否去过杀场,他就突然让手停在我的两腿之间一动不动。

"你去过杀场吗?"我还是不依不饶,身体往松哥身上贴得更紧了,松哥的手被我夹在两腿之间不能动弹。

我觉得松哥现在对我的反应和梦里是一致的,他应该去过那个地方,所不同的是在梦里他是正面说去过,醒过来他就反悔了,因为梦里说去过杀场已经影响我们两个人的亲热,他不希望这样,他喜欢高潮,其实我也喜欢高潮。

"奇怪的梦。"松哥试图左右转动被我牢牢夹住的手。

他也知道我做梦了,他刚才应该是做梦了,说不准和我做了同一个梦。

"你去过杀场?"照此情景我以为松哥是去过的,可是他为什么不能像梦里一样坦然地回答说去过,哪怕只是去过一会儿。

"我不知道你说的是什么含义。"松哥翻过来把我压在身下。

是啊,松哥把我问住了,梦里我应该是知道有含义的,可是醒过来我就不知道了,事情就完全变样了。可是松哥问我含义的时候已经暗示我对"杀场"的理解应该有多种,那梦里应该是哪种?

我唯有摇头。

"你知道杀场?"松哥说话的时候一直没能停下来。

黑暗中,我还是摇头。

……

又归于一种平静,松哥和我醒过来的亲热也是在关于杀场的对话中行进,除去对话,一切都和梦里极为相似,我们都没有到达高潮,甚至连过程都不怎么愉快。

两个人平躺在床上,我把手覆盖在他身体最为凸起的位置,相互都没有怨言,极为大度地体量了对方,也体量了自己。松哥没有说出杀场的含义,因为他不明白我的指向,在梦里我是有指向的,这个指向我们都知道,说的是同一个含义。可是现在梦醒了，含义发生了分歧，松哥是知道这个含义的，要命的是我从梦里回到现实的过程中把一个清楚的含义弄丢了。清晰的场景还是不能让我理解那些对话，我不知道什么是杀场，也不知道为什么要说到杀场，我和松哥之间怎会有关于杀场的对话？所有的疑问我都不能解释，我本来想求助于松哥，可是他摆出不愿意帮助我的样子，他显得有所顾虑的样子，我又不能强人所难，再说他不说的事自然还是不会说。

一个很奇怪的梦给了我一个生僻的想象空间，而我还没有到达那样的境界，我被捆绑着，心里还充满了困惑。我只能寄希望于回到梦里，像往常一样回到梦里，含义在梦里，答案就在梦里。可是杀场的事已经影响两个人亲热的过程和结果，松哥肯定会对此事进行阻挠，他是不会顺畅地让我回去再和他继续杀场的对话。也许他已经怀疑我原本是知道含义的，现在不过是故意在刁难他，还装出无辜的样子咄咄逼人，是有这个嫌疑，我是有口难辩。

走在路上，道路两旁的草尖上挂着小水珠，水汽漂浮在空气里若隐若现，周围变得阴冷潮湿，太阳在入口处拦下来，阳光停滞在空间的上半截，我一头钻进了偌大的绿色帐篷里，这里迷雾翳障。

蜀南竹海是一个好像已经来过的地方，没有回忆可以继续，一片翠绿遮天蔽日，叫不出名字的鸟活跃在竹林里，自然清新的颜色和味道天人合一。我徜徉在石板砌成的山间小路上，从一棵竹子到另一棵竹子之间无需距离，我分不清楚雌雄，而我总想把各种不同的竹子分为雌雄，然后我觉得凡是我伸出手去抚摸和依靠过的都应该是雄性的竹子。

不时左顾右盼，总有人不知道从哪里出来又消失到哪里去，总不能找到一个僻静的地方给我，我有了焦虑情绪，还有点急不可待，在这样的地方行走让我觉得累赘，我突然就觉得自己有另一种行走方式，一种更舒适的方式，但是我又害怕卟坏那些过路的人，也许是我害怕吓到自己，然后变得小心翼翼。我感觉到自己的脚开始有了变化，整个身体都变软了，随时都可能失去支撑，我渴望一种攀附，柔软的身体可以攀附在一棵竹子和另一棵竹子中间，还可以快速穿梭在竹林中和草丛间。开始有一种不可抑制的欲望从我心里升起来，我快要显原形了，我很想看到自己真实的样子，又不得不一遍一遍地告诫自己要小心。自己对自己说要镇定，已经有千年的道行就不能蛇性不改，已经吓坏许仙，不能再吓坏法海。哪怕我现在是在四川境内的蜀南竹海，总会有千里眼和顺风耳窥见，传言出去会给我惹来不必要的麻烦。我有一种久违的冲动，显得有点跃跃欲试，很想变回原来的模样，把自己悬挂在竹林里，我不想吓人，我只想像一棵竹子那样站立在那里。我需要用悬挂的方式站立，拉直身体我可能比这里任何一棵竹子都要长。时间让我忘记了原来的样子，让我忘记自己原有的颜色了，我以为自己也是绿色的。突然间就幡然醒悟，我不是绿色的，我不是小青，我有无法伪装的白色，所以我不能悬挂。想法不能得以实现，心情变得阴霾，踽踽独行在竹林间。我走到了一条河边，一排竹筏整齐有序地排列在河岸边，没有撑船的人，也没有要渡船的人，整个河边就只有我一人。我的两条腿还是两条腿，没有变成别的，风景在这里戛然而止，我也就在水边驻足不前，恍若站在梦与现实的边缘，左右都有一种欲罢不能的感觉……

在栈道的凿壁上有石窟，那里有小庙，小庙里住的和尚在念经。我往功德箱里放了十块钱，双手合十膜拜行礼。和尚怂恿我做更多的功德，允许我许愿三个，说多了就不灵，还说人不可贪心。可是我点了香却没有许愿望，和尚是不知道我有没有许愿的，因为我已经做出了许愿的模样，我想这样蒙混过关。其实这也不能说是蒙混，因为我的心是诚的，只不过我没有把握师傅给的愿望，这中间是我自己的道理。

一年里我会路过很多的寺庙，我都会进去往功德箱里放十块钱，这仅仅是一种单纯的愿望。我还会请香叩拜，我以为立在这里的菩萨久了，他们都能看到我的前世今生，也能看到我的善恶，我不说，他不说，可是我们又都知道。我不敢轻易许愿，三个又三个的愿望累加起来就显得太贪心了，菩萨没有办法满足那么多的愿望，愿望有多少要求就有多少，人会累，菩萨也会累的。我还害怕自己许下的愿望太多，凡事都是要还的。有担心是对的，我担心把对的愿望还错了地方，或是在对的地方还错了愿望，如果把愿望和愿望混淆，那肯定是要出差错的，找对地方还错了愿望那肯定是人生极为荒唐的事情，再说我已经从妖成人，还有什么愿望没有满足的呢？我无功德之说，可是我愿意往功德箱里储存一点东西。

农家小菜端上来的都是竹林里生的和竹林里长的，虫子和菌类摆了一桌子。菌类我已经好多年无福享用，那些长相各样的虫子和蛹让我食欲全无。我看到了自己的同类被人铺排成这样，油炸蒸煮成各种姿势，边上还有人龇牙咧嘴地馋涎欲滴的样子，我两条腿又开始颤抖。它们拼命挣扎并要和我对抗，只要我稍微一大意它们就会变成一条巨大无比的尾巴掀风鼓浪，然后把那些长着人的模样的可恶家伙撕裂成一块一块地，情景会在那个时候倒置，一样地铺排在面前，食者变成了被食者。

我为自己的想法激泠泠地打了个冷颤。

妖终归还是妖，天人合一的时候我差点就原形毕露，内心一遍又一遍地做着挣扎，我看不到自己的样子，但是我可以想象自己的样子，一定很可怕，我甚至害怕那些鳞片已经呈梅花状出现在我的眼睛下方。没人知道我的心里充满了怨恨，所有的怨恨来自于一个小小的引子，张开的嘴被无限放大成黑洞和隧道，我的身体开始摇晃，不停地摇晃，我变成了一把白色的剑冲出去……风从草丛里吹过来，在我面前掀起来冲向空中，竹叶在无声无息中落下来，竹叶落下的时候在我的眼前旋转得像花一样漂亮。

竹叶正好落在处暑，可是我对处暑这个节气还很陌生，我甚至不知道"处"字应该念什么调。作为原本可能是妖的我对人还不够了解，这做人的学问太大，远不如做我的妖舒服，一转念间我看到自己消失在竹林中的草丛里……

对蜀南竹海的记忆犹新，这回我如实地给松哥说了蜀南竹海，我还把有关蜀南竹海的种种变成了文字给松哥看。

松哥笑着说："是这个味道。"

我还是问："什么味道?"

松哥故作思考状，但是我看出他明明早就有了答案的。

"妖的味道?"我把身体软绵绵地贴在他的身上，像当年白蛇贴着许仙的样子。

我的柔情丝毫不能勾起松哥对往昔的记忆，我怀疑那些唱歌跳舞和丰收的情景已经迷惑了他，孟婆的汤其实都仅仅是一个说法。我从松哥的眼睛里看到桃花盛开的样子，季节应该是出了问题，现在还不是春天，哪里来的桃花？也许是之前哪一年春天里开的桃花留下的影子，我已经不想为桃花和他作无谓的纠缠，这样的感觉很累，种种辛苦让我感觉做人的不舒服。如果事情真如别人说的那样，喝了孟婆汤会这样，吃了忘情丹的结果也是这样，我想把忘情丹抠出来，可是给谁呢？

松哥是假意想了好一会儿才回我："妖的气质。"

他或许还是闻得到我的味道的，可是他总说得漫不经心，他的态度显得一切好像是真的，其实因为他这样的态度我才知道事情并不是这样的，所有显示出来的都是虚假的那面。我知道他没有当真，可是我又不知道如何才是当真，有些事我好像是想明白了，我需要事情的真相，但我更需要他面对我的那一刻的真诚，这就是我说的真实，其他时候已经不属于我，所以我不能用强。

白露

天气转凉，地面水气结露最多。

一夜醒来，已经结了许多的露珠，用手去碰它们，拿不起来也放不下去，像极一种叫眼泪的东西，所以我可以怀疑人的眼泪就是露珠的一种。因为我生长在地面上，我也会在夜间结出露珠来，让你拿不起也放不下，我希望是这样，倘若不是，那我就得另找答案。

思念不知道从哪里冒出来纠缠我，可是我又找不到可以思念的对象，我还是要假想一个人放在可以思念的位置。松哥现在是不是也在想我？

电话从我这里拨出去，松哥的电话在通话中，我把电话掐断。不知道松哥会不会看到我拨给他的电话，如果看见了，松哥会把电话回拨过来，可是如果电话回拨过来，我说什么呢？

在成都的双流机场候机厅，坐在我对面的女人在流泪。

从换登机牌到过安检，然后上飞机起飞，这是一个可长可短的时间。飞机不能按时登机，也不能按时起飞，这几乎是乘飞机的一个惯例。这个惯例让很多人百无聊赖，又使得很多人才分开就开始彼此思念。坐在我对面的女人在流泪，她右手在擦眼泪，左手不停地用手机发短信，也不知道是发给谁的，却让人可以想象很多的故事，甚至我有想到那些短信是不是发给松哥的。这样想来我就有点难受了，是我把自己搞难受了。女人的眼泪和鼻涕都和一起了，看样子她已经很难受了，看样子她已经比我难受。对于一个看起来比我难受的人，我不应该说难受，如果说了会显得我的难受来得没有道理，一种虚无的难受让我悄悄地收起，还偷偷地看了她几回，很想递些纸巾过去，又觉得有些冒昧，只好作罢，任她用一副伤心欲绝的样子坐在我对面。这个女人完全不顾及我作为一个旁观者的感受，沉浸在自己或者两个人的世界里，她已经忘记场所和掩饰，把我和整个候机厅的人全当摆设了。可是我又不能当她是摆设，又不会处理这样的状态，我不知道是否应该假装看不到，生活好像就是这样教导的，关于别人的隐私，最好视而不见。

我决心不再看对面的女人流泪，埋下头看自己的手，左手和右手。我还是想到对面流泪的女人，倘若我就坐在那里，倘若我和她一样的心情，我肯定是用右手发短信，左手抹眼睛，我习惯用右手，我的所有短信都是用右手发出去的，当然并不是说我还习惯用左手抹眼泪。此情此景让我觉得自己就是对面的女人，通常情况下我不会这样哭，我没有说自己不哭，非常情况下我还是会哭。哭有助于缓解我的紧张情绪，如若真的哭了，情况远比对面的女人糟糕，我会哭得一塌糊涂，稀里哗啦，再找个肩膀来依靠，哭到累的时候就自然不哭，哭到不哭的时候可能就笑了。

我明明是要假装什么都看不到，可是我还是看到了，脑子里还在想，她不应该难受，难受的应该是我才是对的。我没有找到可以思念的人，或者说我正在思念的人并不思念我，可是她已经有了可以思念的对象，而且两个人因为彼此思念在交流。她还要做出一副难受的样子给我看，既然是做给我看的样子，我为什么要难过？我还是不能难过，眼泪流在她脸上又不在我脸上，我仍然要视而不见。

飞机就要降落南京禄口机场，空姐用甜莺般的声音说："……南京地面温度七摄氏度，请大家……"

七摄氏度？我以为自己听错了，成都的暑热还没有退步，我穿着体恤和短裤来南京会是七摄氏度？下了飞机，地面果然很冷，我竟然从包里掏出一条围巾系在脖子上，我不知道就这么一个随身的包包里还能掏出什么来，现在是掏出一条围巾，如果再冷可能还会掏出大衣和靴子来，再不然我就直接躲到包包里不出来。正常情况下，九月的南京和成都不应该有大于十度的温差，我想事情可能在候机厅就出了问题，然后又在飞机上坐了那么长的时间，时间的片断在一上一下的时候被接错，要不就是我把自己放错时间和空间，反正就是有地方不对。

机场大巴车上稀稀拉拉地坐了几个人，前面的车才走。

有人问："车什么时候开啊？"

检票的女孩说："坐满就走。"

"要是坐不满就不走了？"说话的坐在后面，我没有转过去看，单单从语气里我是听不出来他本来意思的，或许是搭讪，或许是挑衅，或许什么都不是，根本就是有人想自己说话，所以不管话说出来好听不好听。

检票的女孩子好脾气地说："坐不满就三十分钟后开车。"

一个穿薄薄衬衫的阿姨小跑着过来准备上车，检票的女孩说："请出示你的车票。"穿衬衫的阿姨哆嗦着指使后面的男人去买票，自己站在车门旁等，等了一会儿又忍不住说："南京好冷，我才从广州来。"检票的女孩说："上车吧，出门要看气温穿衣服。"

我就是一个不看地图又不看天气的人，但是我会变魔法一样从包包里掏出我需要的东西。窗外，国内航班到达出口的玻璃门外，两个年轻的女人在抽烟，守着一个垃圾桶，衣服穿得很少。我看到美女穿着丝袜的两条腿在打哆嗦，那样子肯定比我还冷，穿的也比我少多了，还不会像我一样变魔法。两个人比拼着吐烟圈。我远远地看着两个抽烟的女人，好像看到一个接一个的烟圈飞起来，阴霾的天空开始下雨，雨点从才吐出的烟圈中间穿过。

车是开往中华门的，我也是去中华门的，我去中华门没有特别的想法，只是看到机场大巴有一条这样的路线，我是临时决定去中华门。可能是因为下雨，在去中华门的路上我没有看到中华门，机场大巴在中华门汽车站停下了，我还是没有看到中华门，车上的人又都不是来看中华门的，门"哗"地打开，所有的人都跑了。

之前我把中华门想象成我坐在车里路过就可以看到，结果不是这样，到了中华门汽车站我都没有看到中华门。我又开始打算去别的地方。去什么地方呢？我的想象还停留在门上，我想去中山门，对，我就去中山门。

雨越下越大，我又变魔法一样从包包里掏出了紫色的雨伞，不管是太阳

187

天还是下雨天，我都用它。虽然有雨伞可以避雨，可是下雨的时候往往也会有风，本来就很冷了，有风就更冷了。我站在有风又有雨的南京中华门车站外面等出租车，等出租车的人太多了。一辆出租车转过弯来停下来，几个人从不同的方向冲过去，我不得不跑快点抢先拉开车门坐上去。

车又七弯八拐地由中华门向中山门去了，快要到的时候，出租车师傅又问我："去哪里?"

我说："中山门。"

"我是说你在中山门的哪里下车。"出租车师傅不得不对自己说的话加以注释。

"哦，那你就在中山门找个地方让我下了就行。"

车停了，中山门果然是有门洞的，一道砖砌的古老城墙中间留有门洞，门洞的中间嵌有"中山门"字样的石匾。据说这中山门的城墙始建于明代，原为明初宫城的朝阳门，在民国十六年因兴建中山陵园大道重建城门，朝阳门被中山门取而代之并沿用下来，就变成现在的样子。

位于南京城东的中山门，是一天里最先迎接太阳的地方。我想在太阳最先照到的地方看到太阳最初的样子，于是我就近住进金钥匙商务酒店。拉开房间的窗帘，中山门就在外面。因为想看到太阳从中山门外升起，想就这样开着窗帘睡觉，希望早上醒来张开眼睛就能看到太阳，可是到了晚上才知道南京就是比成都冷，我哪里还敢开着窗帘睡觉。关上所有的窗户并拉上窗帘，让空调吹出的暖气填满房间，还是感觉到冷，一种从心尖上冒出来的寒意，四肢冰凉的我捂着厚厚的被子都不能缓过来。躲在被窝里，我想要不要再给松哥打电话，如果要给松哥打电话我就得起来开手机，还可能得告诉松哥我在南京。

事情往往就是这样的，想和做之间还有不短的距离，要实施就需要坚持，哪怕只是一点点的坚持，可是我放弃了，因为太冷了，躺下来就不想再起来。

这一次来南京完全是松哥的主意，可是我已经在南京了，他却还不知道。松哥大概也是了解我的，但他又不完全了解我，也还能觉察出我的某些心理活动，我那些没有说出来的话，他不止一次听到。我一次又一次悄然无声的出走，他可能已经在用坐标来寻找某种规律，对此我也是假意无觉察，因为我知道也只有事情出现和发生，他才能真实地从我这里获取时间。但又因为我没有给出地点和路线，他的坐标是无法完成的，所以我觉得他应该放弃做这样的事情，他大概在做这样事情的时候也知道是枉然，知道一切皆是徒劳无功，可是我为此心安。

那日，松哥问我："去过南京吗？"

摇头。我又仔细想想，确定自己没有去过南京。

然后再次摇头说："没有去过。"

"那你应该去南京。"

"哦？"

"南京是中国的六朝古都，值得去走走。"

西安也是六朝古都，松哥让我去南京，他以为我已经去了西安，去了西安也就是去了六朝古都，现在又让我再去另一个六朝古都。西安是他让我去的，我没有去西安却做出已经去了的样子，是我自己让他觉察出我去或是没去的样子。这一次，松哥觉得我应该去南京，就像当初他觉得我应该去西安一样，这样的行为多少有点让人生疑。

可是我还是来了南京，我是在松哥自己可能已经忘记我们之间关于南京的对话的时候来了南京。他可能以为我出差在什么地方，但是他想不到我已经在南京。

去中山陵的路上，大巴车平稳地行驶在山间的林荫中，两旁种了很多的法国梧桐，叶子正好是青黄不接的样子，颜色层次很丰富，林子里还应该有鸟叫的声音，可惜窗户是关上的，我打不开，也可能是可以打开，只是我怕冷没有想打开。我不记得走了多远的路，爬了多少级阶梯，上了中山陵，中山先生的灵柩奉安于此。对着中山先生的灵柩，有不少的人在拍照，我躲得远远的，甚至害怕走路时弄出声音惊扰了先生，心里升起莫名的悲鸣，一个为民生作出杰出贡献的公仆，辛苦操劳一生，逝后还不能有一块清静的地方给自己。

从中山陵出来，心情极为复杂，情绪因为无法分离出来，思想也处于一种游离状态。

白露

189

又去灵谷寺，我对灵谷寺却无半点印象，恍惚我根本就没有去过。

还有总统府，我有那么一些印象，感觉总统府很拥挤，所有的人都想往里挤，大多数人不过是想看个究竟，大多数人只是一个劲儿地往里挤，却不知道里面原本就已经很拥挤了，历史和人物已经占据了里面所有的空间。我能感觉到压迫和窒息，不能呼吸，所以进去了半个小时就出来了，然后盘腿坐在总统府对面的路边，大口呼吸。我使劲搓着冰凉的双手，冷空气已经快把手指冻僵了。

有人往我手里放了几元钱的镍币，抬头看是一个四十多岁的男人，我把镍币在手里掂了掂放进衣服包包里，然后伸出手问他："有没有烟?"

给我镍币的男人又给了我一支烟。

我说："有火吧?"

男人给我点烟，我使劲地吸了一口，有丝丝的暖气进入我的身体，我又拼命吸了一口，然后不自觉地把一支烟和空调联系在一起，却发现给我点烟的人已经走了。

我还去了什么地方?

我给出租车师傅说："我要去南京市的中心，步行街。"

去了南京最繁华的中心，我破天荒地逛商店，什么都看，什么都不像是南京的，就什么都没买。从商场出来看到电影院，我进去了。我原本以为是有我想要看的电影，结果售票的女孩把票出错了，改起来很麻烦，我又不想麻烦小姑娘，觉得看什么电影都没关系了。一个影迷就像一个酒鬼，酒鬼有酒就好，我有电影看也很好，想看的电影下次再看，或是回成都再看。

可是我还是想起了一个情节，关于买票的情节。

有一年的夏天，我从成都到泸州，然后从重庆经三峡到湖北宜昌。到宜昌码头我就买了回成都的火车票。

第二天，天刚亮我就起床去了火车站。

检票员说："小姐，你所乘坐的火车昨天晚上就走了。"

"怎么可能就走了呢?"我简直不敢相信。

"是的，昨天晚上就走了。"

我当时被突来的变故弄糊涂了，各执一词，检票员说是昨天晚上的火车，而我明明要坐的是今天早上的火车，她说开走了。开走的是不是就是我要坐的火车？我不知道，昨天晚上从窗洞里递人民币进去的时候，我想要的就是今天早上的火车。事情的结果是谁都不会想到今天早上的火车在昨天晚上已经开出去了，而我还在湖北。

现在想来，时间顺序严重颠倒，我肯定是只睡了一个晚上，就算我不止睡了一个晚上，早上的火车也不应该是晚上出发，事情在哪里出了问题？难道是我没有说明白要的是早上的火车，对方又一厢情愿地给了我晚上的火车？给我晚上的火车又没有给我说明白是哪天晚上的火车，还让我在湖北找旅馆，还让我在湖北的旅馆里睡了一个晚上，这个晚上我完全可以在火车上睡的，却睡在湖北的小旅馆里，事情显得有点滑稽。

电影和火车票出错的情况是不一样的，不管怎么说，在我想要的时间里，我在南京看了一场和南京无关的电影。

一个历尽沧桑和岁月变故的城市，帝王的离宫园囿，大簇的府第别墅，还有佛寺和陵墓错落其间。厚重的历史让南京变成了一座空城，被现代人肆无忌惮地侵占，怀着对南京最后一道柔软，我希望得到挽救。

烟笼寒水月笼沙，夜泊秦淮近酒家。
商女不知亡国恨，隔江犹唱后庭花。

才走到夫子庙不远的小桥上，旁边走过的导游小姐指着临水楼房的某一处说是李香君故居，男的女的举起相机就一阵乱拍，相互的默契配合高度一致，把一种风气当成文化。我走在秦淮河畔，满耳听说的是富贾云集的旧时代，如此种种都是为旧时的女性文化作铺陈，千般无奈，万般悲情，说生不逢时又才华横溢……旧时的辛酸事和荒唐泪游说在现代的街头巷尾，让众多的人无端地对秦淮河生出许多的向往。如此高调对历史传承的是文化还是风气我不得而知，但如若作为一个女子，不管是往昔的许仙还是现在的松哥，我都不愿意他留恋于如秦淮河一般的烟花巷。

如今的秦淮河面目全非，看不到河畔怯懦的野花，也看不到河底柔软的水草，秦淮河已经没有了传说中的纤柔，秦淮河也没有我想象的娇柔。站在

白露

这里，我看不到古代文人墨客描绘的繁华，而所有对秦淮河的描写源自它的胭脂美，如果现在还有，那也是现代的脂粉味道。俯视桥下，河里流动着水与灯的交相辉映，船在江上作为布景摆放，游人说话的声音已经淹没了偶尔路过船只的桨声，人为粉饰的朦胧中强装出几分暧昧。

还有人说金陵十二钗。

我嗅到许多人的悲伤，我又嗅到许多人的欢喜，一种对旧时文化的缅怀，各自按自己假想的方向思考。旧时的美女以其独特的方式存在于历史的长河中，历尽繁华和沧桑被演绎成各种版本，并且按自己的意思意淫。大家都可以在这里想自己的前世今生，有人在这里美艳绝世，有人在这里风流倜傥。我在这里没有可想象的，我前世今生和这里都没有关联，不管在以前多少年，我也不可能是这里的艳妓，更不可能是这里的富贾，所以我感受不到那些气息。

我想给松哥打电话。

我给松哥打电话，松哥的电话在通话中，又打了两回还是在通话中。我把手机关了放进包里，不知道他正和什么人讲电话，为什么电话要讲这么久？我突然就觉得挺没劲的，惦记一个不惦记自己的人确实是没劲。电话没拨通也不是什么坏事，至少我已经不用没话找话说。

松哥可能已经知道我来了南京，松哥可能还知道我就在秦淮河边。可是松哥应该不知道我在南京睡不好，第一个晚上我凌晨三四点的样子才睡，第二个晚上也是凌晨一两点睡，第三个晚上我很早就关灯上床，可是我好像又没有睡着。时间和空间都显得很不安定，好像一直在做很多的事，又有很多事没有去做，总不能让人平静下来，疲惫和焦虑相互纠缠，内心被一些无名的东西撕扯，感觉很累，睡着也累。

离开南京坐汽车去扬州，早上的南京还下着小雨，夹着丝丝的寒气袭来，裹紧衣服钻进车里，车门把雨关在外面，听不到雨落车顶的声音，也听不到雨落在地上的声音。大巴车上的DVD关上音乐就开始放很烂的片子，扭过头我又看不到外面的风景。雨飘在车窗上又淌下来，形成一条条蚯蚓爬过的样子，玻璃很不干净地隔在我们中间。我唯有把身体的重心放在坐椅的靠背上，闭上眼睛假睡。

我又在想要不要给松哥打个电话，或是发一个短信。我想还是不用给松哥打电话，也不用给他发短信，这样我就可以避免回答一些不想回答的问题，哪怕是他怂恿我来的南京，哪怕他知道或是不知道我已经来了南京，哪怕这些都是他事先安排好的，但我还是不直接回答"在哪里"和"做什么"的问题，何况我现在又正在离开南京，又往别的地方去，不知道这个他有没有想到。

　　我不知道关于给松哥电话和短信的事情有无结果，我也不知道自己是醒着的还是已经睡了，但是我醒过来的时候已经在扬州汽车站，外面阳光明媚，并没有下过雨的样子。

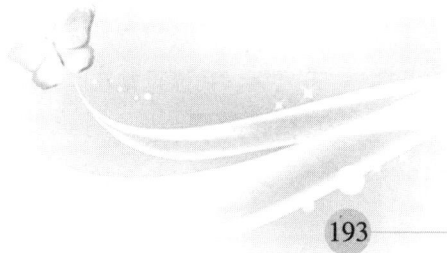

白
露

秋分

这一天如春分，阳光几乎直射赤道，昼夜几乎相等。阳光继续由赤道向南半球推移，北半球开始昼短夜长。

这是季节的又一个中分点，也是自然界的某个平衡点。白天和黑夜长度相等的时候，我们还在抱怨夜长梦多，其实睡和不睡都是自己的事，这样就可以选择梦和不梦。有的人睡了就梦，有的人醒着也梦，还有的人在梦里就再没有出来。

我又站在窗前，对面五楼阳台的花从春天开到现在，还在继续，阳台上的花裙子晾了几回又收了几回。今天对面的阳台只有那些花儿，没有花裙子。

四楼的阳台上睡着一只猫，一只黄褐色的花猫，从睡的姿态和体型的大小看，这应该是一只成年的猫，但我不知道它是一只母猫还是公猫。一只睡觉的懒猫在对面四楼的阳台，我坐在自家的窗前看书，已经看了半本书，它连睡觉的姿势都没有变。我已经开始上网用键盘打字，它还睡在那里，甚至没有抬头看我一眼。从我坐的这里看过去，它好像就睡在我的窗前，那样子好像是我们家的猫。

我曾经养过一只漂亮的白色波斯猫，那是一只母猫，第一次当妈妈下了五只崽，我撞见她在吃自己下的崽，我把猫和猫崽一起送给卖菜的阿姨，这以后我再不养猫。

我的手从电脑键盘上停下来，我整个人也停下来，站起来伸一个懒腰，做一两个扩胸运动，站在窗前看那只睡在四楼阳台的猫。

那只知道自己会变人的猫应该不是这只猫。那只猫应该是一只比夜晚还黑的猫，有一双绿色的像玻璃珠子似的眼睛，偶尔还会变成红色，或者说它的眼珠本来就一只是红色一只是绿色。

睡在四楼的懒猫好像醒过来了，一翻身从阳台上爬起来，背呈弓形向上拉起，两只眼迸发出两道幽幽的绿光向我射来。它看到我在看它，然后又很快恢复到懒懒的样子，看起来睡眼惺忪又无所事事的样子，它在企图掩盖事情的真相，这也可能是企图混淆事情的真相。

也许这只猫就是那只猫，在特定的时候它就变成了一只黑猫。变成一只黑猫的时候它就会那个样子叫，眼睛也会变成绿色的玻璃珠子，还会变成红色的玻璃珠子，总之会变成它要变成的样子，甚至还可以变成人的样子。

"法海在扬州。"想着猫的事我在给松哥说法海。

"法海在扬州?"松哥瓮声瓮气地问。

"扬州的瘦西湖边上有法海寺。"我没有说去南京的事，也没有说我还去了扬州，而且我还在法海寺前拍了一张空景。可是这样说来，我明显又把这些事都说出来了。说出来也算不得什么，我并无意要隐瞒这些，只不过经常把时间和场景混淆，而事情表现出来就是另一种感觉，感觉我这个女人诡计多端又颇有心计。

"北京有法海寺，青岛有法海寺，还有别的地方也有法海寺，你上网输入法海寺一查该有的就都有了。"松哥一副不以为然的样子。

"可是我认为法海就在扬州瘦西湖。"我坚持。

"不错的想象。"

松哥过来用手摸摸我的头，然后和我并排站在窗前。

"没什么可想象的，这么说来法海就是一个地主，而不是房奴。"这话我完全是冲松哥所谓的想象说的。

"哈哈，亏你想得出来。"松哥忍俊不禁地对着窗外大笑。

"借得西湖一角，堪夸其瘦；移来金山半点，何惜乎小。"这话不知道是谁说的，我借来说法海寺。

说话的时候我也不看松哥，我俩就并排站在窗前，我还看五楼那些花，以及五楼下面四楼的懒猫，可是它这会儿不见了，也不知道跑哪里去了。我不知道松哥看的是哪里，心里想的又是哪里。

"那都是些文人雅士在指点江山，说那里是什么就是什么。说信就可以信，说不信就可以不信。"

松哥说的话也是有道理的，只是我还是觉得他整个的反应不太对，我又说不出哪里不对了。我说法海原本也没想有什么目的，不过对话到现在我开始有了新的想法，我觉得说法海，松哥应该想起些什么，难道他过一次奈何桥就喝一次孟婆汤？可是孟婆又不是一直在奈何桥，难不成他第一次过奈何桥的时候就已经讨教了孟婆汤的煎制秘诀？松哥有没有喝孟婆汤他自己更清楚，如果还有不清楚，那也是我有可能把许仙和法海的角色颠倒混淆，如此也是我让自己不能确定，所以我更多希望从松哥的说话和表情中得到某些暗示，可是他并没有给我暗示，他又用疏导的对话方式把我引往别处，这才是一个处心积虑又颇有心计的男人。

我还是固执己见，瘦西湖和法海寺都在扬州，这不能说是巧合，松哥竟然表现出不以为然的态度，这其中必有缘由。对话照此下去也不会有别的结果，我不能对松哥严刑逼供，要用也得用美人计，只是这美人计对松哥实施起来难度已经很大，我对他来说已经熟悉得不能再熟悉了，婚姻的长此以往使得两个人的关系在悄然无声中发生着变化，我沦落到对松哥已经无计可施的地步。即便是这样，松哥还得不露声色地讨好我，他以为这样我就可以开心，只有我开心了，他才可能轻松，才有更多的可能。眼下我需要抛开许多的可能，我不能再明确松哥的真实身份，可是仔细想想，我现在的情况不管对法海还是许仙，仍然是无计可施。

纸媒和网络对于西湖和瘦西湖的景色描写已经有很多了，我也并没有对这些景色一一对应，我去扬州也不是烟花三月的季节，我看不到三步一桃五步一柳的景象。许多好的景致和心情纷至沓来，可是所有的好景致和好心情在看到法海寺的瞬间就被转移了视线，最后是整个活动的重心都发生了转移，也许还有些忐忑不安，只是我并不想表现出来。我还是从心里把杭州的西湖和扬州的西湖稍作比较，只是我对杭州西湖的记忆久远了一点，只能从大小和胖瘦来区分两个西湖，这样显得杭州西湖旷而不空，扬州的西湖瘦而不狭。这样的比较好像是对白蛇和小青的描述，已经开始想念小青了，我还不知道。

瘦西湖和法海寺又在扬州，又是为哪般？我想不明白。

想不明白的时候我已经走在个园外面的街上，道路两旁种的是银杏树，银杏树是成都的市树，却大量栽种在扬州的街道两旁，恍惚我就走在成都。季节已经开始在那些叶子上着色，显出淡淡的和嫩嫩的黄色，不时飘一两片下来轻轻地落在马路上，不小心踩上去没有一点声音，又有点软软的感觉。当然这仅仅是一种感觉，一两片叶子还构不成这样的真实。走在扬州，道路两旁的银杏树还很年轻，想着这些树在成都老态龙钟的样子，我好像走在时间的隧道里，不清楚时间是依顺序还是倒序在进行。

我遇上那个想找又没找到的婆婆，那个曾经说我已经死了一半的婆婆。她好像不认得我了，她把自己说过的话也忘记了，我也把自己要问的问题忘记了，我心里又明白着，也许她心里也明白着，可是我们都没有说出来，我确定就是那个婆婆。好像没有河，也没有桥，也可能身边的场景如原来的样子，只是我现在的视线和注意力都集中到人物身上，如此就淡化和模糊了身处的场景。眼下的婆婆面前摆了一堆的炒花生，她在那里摆弄花生，甚至不抬起头来招呼我，而我突然特别想吃她的花生。我买了婆婆的花生，这些花生就在她给我正在装包的时候变成了瓜子，那些变成瓜子的花生从口袋漏了一地，口袋又是好好的。婆婆蹲下去把地上的瓜子捧起来又要放进口袋，我说："我不要了。"听说我不要，她捧着已经变成瓜子的花生望着我。

好不容易遇上的婆婆，我们没有对话，如果有也只是我说了一句："我不要了。"而她的脸上没有明显的表情，我看不出她内心的活动，事情到这里就卡住没有继续往后发展，但是整个故事是之前的延续，彼此呈片断可以连接起来，我不知道还会不会遇见，如果要遇见，还要等多久的时间？又会在哪里遇见？其实我要遇上谁由不得自己做主，梦里和生活中一样，有河就有桥，与之相关联的还有一个婆婆，看样子她是和我缠上了，她应该是有原因才这样一直纠缠我，从传说中的孟婆汤和忘情丹，到现在的炒花生和瓜子，她是变着花样引诱我，可谓是用心良苦。我还是没有问许仙和松哥有无关系，也没有问法海和松哥有无关系，遇上一个可以解决我疑问的人脑子却是一片空白，唯有一种单纯的欲望：想吃她的炒花生。我没有吃她的花生，而她的花生变成了瓜子，还从好好的袋子里面漏了一地。我没想花生为什么会变瓜子，也没想好好的口袋怎会把东西漏一地。甚至没有觉得中间有任何的蹊跷，只是突然就不想要了，然后在她捧起撒落在地上的瓜子望着我的时候，我醒过来了。我相信这以后还会遇见，不是我遇上她，就是她遇上我，她会在我想不到的时候出现，也会用我想不到的方式出现，也不是来解答我的疑问，她需要应对的是我，所以不会给我任何真相。

　　没能解决的问题压在心上，让我不得轻松，于是乎就需要寻找真相。我决定上网寻找线索，这显然是不能让松哥知道的，可是事情一旦做过就会留下痕迹，他会在电脑的记录里看到这些小动作，这无疑会给他一个醒，然后会马上找出应对我的方法来。我不能把自己出卖给松哥，所以不能用家里的电脑来做这样的事，我用办公室的电脑输入了许仙和松哥的关系，搜索出来的全是一些乱七八糟的东西，看起来八竿子都打不到一块的东西一大堆。我再输入法海和松哥的关系，也是出来了一堆乱七八糟的东西。理不出线索却让我相信他们是有关系的，如果没有关系互联网就会提醒我查找不到相关的资料，我不知道是谁在从中作梗，弄出那么多东西来迷惑人，这样无非是企图掩盖事情的真相，显然这样的目的也达到了。我本来还想输入法海和许仙的关系，可是我放弃了，他俩的关系再明显不过了，只是我很大程度上相信这两个人最后的结果是相互瓦解，法海不像法海，许仙也不像许仙，那是不是最后两个合二为一，也就是现在松哥的样子？

　　我不知道松哥是何许人？松哥真的和许仙有关系吗？松哥和法海又真的有关系吗？可是松哥和我有关系，有很大的关系，关系这样倒置推理回去，他们又有了关系，是怎样的关系我还是弄不明白。松哥和我是重叠的关系，简单地说是男人和女人一个在上一个在下的重叠关系，而他这样的男人注定要被妖精迷惑，不管他知道还是不知道，他都要表现出处变不惊的样子。我不得不重新调整对他的认识，开始怀疑他懂降妖术，可是我又看不出他的路数，我需要思考彼此的前世和今生，不知道故事要怎样延续。

松哥已经睡着了，他已经进入了一种安静的状态。我在他身边彻夜不能入眠，辗转反侧弄出来的声音也是极为细小，这不足以影响他继续现有的状态。我不知道松哥有没有做梦，我甚至不知道松哥睡觉是否要做梦。如果他愿意听，我会给他说我做过的所有梦，可是他从未在我面前说起过他的梦，那是一个他很私密的空间，没人可以侵占，我只能徘徊在外面等他醒来。

我不想等他醒来，也不管他是不是真的已经睡着，更不管他在梦里和谁在一起，我现在就想和他在一起，我想和他重叠在一起，于是我主动去亲近这个熟睡的男人。我从自己的被窝里钻进他的被窝里，身体与身体的贴合，手和腿像身体长出来的藤蔓在缝隙中缠绕和攀附，我竟然就进入了松哥的半睡不醒的梦里——好烈的太阳，我和松哥站在山间的岩洞前，牵着松哥的手置身在洞口的绿树怪石中间，依稀能听到岩洞里有水从上面滴下来的声音，松哥拉着我的手就要进去，却又回过头来吻我……

在个园那些房子之间，我找不到出口，我忘记是怎样进来的了。那些房子之间用门相通，一个屋子有好几个门，我一转身就不知道刚刚是从哪个门进来的，又应该往哪个门出去。我总是随便找一个门就进去，随便找一个门又出去。许多房子是空着的，没有空着的也就是放张桌子，几把椅子什么的，也不知道谁和谁坐在那里，看我像走迷宫似的在里面找进来时候的路，看我还像走迷宫似的找出去的路。坐在那里的人肯定在笑我，想想让他们笑笑也没什么关系，毕竟他们坐在这里也太久了，得有点开心的事让他们笑笑才行，或许我正是这个可以让他们开心的人。

从一个屋子走到另一个屋子，我一直是这样走的，然后我就走到了厨房。厨房的灶台上还放着马灯，那马灯放在灶台上看起来就挺有意思的，说明这家人晚上还要做夜宵的。厨房里有扣在锅上的大木盖子，厨房里应该有的都有，但没有生火也没有人在张罗。从厨房出来就是饭堂和私塾。我心想这盐商还真是不简单，专门弄一屋子来给自家人请教书先生办私塾，私塾门前还立一木牌，走近仔细一看，是茅盾小时候读书的地方。我以为又是在做梦，可是就算是在做梦我也想知道自己在哪里，于是我从屋子里出来，没想到出来就站在大门外，一条小巷子从门前过，我抬头看到门楣写着：茅盾故居。

　　这是哪里跟哪里呢？从个园到乌镇就跟做梦一样，从房子和房子之间的门我就直接完成这个过程。这个时候，别说松哥不相信我从扬州个园的门进去，又从乌镇茅盾故居的大门出来，就是我自己也不相信已经在乌镇，而我确实已经在乌镇的东栅。

　　从茅盾故居门前的巷子出来，前面有一块空旷的场地，一幢两层高的小楼兀自立在那里，上面有人在唱花鼓戏。其实我也不知道唱的是花鼓戏，只是戏台侧挂了一小黑板，黑板上写了是花鼓戏。台上有人咿呀呀地唱，唱戏的又都是些老人，我数了数也就三个人，俩老头和一老太太，他们都打着花脸，一个戴眼镜贴八字胡的人在唱，一人在弹三弦，还有一人在敲鼓。他们沉浸在自己的角色里，台下的人却不及台上的人多。台上有三个人，台下只有两个人，其中一个就是我，另一个是年约三十来岁的男人，穿着家居服和拖鞋双手交叉抱在胸前，不时还摇头晃脑，然后又把手背在后面来回踱几步，停下来对着台上痴痴地笑……

　　如此反复交替的动作和表情，看出这人和很多人不一样，但我又不能就此把他归为精神病人中间去，毕竟唱戏的才是疯子，看戏的应该是傻子。但唱戏的不是疯子，唱戏的已经进入到角色里去了，三个人面对台下的两个人唱，在我没来之前他们明显是对着一个人在唱，而且台下的那个人还貌似疯子，这样一来，唱戏的让外人看来就只好勉为其难地变成傻子。

　　那我呢？

　　我抱着膝盖坐在地上，就在距离那个貌似疯子的男人后面不足十米的地方，我看得到他，他看不到我，他眼睛里只有台上唱戏的人，耳朵里也只有那些声音。台上唱戏的人我看得到，台下听戏的人我也看得到，可是台上唱的什么我却是听不明白，可是我还是坐在这里，我不能说是听戏，也说不上是看戏，声音在这个时候对我来说没有任何指向，我已经把声音从图像中剥离出来，我用眼睛看台上和台下的人走来走去，看他们变换不同的姿势。我也用耳朵听，听一种音律的婉转和起伏，我还在脑子想了一些不应该在这个时候想的东西。

　　相信每个人都不同程度地存在精神方面的疾病，我自然也不例外，可是我不能了解自身的程度，我又想了解这个程度。我总在想应该有一个统一的标准来检测这种程度，而不是以一种具有弹性的思想和语言来判断这个程度，但又不能像检测混凝土的方法来依葫芦画瓢。也许是我把这些精神领域想得过于深奥，但我潜意识里还是想有一种体验，希望有人给一把躺椅，对我进行催眠，听听我都会说些什么。

我这个样子说什么和不说什么都一样，外人看来在我前面的那个男人是疯子，坐在冰冷地上的这个女人——我，貌似疯子，一男一女的表现只是程度不一样。其实这些不过是我一个人的心理活动，我的视线都没有从前面移到别的地方去过，我甚至不知道有没有外人，世界在这个时候就只有我们几个人，还有太阳的余晖给他们镀上了金色的光，不知道太阳在这会儿有没有给我也镀上金色的光。

从东栅到西栅，乌镇变得出奇的安静，走在窄窄长长的巷子里，我能听到自己的脚步声，鞋子清脆地敲打在石板上，单调的声音走走停停，这个镇子好像除去我就再没有别人。水缓缓地在石桥下淌着，流向哪里我不知道。昨天还停在码头上的那些乌篷船今天又不知道去了哪里。我见桥过桥，又顺着河边的巷子漫步，我的人生在这个小镇竟然选择走 S 型的路线，我故意在给自己绕弯转圈，我竟然在干一件极为无聊的事情。

我听到有人推开窗户。是的，有人推了窗户，在前面伸出头来。那是一个白发苍苍的老奶奶，岁月在她脸上留下太多的痕迹，我已经看不出这个女人年轻时候的样子，可是我能想象出她的儿子和孙子的小手怎样在她的脸上挤拧，她又是如何欢喜的笑容。在我看到她的时候，她也看到了我，我感觉到她愣了一下，再看看我就把头缩回去了。我从那扇打开的窗户前过的时候，老奶奶还坐在窗前，我又看到了她，她也看到了我，她又愣了一下，那样子好像是在毫无防备的情况下见到了我。可是走到窗前的时候她已经是第二次看到我了，可她还是愣了一下。就在她发愣的一瞬间，我看到她脸上的皱纹拧在一起，形成了更深的沟壑，这让人很过意不去，所以我想如果可以，我愿意揭下脸上这张皮和她互换，按理来说这个应该可以换的，但现在还不可以，只有在晚上睡下，第二天早上醒过来的时候可以，只是千万不要换错了人。

已经从那扇打开的窗户前走过了，我还是只能听到自己的鞋子敲打石板

秋分

的声音，但是我刚刚看到了一位老奶奶，一位看了我两回就愣了两回的老奶奶，一时间巷子里多了某些说不出的细微变化，阳光挂在房檐上，分不清是早上还是傍晚，忘记了时间的概念，甚至不知道我从哪里来要去哪里，好像眼前的巷子就这么一直向前，我就这么一直走下去。

已经从那窗户前走过了，我还是回过头去看那扇窗户，回过头去应该也看不到什么，可是我还是回过头去看，回过头去我看到老奶奶又从窗户里伸出头来，她在后面看我，看到我回头又愣了一下，然后又把头缩回去了。我把头调过来，就在我调过头的时候，我感觉到老奶奶又伸出头来了，虽然没有声音，但我知道她在后面看我，她喜欢看我，我不能再回过头去，于是我放慢了脚步，让自己的身影在巷子的这一段有足够长的时间。

在放慢脚步的时候，我想到了一个人，如果那个人在，应该也是这个年龄了，可是她应该不在了，在我两岁的时候就不在了，我已经记不起她长什么样子。仅有的一张全家福照片也不过两寸，几个人挤在一起都看不清楚样子，再说这么多年过去了，我已经不是照片上的样子，如果现在我们面对面相互都不会认出对方的样子，可是她还是我的奶奶。我突然有一种预感，觉得正在看我后背的老妇人就是我的奶奶，她喜欢看我就让她看，我不可以惊扰她，所以我不能回头。我就这样慢慢地走在一条又窄又长的巷子里，我走得很慢，可是我又走了很远，等我再回过头去的时候，我想要看到的已经看不到了，巷子在房子和房子中间拐了弯，而我竟然不知道。

在乌镇的巷子里我走了很久，从河的那边走到这边，又从河的这边走到那边，我能在河的这边看到我在那边的样子，又在河的那边看到我在这边的样子，还真是神奇。天在什么时候黑下来的我不知道，天是怎样黑下来的我也不知道。灯亮了，大量的霓虹灯勾勒出房屋的样子，又缠绕在河旁的树上，月亮还明镜似的挂在树梢，光让影子映在河水里缓缓流淌，纵向的景象投影在水面从上游流下来，时空被截取成两种不同的画面，我坐在画卷中变成了风景。

寒露

露水日多，且气温更低，水气则凝成白色的露珠。

我可以结露，我还可以结霜，它们都变成了水珠。在早些时候，我以为所有的水气都是从海面吹过来的，然后可以凝结在地面任何作物和动物上面。

清晨，有一位美丽的姑娘睡在峨眉山金顶的舍身崖上，她还没有醒来。

睡梦中的这位姑娘长着长长的尾巴，那条长长的尾巴从舍身崖上悬挂到山下。我看不到她的尾巴有多长，顺着尾巴从山上往山下看，崖下面就是大海茫茫。睡觉的姑娘披着长长的头发，露水打湿的头发已经拧结成一缕一缕的。或许是有声音的缘故，微微弯曲的头发在发梢处突然昂起，像希腊故事里美杜莎头上蠕动的小蛇，它们的突然昂首感觉是要把女孩悬浮起来不让人接近。一阵风吹过来，那些原本像蛇一样的头发被风吹起，又随着风的方向柔软地飘散开来，变成一道道的波纹漂浮在海的上空。

这是一个很美的梦，醒过来的时候我按照梦原来的样子写下来，也没有加任何的情节，已经很美了，如若我再作人为的加工就会破坏原有的意境。

梦完全是按原来的样子记下来的，我还是会对梦中的故事有一些延续的思想行动——

去过峨眉山的金顶很多次，我从来就不知道舍身崖下面就是海。在梦中我没有看清楚女孩长着什么样的尾巴，按梦中的情景，想象她住在海里，那她应该长着鱼尾巴，长着鱼的尾巴那么她可能是美人鱼。住在山上，那她可能长的就是蛇尾巴，那么她就是蛇，准确地说是蛇妖。我不知道更喜欢她是前者还是后者，还是把这个女孩还原梦的样子，她应该是什么就是什么，可惜我已经醒过来看不到了。

醒过来的时候，屋子里弥漫着浓浓的中药味。

松哥趿着拖鞋劈里啪啦地在屋子里走来走去，又从外面的屋子走进睡房来，走进来的时候端着满满一碗汤药放在床头柜上，没说话又找了烟和打火机出去了。他可能不知道我已经醒了，以为我不知道他去卫生间抽烟去了。我不知道他什么时候起床的，而且起床还熬了汤药，一觉醒来我没有想到事情是这个样子。

"松哥。"我大声对着房门外喊，没人回我。

我又加大声音喊："松——哥。"

"我在厕所，等一会儿。"

松哥已经听到了我在找他并且回了我，说等一会儿就等一会儿，也就是等他上厕所的时间或在厕所里抽一支烟的时间，他可以在一个时间里把两件事都做好。果然，松哥进来的时候手里没有烟也没有打火机，这两样东西不知道他放哪里去了，我担心他冲马桶的时候一并冲出去了，我更担心他随手放在那些不常放东西的地方，等到下回要烟要打火机的时候又找不到了。

"你熬药了？"

"嗯。"

接下来我还有问题："你什么时候学会熬药的？"

"跟你学的。"松哥说这话的样子很可爱。

"哦，跟我学的。"松哥说是跟我学的那就是跟我学的，我想应该是这样的。问题还是一个接一个："什么时候学的？"

"你熬药的时候在边上看的。"松哥的脸上显出的表情是："有什么不对吗？"

有人愿意为我熬药实属难得，唯有端起药一口气喝光才是对的，这样才能不辜负他为此付出的劳动和其中的心意。我是想一口气喝下去的，可是药太苦了，比我自己熬的任何一次都苦，喝到三分之一的时候我停下来，停下来再喝就需要更大的勇气了。一直以来我喝药都是一口气喝完，喝完了我都没尝出味道，现在想来都是倒进去的，同样是喝药进行到现在的样子再继续已经有难度了。

　　"不好喝？"松哥显得有点紧张，紧张的原因是因为今天的药是他熬的。

　　我没说药好不好喝，谁都知道药不好喝，可是我还是对松哥笑笑，然后又把碗送到嘴边，我还是想一口气把剩下的药喝完，可是喝到一大半的时候我再也坚持不下去了，我又停下来，艰难地把嘴里的药吞下去，我没法再灌下去了，还强忍着不要表露任何不好的表情。

　　松哥大概已经看到其中的艰辛，他把碗接过去，问："不喝了？"

　　"嗯。"说这话的时候脑子里自然浮现出一个又一个的场景：我生病躺在床上，松哥把饭端来给我吃，吃到一半或一小半的时候我就不吃了，他同样是这样问我："不吃了？"我说："嗯。"松哥会接过碗和筷子在我面前把它们统统吃光，一件事他做得极自然，又极自如，我自己心里甜丝丝地，彼此这样就很幸福。现在的我心里充满歉疚，我没想到松哥把没有喝完的药也喝了，一如往昔又更胜往昔。不排除他是习惯性的动作，或者说他也是混淆了饭和药的概念，而我竟然没有阻拦他的行为，事实上已经来不及阻拦。我看到他对我的歉疚，他以为药这么难喝都因为他做得不好，我们各自歉疚。

　　松哥拿了才喝完药的碗去厨房。

　　我掀开被子起床，伸一个懒腰，拉开窗帘外面阳光明媚，对面阳台的花从春天开到现在一直没有间断过，貌似比春天开得还要茂盛。我突然想到之前也提到过对面五楼阳台那些开不完的花，还有说对面四楼阳台上的懒猫，于是我把大半个身子从窗户里伸出去，从一楼开始往上数起，数到开花的阳台是六楼，再从开花的阳台往下数，数到最下面一层也是六层。我又从一层往上数到五层的时候，我特别注意看，五楼的阳台没有花开，五楼的阳台还不像有开过花的样子，五楼甚至就没有种花，那只猫在哪里呢？我从四楼往上找，四楼没有猫的影子，五楼也没有，六楼还是没有，但是花开在六楼的阳台上，没有看到花裙子，但是那些花是我之前看到的那些，而且开得比我上回看到的时候还好。难道有人趁我睡觉的时候把花从五楼搬到六楼？因为花没有开在五楼，而是开在六楼，之前是我说花开在五楼猫在四楼的，现在那只猫找不回来了，是我让它以为花开在五楼，自己睡在四楼。

有可能对面的花本来就开在六楼，是我说开在五楼，我把六楼当成五楼，然后就把五楼当成了四楼，那只睡在五楼阳台上的猫被我平白往下移了一层，这是一个错误，一个可大可小的错误，而且几个月的时间我一直都没有发现这个错误，现在发现了还有点半信半疑，以为之前的是对的，现在的才是错的。

花是开在六楼的阳台，还是一直没有找到那只猫，我要不要纠正以前的错误？也许要纠正这样的错误也要等到那只猫回来，说不定那只猫一回来情况就会发生变化，场景又会回到当初的样子。猫还没有回来，那还是回到以前的样子，让花开在五楼，我等着它回到四楼的阳台睡觉。

我开始百无聊赖地等待一只猫回来，心情还有点迫切，希望那只猫尽早回来，突然就担心花要开过了，希望它赶在花开完之前回来，然后我在清晨醒来，走到窗前推开窗户。美丽的花开在五楼的阳台，褐色的花猫睡在四楼的阳台，我还是坐站在这里看书。

花仍然开在六楼的阳台，那只猫再也没有看到过，显然花开在六楼，那只猫再也找不到回来。我在想那只猫不止是被我弄糊涂了，也让它自己弄糊涂了，它可能已经在四楼和五楼之间作过长久的徘徊，最后又都不能分别肯定和否定，所以不再回来了。而我站在这里重复很多遍一样的动作，反复推开窗户，都不可能回到原来的场景中。

就在我发现花开在六楼的那个早上，松哥喝了我剩下的一点点汤药，他把喝了药的碗从卧室里拿去厨房的路上不见了，我按他走过的路线走了一遍，拿了碗从卧室出来要经过客厅和饭厅，然后就进了厨房，从房间到房间，中间没有别的岔路，如果有就是通往其他房间的门，还有窗户，可是别的房间里没有，门和窗又都关得好好的，中间没有任何的声音说明他去了哪里。松哥就这样不见了，我不知道他去了哪里，我用尽了所有可能找到他的方法去找他，可是我还是找不到他。我后悔死了，后悔自己不应该看对面一年四季开不完的花，更不应该把大半个身子都伸出窗外，为的就是证实我之前说过的花开在五楼，还有那只猫睡在四楼。可是事情不是那样的，花是开在六楼的，至于那只猫，没有睡在四楼，也没有睡在五楼，它不见了，它不见了关联着松哥也不见了。

一只猫可以不见了，可是松哥不可以不见了。

披着长发呆呆地站在窗前，身体长时间的站立变得僵硬，我还是能感觉到有风吹起头发，我想到了那个女孩，那个睡在峨眉山金顶舍身崖的女孩，她有一条长长的尾巴，还有蛇一样蠕动的长发，我不知道她是谁，可是我想到了一个人，我想到了美杜莎，这是我第二次想到了美杜莎，在梦里的时候是因为她的头发让我想起美杜莎，现在我想到她整个人就是美杜莎，幸好那个时候她没有醒来，要不现在不见的应该是我，可是松哥为什么会不见？难道他在从睡房去厨房的路上经过我的梦？他在经过我的梦的时候恰巧遇上她醒过来，这样想来后果就不堪设想，可是事情如果真是这样，那么松哥现在应该变成了石头，变成石头也应该有一个石头的样子立在那里可以让我看到，可是我什么都没有看到。也或许是因为他喝了我的汤药，事情又往别的方向发展，这个方向和我做的梦无关，和美杜莎无关，和什么有关？如此想来事情就变得极为复杂，什么样的可能都可能存在，所以充满了悬念。

松哥不见了，女儿也不见了，所有的人都说没有这个女孩。

我察觉到事情的可怕，我先是落入圈套，然后又跟着陷入困境。一只猫不见说不上奇怪，可是一个大活人不见了，应该算得上奇怪了，紧接着又一个小活人不见了，这就相当奇怪。可是现在这些都不奇怪，奇怪的是有人以为我在寻找不存在的人。在外人的眼里，我所有的行为变得毫无价值，这多少会影响到我的心情，让我有点犹豫不决，不知道是否应该相信自己，可是我想明白了，如果我不坚持，自己都不能相信自己，那就意味着我要放弃，放弃的不仅是松哥和女儿。我相信有人给我下了圈套，只是我现在还不知道是谁给我下的圈套，也不知道这个圈套是从什么时候开始的，我又是从什么时候一头钻进来的。

生活进入到迷宫一样的通道里，一路上有很多的岔道，我不知道在这个迷宫里松哥从哪里走的，女儿又是从哪里走的。也许他们两个根本就是一起的。我在一个又一个的岔道口左右不定，但是我清楚地知道，我唯有寻找，寻找可以让希望鲜活。

那些对我生命极为重要的人不见了，可是我坚信这只是暂时的，这就像藏猫猫一样的把戏，当然我没有断言是女儿出的主意，有时候成年人顽皮起来会有过之而无不及，所以我相信这还是松哥的主意。

我还是想不明白松哥不见是因为我那个无缘故的梦？还是因为那我喝剩的一点点汤药？前者和后者相比较，我觉得后者的可能性大一些，这中间有什么地方是不对的，到底是什么不对我又说不出来，记忆有点恍惚，再回想当时的情景有如进入梦魇。

还是想起来了——

我从海上的金顶醒过来，闻到浓浓的中药味，睁开眼床柜上放了满满一碗汤药，我问了是谁熬的药，松哥说是他熬的，我当时就觉得不大可能，但松哥说是跟我学的……

这中间显然不对，首先，我不记得家里是否还有中药；其次，是我并没有教过松哥熬中药，每次拿回来的中药都是我自己熬的，熬药的时候松哥也没有在旁边看过，更没有问过这中药要怎样熬才对。松哥明显不知道一剂中药在熬之前要用适量的凉水泡制，然后放多少水熬制，而且还要分两次熬，前后的时间还不一样，整个过程相对来说还是很复杂，他如何知道这其中的要领？回想起来，在我问话和喝药前，他有一个表情是问我有什么不对，我当时觉得一个男人这么贴心地为我，我不能说不对，而且本来就没什么不对，可是药喝在嘴里的时候味道就不对了，我当时没有反应过来，只是觉得比我自己熬的要苦，就是苦一点难喝一点也没有什么不对。我分两次都没有喝完，他把我没喝完的那点喝下去，这也是不对的。我喝药是因为有些不能根治的毛病需要调理，这只是我一个人的毛病，他没有这样的毛病，他没有必要喝一个有毛病的人喝的汤药。事情这样分析就出现了很多疑点，我不知道松哥给我喝的什么药，这样想来很可怕，可怕的不是他而是我，我在怀疑松哥给我喝的汤药，这种想法让我有极大的罪恶感。可是事情的结果已经摆在面前，我又不得不这样想，我不知道松哥在事情的整个过程中哪里出了差错，事情到现在的样子，不知道是不是他想要的样子？

我产生了新的联想，断定松哥在前一天晚上进入了我的梦，他在梦里看到了我的样子。当年的许仙就听信了法海的谗言诱我显出原形，今天又故伎重演，让我不得不怀疑松哥的真实身份。和他一起那么久的时间，现在想来他越来越像法海，或许如今许仙和法海原本已经合二为一，而我还纠结于前世的法海和许仙的关系。也许松哥这样做是对的，事情总要有一个了结，了结就是对过去的一个终结，这样彼此可以更多的展望未来。可是松哥用一个凡人的思想来假想了事情的结果，原本就是他说我是妖，他说我是千年的蛇妖，妖天生就有妖的气质，不是他能假想的。

因为我是妖，还是让我来假想不是松哥不见了，也不是女儿不见了，而是我不见了。那么对于我寻找松哥和女儿所遭遇的一切就不难想象，那些我原本认识的人根本就看不到我，所以可以对我表现出麻木不仁，这样看来是我错怪了别人，时空的转换让我丧失了妖原有的本性，如今我已是人妖参半，谁都可以不认得我，不认得我又怎么认得松哥和女儿呢？

事情经我假想变得颠三倒四，但是我仍然坚信，哪一天在路边不是我捡到这两个破孩子，就是他们捡到我，所以生活仍然充满悬念。

寒露

霜降

天气已冷，开始有霜冻了。

我感觉到冷，不知道是因为下雨，还是光脚的原因。我本来是穿着一双蓝色的高跟鞋，现在鞋子不知道到哪里去了，我还走在大街上。

生活进行到这个时候还说没有变化是不可能的，只是有人已经习惯我这样的生活状态和方式，所以觉得我的生活历来如此，就像生活中我从来就没有过松哥，也从来没有过女儿。

生活在别人的眼睛里变了样子，许多生活中原本就有的好像是一直就没有存在过，如此情形显得一直以来是我一个人在喃喃自语，我甚至开始怀疑自己在梦中没有醒来。因为无法坚持，怀疑越来越多，慢慢就要变成事实，于是我也觉得自己现在也是睡着了，一个又一个的梦串起来让生活无休止的纠缠在梦里。我除去一个人喃喃自语，还有许多时候有点无所事事。

我与现实中一样睡觉、起床，还把花生、黄豆、绿豆、芝麻和核桃都放进豆浆机里，没有加水就插上电源打开开关，我以为梦中不用加水就可以打出一杯营养丰富的豆浆来。豆浆机发出恐怖的声音，让我慌忙扯掉电源插头，恍恍然地站在那里不知所措，豆浆机里那些东西并没有变成豆浆。我用电饭煲加水不放米煮饭，提着空桶给花浇水，坐在书桌前用眼睛给书翻页，抱着键盘在屋子里边走边打字。什么都不是，什么也没有做成，我又开始怀疑一切都不是梦，我是醒着的，我因为不能坚持，让别人左右了，我因为不坚定把自己变得像疯子一样，也不知道有没有人看到我现在的样子？

我已经证明自己没有做梦了，可是我知道以前做过很多的梦。我觉得我把松哥和女儿落在梦里，我要怎样才能找回这两个顽皮的孩子？很想把梦做回去，可是我已经不怎么做梦了，我已经做不了那样的梦了，所以我回不去了。

生活和梦在同一时间里无情地蹂躏我，它们在考验我有无足够的耐心，我确实被搞得晕头转向，在这种状况下表现出来的情绪类似无病呻吟，又故作深沉。

天气越来越冷，成都又无缘故地进入了雨季，稀稀拉拉的雨一直没有畅快地下过，空气里浮着潮湿的霉变味。很多天看不到太阳的影子，我从雨地里跑回来就换一双鞋子，到现在所有的鞋子都是从雨里回来，又都被我排放在阳台上。光着脚走在房间的地板上，外面的雨还下个不停，我想光脚下楼，想光脚走在雨里，可是这样子的小雨要不要打雨伞？

正在犹豫不决。

我不知道要往哪里去？如果要去也是从雨里往太阳的地方去。

看似简单的内心活动已经在悄然无声中进行。

一辆装扮漂亮的花车也悄无声息地停在前面，我以为是自己站的位置挡住了花车的去路，心里十分的歉意。我往右边走了一段，花车慢腾腾地跟在身边，我停下来，花车也停下来了，我不知道花车为什么要停下来，这里没有新娘，我刚从公共汽车的站台一路走过来，新娘不应该站在路边等新郎的花车，我应该也没有阻挡新郎去迎接新娘的花车。花车往前走，那我就往后走，我都不知道往哪里去，所以往前往后都一样，往左和往右也是一样的。让新娘的花车先走，我想好再走也没有关系。

花车又往后倒回来停在我面前，前座的玻璃窗摇下来，有人从驾驶的位置伸过头来，我想这个开花车的男人有没有可能问我："去新娘家怎么走？"想到这里我就笑了，天底下应该没有这么糊涂的男人。

开花车的男人问我："是你？"

"我？"我想他是认错人了，他说的"你"应该不是"我"，可是他说话的样子很肯定。

"你来也不给我联系，做梦也没想到今天会遇到你，也没想到会在这里遇到你。"

可是我还是不确定他说的"你"就是"我"。

"上车吧。"车门从里面打开，说话的语气不容置疑。

我摇头又摆手，本来想说不，嘴里却发不出声音来，一时间显得局促不安。

"再不上来交警来了，上来吧。"

我看到公共汽车站台等车的人都调过头来看我，路过的车和人都在看我，我更不知道应该对谁摇头又对谁摆手，我被大家的眼神硬塞进花车里。

"你什么时候来的？"男人的脸上露出了喜悦，很快就发动车往前走。

我什么时候来的？他说话的意思我又在什么地方了，我就是下雨天穿完了所有的鞋子光脚下楼来的，我光脚能走多远？可他的问话明显说我已经走了很远，已经不在成都。

果然我已经不在成都，我也没有光脚，我穿了一双漂亮的蓝色高跟鞋，我就奇怪自己怎么穿起高跟鞋了，我出远门从来不穿高跟鞋，难道我知道自己要坐花车，因为坐花车所以才穿的高跟鞋？

这是哪里呢？我从街道两旁的店招和路牌想知道自己身处何地，可是那些指向不清楚的文字不能说明什么，我还是无法知道自己在哪里，又不能问这个男人："我在哪里？"我要这样问了，他肯定会怀疑我脑子有问题，可是这样子坐进花车里，不是我脑子有问题就是他脑子有问题。

我还是问："这是去哪里呢？"

"接新娘。"男人乐滋滋地回我。

大凡做新郎的人都是这么开心，脸上充满喜色，粉色的衬衫还打着领带，样子确实很精神，人也长得帅气。这么帅气的男生我应该是很喜欢的，可是面前的这个男生我不可以喜欢，他有喜欢的女人，只有意识到这个理由才发现认不认得他已经不重要了。就我来说，和这个男人之间不会有故事，但是他让我想起一个朋友，只是我现在想不起那个朋友住在哪个城市。我也想问他是不是我那个朋友，可是我问不出口，他那么肯定我是他的一个朋友，而且我还上了他的花车，我要说出来真不是一个人，那才丢人，显得我这样的女人很随便，我将会把自己陷入一种尴尬和难堪。我就把他当我那个朋友，把对方当很好的朋友彼此都会开心，而且他还让我坐了花车，坐了新娘都还没来得及坐的花车。

"真的没想到会遇到你，让我在路边捡到你我从来都没敢想，所以看到你的时候我不敢相信。我在等你看到我，但你一直都没有看我，可能你也没有想到会这个样子遇到我，生活真他妈的神奇，我们真的就是这样遇到了。"

有人一直不停地在表示自己的意外和惊喜，我想生活如果是他说的这样，也就真像他说的那样：真他妈的神奇。我笑了，开心是可以感染和分享的，所以我做了一个朋友应该做的："祝贺你。"

"祝贺我们相遇。"男人的右手从方向盘上移过来拍拍我的肩膀。

我在考虑要不要把他的手从我的肩膀拿下来，或者是我的肩膀往门这边靠，这样他的手自己会从我的肩膀上滑下来。我还没有任何举措的时候，他的手又放回方向盘上去了，两眼看着方向盘前方很远的地方。

"祝贺你新婚。"我低下头看自己脚上的高跟鞋。

"哈哈哈，不是我结婚，是我哥们儿结婚，我是伴郎，正在去接新娘去酒店的路上。"他回过头来看我，好像我才说了一个不错的笑话。

"哦，这样啊。"其实是不是他结婚都不重要，重要的是这花车是给新娘坐的，他是去接新娘的路上，至于是不是他结婚都无关紧要。

"你还真以为是我结婚啊？"他再回过头来，显得我的回答很重要。

我继续看我的高跟鞋，但我知道他在看我，我又不能看他，如果我抬起头来看他，那肯定会和他对视，那样的话显得他是在对我探试或者表白，甚至还有可能泄漏一些小秘密。我不想抬头，尽管我知道他在看我，我还是看我的高跟鞋，我想出门的时候为什么不是光脚？是不是穿了高跟鞋出门就可以踮高自己，雨水就不会打湿脚？

"新娘在等花车。"

"我会在应该到的时间内到达。"他还是看了一眼汽车前面的时间显示。

"把我放下吧。"

"放哪里呢？"

霜降

213

"就放在你捡到我的地方。"

"好。"

我们没有调头，花车一直往前开，车停了，我下来看到正是我上车的地方。我轻轻地关上车门，害怕一用力就把车上的花震下来，却又更担心车门没有关好，可是车门还是关好了，我就站在之前上车的路边，他摇下车窗伸出头对我说："忙完了电话联系。"

我还没有说好还是不好，车已经开出去了。

我又站在路边，好像我是坐在花车上兜了一个圈又回来了。如此说来，城市和地球是一样的，我在一个面上行走，刚刚我就从起点回到起点。

那些在公交站台等车的人转过头来看我，那些路过的汽车和行人也都在看我，我不知道他们用什么样的眼神来看我，我怀疑是因为我光着脚没有穿鞋子就跑出来了，低头看到我脚上穿着蓝色的高跟鞋，我是在什么时候穿了一双蓝色的高跟鞋？难道我从雨地里走到有太阳的地方，脚上自己就长出鞋子来了？已经穿了鞋子还这样看我，就不是脚和鞋子的问题，应该是有别的原因。

我也觉得不对，我突然就觉得这是一个新郎把新娘从花车上放在路边，他为什么要这样对我？

是的，我是之前坐上花车的新娘，那个穿着粉色衬衫还打着领带的帅气男生就是我的新郎，他无缘无故就把我放在路边，完全没有道理，可是他还是这么干了。花车已经远得只有一点影子，也不知道从哪个路口倒拐去了别的路，一路上他有没有回头来看我？哪怕是一眼，我也希望他有回过头来看我，但是他真的回过头来我也看不到，所以我不知道他有没有回头来看我。

事情在往越来越坏的方向发展，我想阻止它再继续下去。我当机立断脱掉高跟鞋，倒退着走路，我想时间和事情都这样倒退回去，不知道没有雨的天气我这样是不是可以回到楼上。

事情还真就是这样，我不知道是因为脱了高跟鞋还是倒退着走路的原因，我确实就回到了楼上，可这是一家星级宾馆的房间，我光着脚走在房间的地毯上。不知道这是几楼，阳台上没有从雨地里回来的鞋子，窗外也没有下雨。事情再一次出错，当初是我自己从有雨的地方来到太阳这里，现在我又想退回去，回到有雨的楼上，还有那些鞋子和地板。穿不穿鞋子和穿什么样的鞋子都有可能让事情变样，也可能避免与一些不好的事情碰面，我不想成为一个让新郎放在路边的新娘。

　　事情好像应该这样解决，主意就这样打定，快速收好自己的东西，从宾馆的楼上下来，大堂里许多人簇拥着一对光鲜的男女，看样子是有人在这里举行婚宴。我匆匆从这群人中间穿过，在这群人中间我看到了粉色的衬衫和领带，那个帅气的男人在这里，他的身边站着新娘，他的身边不只站着新娘还有新郎，离他更近的是不比新娘逊色的伴娘。我想恐怕天下没有比这个更巧的事情发生，所有想回避的事情都会一头迎上去，而他好像没有看到我。我也可以相信他没有看到我，可是不能让事情这样迷惑我的眼睛，他是今天的新郎，可是他把一个不相干的男人放在新郎的位置，自己站在伴郎的位置，一切都是为了迷惑我，所以他现在故意看不到我。

　　事情变得很可笑，就因为他追着让我上了花车，又从花车上把我放在路边，他就这样兴师动众地铺排了这样的场面，大家做的都是给我一个人看的。我不知道两个女人中的哪一个真正和他有关系，或许又都没有关系，所有的只是给我一个人看的。

　　我想离开，我就离开了。

　　从紫竹林旁边的小路下来，一块难得的清静地，我已经在这里坐了很久了，很少有人会走到这里来。一路上遇到很多的香客，空气里飘着浓浓的香火味，可是我还是能闻到海水的腥味，两种味道好像是分别从两个鼻孔钻进来的，我又一次坐在某个分割点上。

　　这个地方我有来过，现在我又来了，其实我自己也不知道为什么会走到这里，为什么没有往别的地方去，偏偏要路过这片紫竹林。紫竹林外面就是海，坐在海边的礁石上，我忘记脚上穿着高跟鞋，直接就把脚浸泡在海水里。

　　感觉到有眼睛在水下面盯着我的鞋子，又感觉到有东西在拖我的鞋子，鞋子从脚上脱落到水中，然后被什么东西拖走了。我看自己光脚浸在海水里，两个脚后跟紧靠在一起，然后再把脚尖绷直往两边分开，呈出鱼尾的样子在水下面划动。

霜
降

感觉到有人过来坐在我旁边，却没人和我说话，也不需要我说话。我听到海水的声音和我快要变成尾巴的脚划水的声音，我沉浸在这样的世界里，所以我不知道来者是男是女，也不知道是老是少。

"看不见的看到了，看到的又不见了，看到的和不见的都是困扰。"

我听出是老者的声音，转过头来看却是穿红色袈裟的喇嘛。这人没有看我，他与我一样是面海而坐。

"活佛？"我忍不住问。

他没有回我的话，也没有看我，当我不存在的样子。他可能真的看不到我，可是我当他是活佛。这个离我不远的喇嘛像是在说话，又像是在念经，我都听不明白，但我感觉其中有的话是对我说的，有的话是对他自己说的，还有的话应该是对佛说的。

一个被我当做活佛的喇嘛坐在那里，不知道他是听不到，还是看不到我，我的问话有去无回，可是我还是把他当佛了。如果我扭过头一样看不到他的存在，我就看海。

从眼前的海看出去，所有关于海的记忆复苏，这就是我在梦里从峨眉山金顶的舍身崖上看下来的海，只是这海在普陀山的紫竹林外，舍身崖又在峨眉山上，它们又是如何在一处的？两个不同的空间概念混淆不清，可是景象确实如此，我又没有胡诌。我不能不坚持，就因为坚持，事情会或多或少地出现变化，面前的海因此就变得出奇地宁静，没有喧嚣的潮汐声，没有过往的船只。海面上突然结了薄薄的一层冰，我穿着长长的裙子光脚在海面的薄冰上奔跑，我能感觉到海水在冰面下流动拍打脚底的震动。听到细微的裂纹在后面追着我跑，我停下来的时候，它就停下来，我跑起来它就在后面追。我想把长裙提起来，可是裙子太长了，我挽了很久都没能把脚裸露出来，我想像跳舞一样地旋转，身体变得像锥子一样的尖利从冰面打开了一个洞，这个洞穿过冰，穿过海，一直往下。身体从宽大的长裙中脱落出来变得无比的轻盈，双手被裙子绑缚着向上悬浮，我张开嘴大口呼吸，挣扎着往下。

"咳、咳……"我听到了咳嗽，那个坐在一旁不见我，我也不见的喇嘛在咳嗽，他故意弄出声音让我察觉到他的存在，所以我还说看不到他就是自欺欺人。我以为他要说点什么，也可能是希望他能对我说点什么，可是他还是没有转过头来看我，也没有和我说话的意思，但我看到他的嘴唇在动，只是没有发出声音，是他的嗓子空了，还是我的耳朵聋了？可是我刚刚还听到他咳嗽，所以他嗓子眼没空，我的耳朵也没有聋。

扭过头来，我继续假装看不到他。

我先前靠在一起的脚后跟好像生在一起了，感觉不是单个的腿和脚，我能感觉到一些细微的变化，好像左右的腿和脚都分不开了，我提起和脚一起浸泡在海水中的长裙，赫然发现我的腿和脚都不见了，它们变成了一条尾巴，正在一片一片地长白色和银色的鳞片，我慌忙把裙子放下去遮住这条突然长出来的尾巴，我毫无思想准备，尽管我知道自己是妖，知道自己有一条长长的尾巴，可是那都是在梦中和臆想中才出现过，现在真实地出现在眼前，我还是不知所措，我想把尾巴从海里弄出来放在海边的礁石上，我想知道自己的尾巴到底有多长，可是身边坐着一个喇嘛，坐着一个活佛，你难保他不是法海，也难保他不是许仙，还难保他不是松哥，再说一条长满鳞片的尾巴放在海边的礁石上，说不定吓坏的不是别人，而是我自己。

小心翼翼地掩饰着正在发生的一切，我也开始念叨："我不是妖，我是人；我不是妖，我是人……"我同样在动嘴唇的时候不能发出声音，我宁愿我这会儿的嗓子眼是空的，也宁愿坐在不远处的那个活佛是瞎子和聋子。可是我发出了声音，只是我的念叨在转换成声音的时候自作主张地变成了别的言语："所有看到的都不是真的，可能是梦。"

所有看到的可能不是真的，我看到的是我坐在峨眉山金顶的舍身崖下面，旁边是紫竹林，前面就是海，我没有长出尾巴，我仅仅是把双脚的后跟靠在一起绷直脚尖像鱼尾一样在水下划动，旁边来了一个喇嘛，我说他是活佛，他不理我，我以为他看不到我，我想他可以看不到我，我同样也可以看不到他，于是这个被我当做活佛的喇嘛说看不到就看不到了。

哎哟，不行的，这样是不行的，我不可以把本来就有的说的没了，又把没有的硬说是有。我不是被别人弄糊涂了，是我把自己弄糊涂了，都说了要坚持，临到头的时候又没能坚持，有的总是有的，没有的也还是没有。松哥和女儿原本是有的，现在都平白无故就没有了，我不能说他们从来没有过，只是我不知道是他们不见了，还是我自己不见了。如果我的腿和脚不见了，它会变成尾巴在那里，它们总还是在的，可是我要怎样才能找回去，回到那两个顽皮的破孩子身边去？

大慈大悲的南海观音就在紫竹林，那个活佛已经不在了，但他确实来过，他来过还留下了痕迹，在我旁边放了一块护身符。我想是不是有了他的符，那些说不见的东西就可以不见？

之前我把喇嘛当做了活佛，现在我倒有了别的领悟，也许刚才坐在那里的不是喇嘛，也不是活佛，那是神仙，他是点化我来的，如果是这样，我来这里也是为了接受点化而来，可是我还是不知道我在什么时候接受了他的点化，那又凭什么说他是神仙呢？

11月

　　11 月是一年 12 个月中的第十一个月，也是倒着数的第二个月。

　　我把 11 月当做一年的最后一个月，或者说是一年里的第一个月。11 月的开始正好是立冬，还是说冬为终，可是我已经习惯把终看做始，就像年年有冬天，年年也有春天，我不停地出走又回来。回来为的是下一次的出走，抑或下一次出走还是在 11 月。

　　很久没有打开我的电子邮箱了，不知道是否会有新的邮件，也许没有，因为我很少给别人发 E-mail，也很少回别人的 E-mail，如此一来也就很少有人通过邮箱与我联系。唯一有的就只是远在美国的舅舅，问我一些生活的琐事，即便是这样，我与他的信也是越写越短，写到没事可写，说的都是日复一日年复一年的事，慢慢地我都不愿意写邮件过去，然后显得生活无变故，可以让人放心。

　　时间就是这样无声无息地又进入了一年的 11 月，台历就放在桌面上，我不管是坐在这里还是站在这里，11 月都会变成一条狭缝在面前，可是我还是有一种冲动，如过隙之驹想从中间过去，可是我还不能正确估计身体的宽度，不知道要怎样过去，抑或是横着，抑或又是竖着，或者说我可以变成一条蛇从中间爬过去。

　　可是我哪也不能去，我现在还不知道那两个顽皮的孩子躲在哪里，我总

219

觉得他们随时都可能回来。我不知道要站着等还是坐着等，或者直接上床睡着等，可是万一我睡着就再醒不过来，他们回来我也看不到。我什么都不能做，等待时刻都在纠缠我，让我坐立不安，可是有等待又让我好过没有等待，虽然以后那些未可知的人和事着实让人害怕又期待。松哥和女儿不见了，不管他们对于别人有没有存在过，对我来说他们是存在的，这种不见有别于任何一种不见，一种非主观臆想。放一把椅子在门口，不行，我还得再放一把椅子在门口，回来的人坐那里不要动，厨房里的中药我自己来煎，可是我还是会担心事情在进行的过程中会出错，担心还是会有人不见，不管是谁不见都会让人不习惯。

　　我总是在屋子里走来走去，像极一个山顶洞人！女儿曾经就是这样说我的，她说这话是因为我身体不舒服的时候总躺在床上，还不想下楼散步，也是说我坐在电脑前不停地写字，还说我喜欢蜀绣又久久不肯罢手，应该还有更重要的一点——我不喜欢下楼遛狗。

　　我现在的样子应该不是女儿喜欢的样子，那么我从楼上走下来，和朋友喝茶，和朋友聊天，和朋友去 KTV 和酒吧，还开着车去乡下郊游，让日子过得有声有色，还风调雨顺。不知道女儿有没有看到，我是希望她能看到，她这会儿应该是躲在松哥的背后偷偷看我，我感觉到她在，也想象出她看我的样子。可是我又不敢回头，怕一回头的时候他们就不见了。

　　一种无病呻吟的状态，情绪慢慢在沉淀下来。

　　我坐在这里，看到自己不停地在屋子里走来走去，我看不出自己在做什么，也看不出已经做了什么，还不知道要做什么，我看到自己在豆浆机里放干的豆子不加水就想打豆浆，还看到自己有水无米就想煮出饭来。这样的情景看来人的状态已经进入半癫狂状态，自己还不清楚，现在看到了也没有觉察，还想走过去一起帮忙，可是我"喂"了两声也不见有人理我，我看得到自己，自己看不到我，"喂"也是白"喂"，她看不到我坐在这里。最后，那些存在过的人和事成为过往的幻象在眼前，伸出手却已经触摸不到，手指伸进头发里又拿出来不知道放哪里好。还是不停地在房间里走，很长时间没有在客厅里坐下来过，电视也许久没有人看，不知道近来有什么大事小事发生，又在热播什么电视剧。我又看到自己光着脚从睡房走到客厅，又从客厅走进睡房，还是没有在客厅里坐下来，但是这一回不同的是电视被打开了，声音调到静音，不断转换的图像成为壁画挂在墙上。我又去了书房坐在电脑前，手指已经放在键盘上了，却半天敲不下去，我不知道自己要怎样，结果又起身去给花浇水。几盆长势很好的植物摆放在窗外，一年四季都在浇水就是没有花开，我不知道自己种的是什么，也许根本就是不开花的植物，浇再多的水也不会开花，可是看我为它们浇水的样子又好像都是想着它们能开花。

　　坐在床沿上看到自己入梦，却不知道自己正做着怎样的梦，有心进入都找不到入口，找不到入口还看不到，什么都做不了，只有安静地坐在这里，看着自己熟睡的样子。那个躺在床上的自己已经睡着了，可是在梦里看到了那个坐在床沿上的我，也不知道是什么原因就知道是我，可是又不相信是我，这样的感觉不同于照镜子，镜子里与现实的左右相反，是一种重叠关系，可现在一个睡着，一个坐着，两者无重叠关系也无对称关系。这样是不是可以怀疑坐在床沿上的那个人不是我？尽管知道无法否定，可还是想从表情和神态找到新的说法，认为这些都符合一个姐姐的身份，现在享受的是对方给予的关心和爱护。看到有手向自己伸过来，她想摸我的脸颊，从距离上来说应该是摸到了，可是我没有一丝一毫的感觉，我想让她再来一次，她却背过脸去，不知道她是不是哭了？我想给她说我的梦，我在梦里看到她一个人在草原上光脚奔跑，为的是追逐前面飞舞的蓝色丝巾。她在后面不停地追，丝巾不停地在前面飞，伸出手来总是差一点就抓到。我跟在她的后面，跑了很久也跑了很远，我跑不动了，我说我跑不动了，她没有听到，她不知道我在后面，她不知道我很累！我还是没有把这个梦讲出来，我没有姐姐，也没有这样一条宝石蓝的丝巾，可是我有想过，难道是我想了她就知道了，好像现在的样子都是因为我。

　　某年11月的某天，松哥大概已经对每年的这个月有所准备，也可以说是有所戒备，他应该看出我内心的蠢蠢欲动，我又不加掩饰地表现出焦躁和不安。他坐在那里看着我在屋子里走来走去，看我把电视开到静音变成壁画挂在墙上，他说那些能动的东西像活动在玻璃缸里的鱼，于是我把这样的行为巩固为一种习惯。我仍然是在给一棵不开花的植物浇水，天天看着对面楼上阳台的花发愣。他知道我在找一只猫，他说想帮我，但他不知道要怎样帮才好。

我听到窗外有尖锐的声音，很刺耳，我问松哥："是什么声音？"

松哥听了我的话也很认真地听了，他说："没有声音。"

"没有声音？"我不能相信松哥说的话，细而尖的声音让我感觉到耳膜隐隐作痛，我分辨不出是什么声音，也不知道是从什么方向来的。

松哥再次很仔细地听了许久，还是说："真的没有什么特别的声音。"

一种穿透力极强的声音，松哥听不到，听不到就不能感受到精神即将紊乱的状态，所以他心底里没有恐慌，可是我有一种想走出去的愿望。

"我想离家出走。"我站起来把身体从饭桌的这头伸向那头的他，此话让我说得半真半假，神态应该是有一点点夸张，像在说某个与自己不相关的秘密。

松哥也把身体从饭桌的那头伸过来："那就出走吧。"

话真就是这样说的，而且都只说了一句，一个多余的字都没有，说完了我们又各自坐在自己的位置上往自己碗里夹菜，往嘴里扒一口饭，对话又往别的方向去了。

我的天，还真的是要命，我这么轻易就把心底里唯一的秘密说出来了，他做出的样子是不当回事，看来他在这一个月里对我的种种行为做足了准备，他应该是有所防备才对。而我还傻不拉叽地说要出走，这样的事情应当是做得不动声色才对，我竟然说出来，说出来他还是如此的反应，事情一下子就变得索然无味。

已经说出来了，还要不要走？

松哥大概早就知道我是要走的。他已经知道了，我原本早就没了藏身之处，只是之前我不知道，看到他现在的态度，我也是知道了。我心里有一种莫名的悲伤，他没有采取别的态度对我，他没有说陪我一起出走，哪怕只是说说也好。他关心的是我去哪里，然后遇到什么人，发生了什么事。我知道他对我的 11 月充满好奇，可是他又装得什么事都没有的样子，他不想让我看到他对我的好奇心。

我早就说过他可能早就在私底下用坐标对我的 11 月做记号或是符号，

我也说过他只可能从我这里获得时间上的规律，他不能从我这里获取地点和事件，所以他的坐标始终是做不完全的，但他一直在努力，也做得很用心，他总会主动想从我这里获取一些相关的信息，其实我也想配合他，只是我也不知道因为什么，事情在发生后再叙述出来就变得颠三倒四，显得很不靠谱，所以说和不说其实都不是故意为之。就这一点上来说，是他先发球，他想与我打球，我总是不接他的球。这一点我和他不同，我打球他不接，他还可能装模作样地，巧妙地躲过去，我是开门见山地不接他的球，球从他那里发出来我也不躲，即便是球砸到身上我也没有表现出任何的异样。因为我发现球可以直接从我的身体里穿过去，我不知道他有没有看到，如果看到了他为什么还是要接着再来？松哥还是会完成他一直没能完成的坐标，他还是企图把我的时间、地点和事件都放在坐标合适的位置，然后就变成因为我才有的规律。他这样做的真实用心我不清楚，但也可谓是用心良苦，其实就让他把这件事做下去，让他把这事做完，我也就能从这个坐标上找到自己某个时间的位置。可是我没能让他把这事顺利做下去，也不知道是不是不想让他把这事做下去，抑或是想拖他的后腿，想他在做这一件事上花更多的时间在我身上？现在想来我早就知道他会不见，只是不知道他会在什么时候不见，所以才如此。

　　我本身是一个没有秘密的人，可是我又显得是一个很有秘密的样子。我许多的秘密说不说出来都是一个样子，说出来和放在那里是一个样子，说与不说都不能改变它原来的样子。不管是什么样子，松哥应该是可以洞察我所有的秘密，只是没有说破。有些事是我自己说出来的，我知道他想我自己说出来，可是说出来就变了样子，即便是不添枝加叶也会变样子，此一时彼一时的感觉完全是不一样的，还有就是我说的是我感受后的事件，与事情显露在每个人面前又是不一样的，我还是没有办法把事情理出头绪来。

　　松哥突然就不见了，事先他没有给我任何的征兆，他是在用同样的把戏对付我，可是他也应该想到与我的情缘未了，即便就是现在不见了，他在我面前仍然与我在他面前是一样的，我们都无藏身之处，怎样都改变不了的轮回，不管走多远都是要回来的。可是，松哥到现在还一直没有回来，我现在突然不确定和他是否还有情缘要续，我记得和女儿有3000年的约定，用她自己的话来说已经有了 300 年，用数学的方式来计算那还有 2700 年，所以我可以等待。

我刚刚又给阳台上那些不开花的植物浇过水，现在又坐回电脑前。

朋友在 QQ 上找我："种子发芽了没有?"

我都不好意思说忘记了，只能说："还没呢。"

前些日子，和朋友到别人家里做客，主人有一个很好的屋顶花园，种了很多的花，其中有一丛花开出来和对面阳台的花是一样的。朋友要了那花，我没想要，我只要一抬头就可以看到对面开出这样的花。主人问我种不种花，我不知道种了那么多不开花的植物算不算是种花，还没有回答，人家就说："我从外省带了一些喇叭花种子回来，分你一些，这和成都本地的喇叭花不一样，花色多，花朵也要大一些。"可是我对喇叭花都不能具体地想象，我并没有马上从对方的言语中变出另一种喇叭花，因为我很少关注喇叭花，我也没有种过喇叭花，我以为喇叭花都是开在路边的，很常见的一种花，又是没有仔细研究过的一种花，即便是在丽江有用来做过比喻，在印象中也没有它实际的样子。

朋友说："我的已经种下了，苗子都长出来好长了，你也快点种吧，长大了就开花了，很好看的。"

我又是"嗯，嗯"。

打字说话的时候一伸脚踢翻了东西，低头一看，才发现我把浇花的水壶随手放在脚边，现在水洒在我的脚上，洒在木地板上，我不得不弯下腰收拾残局，却又发现水还洒在花盆里。我才发现电脑下方还放着花盆，不记得花盆里原来种的是什么了，现在只有一盆土。装了一盆土的花盆放在这里已经有段时间了，我竟然忘记了。现在水洒在花盆里的土里，土变得湿润起来，我想应该在土里种些种子才对，嗯，就种喇叭花种子。

我只是想了，在想的时候已经收拾停当，又坐回电脑前，给朋友敲了几个字过去："种下了。"

果然就是这样种下了，放置在书桌下面的空花盆里长出了新苗，随着桌子的两边和我的腿慢慢地爬上来，瞬间我的腿上也缠满了藤蔓，好像连我也种在花盆里，长出更多的藤蔓像蛇一样从书桌上那个连接电脑的孔里穿出来，爬上书桌、电脑、书和杯子，我看到它们长出绿色的叶子，花蕾从叶子中间探出头来，开出许多各色的花，开出许多我都没有看到过的花。

我把眼前的情景敲打成字给朋友，朋友没有说不信，他好脾气地说："很浪漫诶！"

我在想他说话的样子和神情，想他说的浪漫是因为文字的原因。

我还是不能写信给远在美国的舅舅说松哥不见了，更不能说女儿不见了，我什么都不能说，因为生活就像迷宫一样，在这里不见了，说不定又在别的地方，想想就是这样。舅舅有邮件来，让我去那边小住。我在想松哥和女儿说不定就是在那里，舅舅没有这样说，但他又没有说不在。看来不单单是我没有说松哥和女儿的事，舅舅在这次的来信中破天荒地也没有提及他们。

事情如此想来就不怎么难过，好像我一直以来也没怎么难过。看到身边的人都在各做各的事，做完事或是回家，或是玩耍。我也做完了近一段时间的事情，我想从屋子里走出去，我想走到更远的地方去。去哪里不重要，就是一种冲动，好像这时的 11 月变成了两条篱笆，我想从中间过去，它们就倒下来压住我，力图把我夹在中间，我总想挣扎，在挣扎的过程中被牢牢地困在其中不能动弹，结果发现我已经中了它的魔咒。